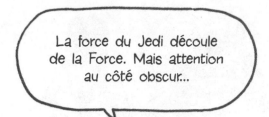

La force du Jedi découle de la Force. Mais attention au côté obscur...

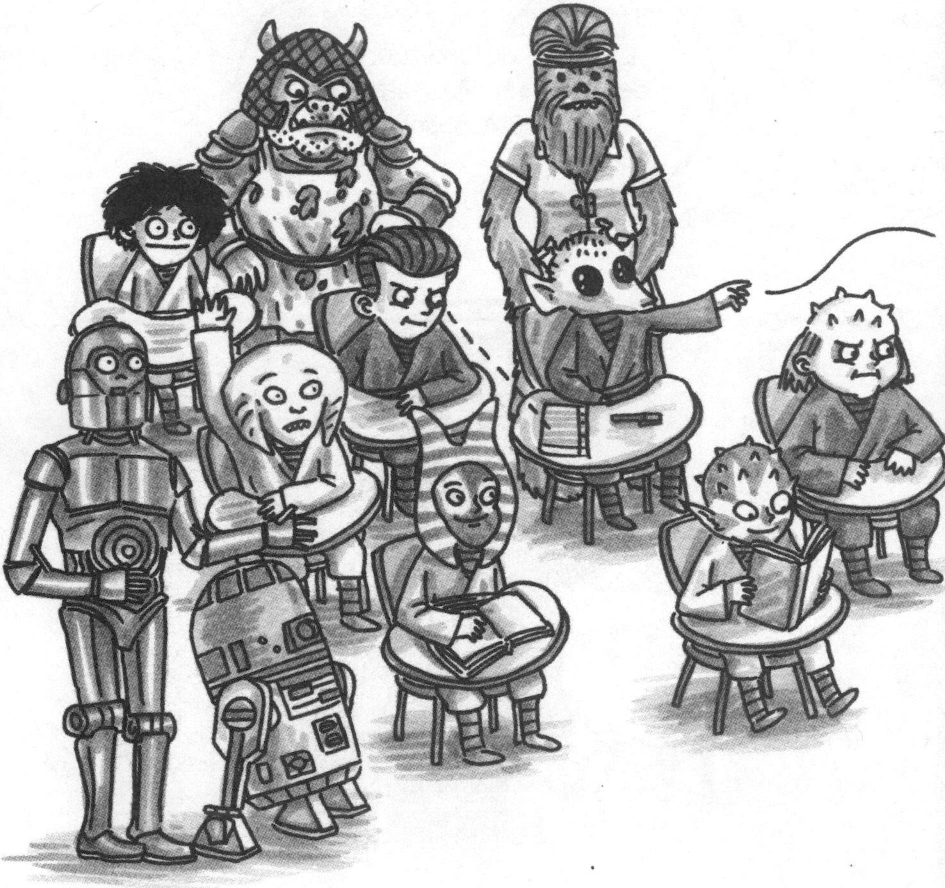

L'ACADÉMIE JEDI

LE RETOUR DU PADAWAN

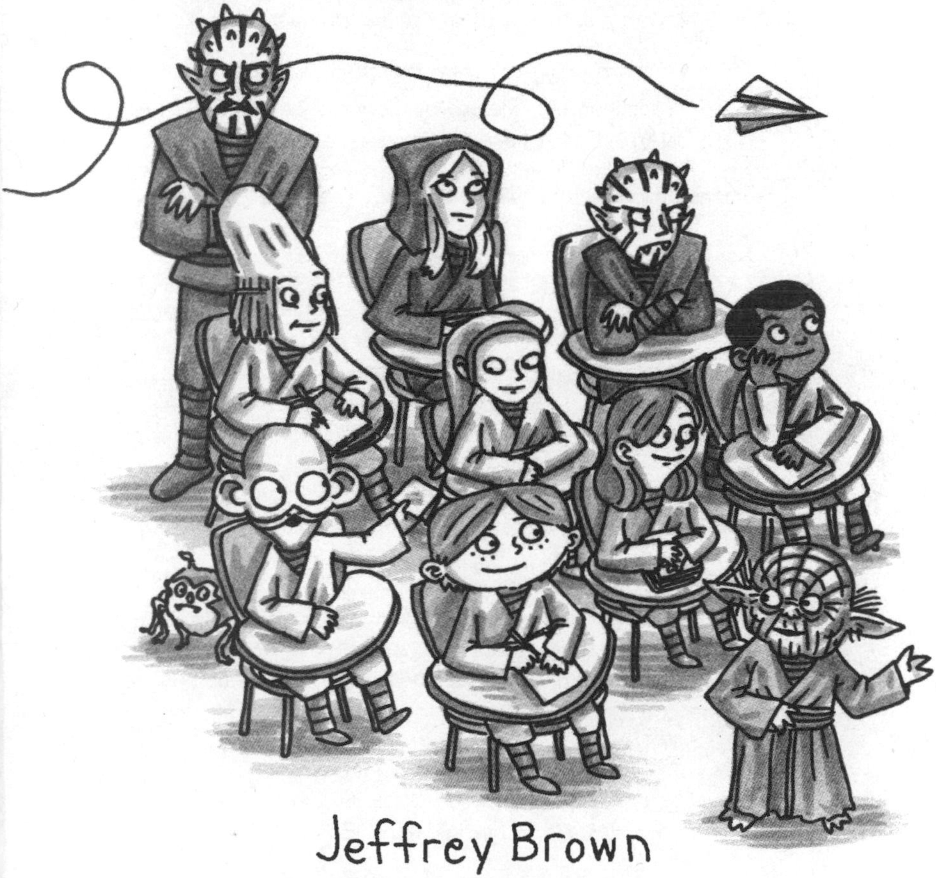

Jeffrey Brown

Texte français d'Isabelle Allard

Éditions SCHOLASTIC

Merci à tous ceux qui ont rendu ce livre non seulement possible, mais meilleur : Rex, Sam, Rick et toute l'équipe de Scholastic; Joanne, Leland, Carol, J.W. Rinzler et toute l'équipe de LucasFilm; Marc Gerald, Chris Staros, Brett Warnock, Steve Mockus, mes lecteurs, mes amis et ma famille, surtout Jennifer, Oscar et Simon. Merci!

Catalogage avant publication de Bibliothèque et Archives Canada

Brown, Jeffrey, 1975-
[Return of the Padawan. Français]
Le retour du Padawan / Jeffrey Brown ; texte français d'Isabelle Allard.

(Star wars, l'Académie Jedi)
Traduction de : Return of the Padawan.
ISBN 978-1-4431-4346-2 (couverture souple)

1. Romans graphiques. I. Allard, Isabelle, traducteur II. Titre.
III. Titre : Return of the Padawan. Français

PZ23.7.B77Ret 2015   j741.5'973   C2014-905546-3

Édition publiée par les Éditions Scholastic, 604, rue King Ouest,
Toronto (Ontario) M5V 1E1

5 4 3 2 1   Imprimé au Canada 139   15 16 17 18 19

RECYCLÉ
Papier fait à partir
de matériaux recyclés
FSC® C103567

Il y a bien longtemps dans une galaxie lointaine, très lointaine...

Un garçon appelé Roan Novachez (c'est moi) avait TOUJOURS voulu devenir pilote, mais s'était retrouvé à l'ACADÉMIE JEDI. Sa première année avait MAL COMMENCÉ, mais s'était bien terminée! Celle qui commence sera sûrement LA MEILLEURE DE TOUTES!

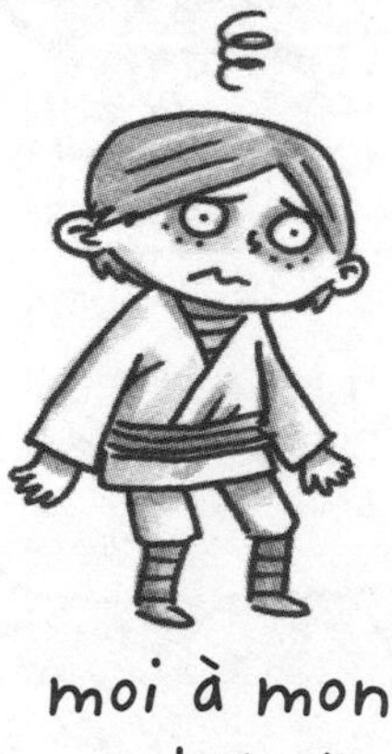

moi à mon entrée à l'académie Jedi

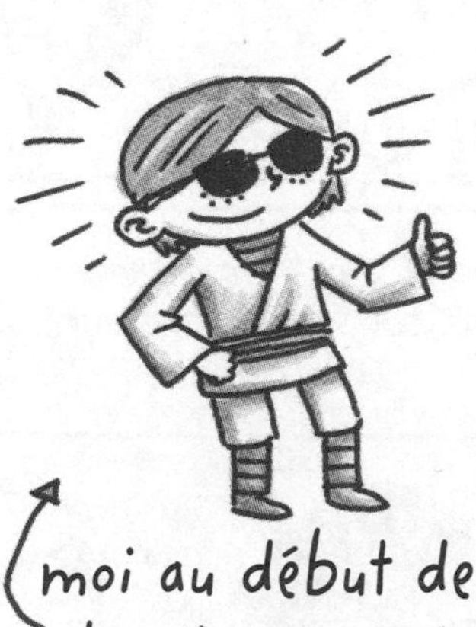

moi au début de la deuxième année : cours de pilotage!

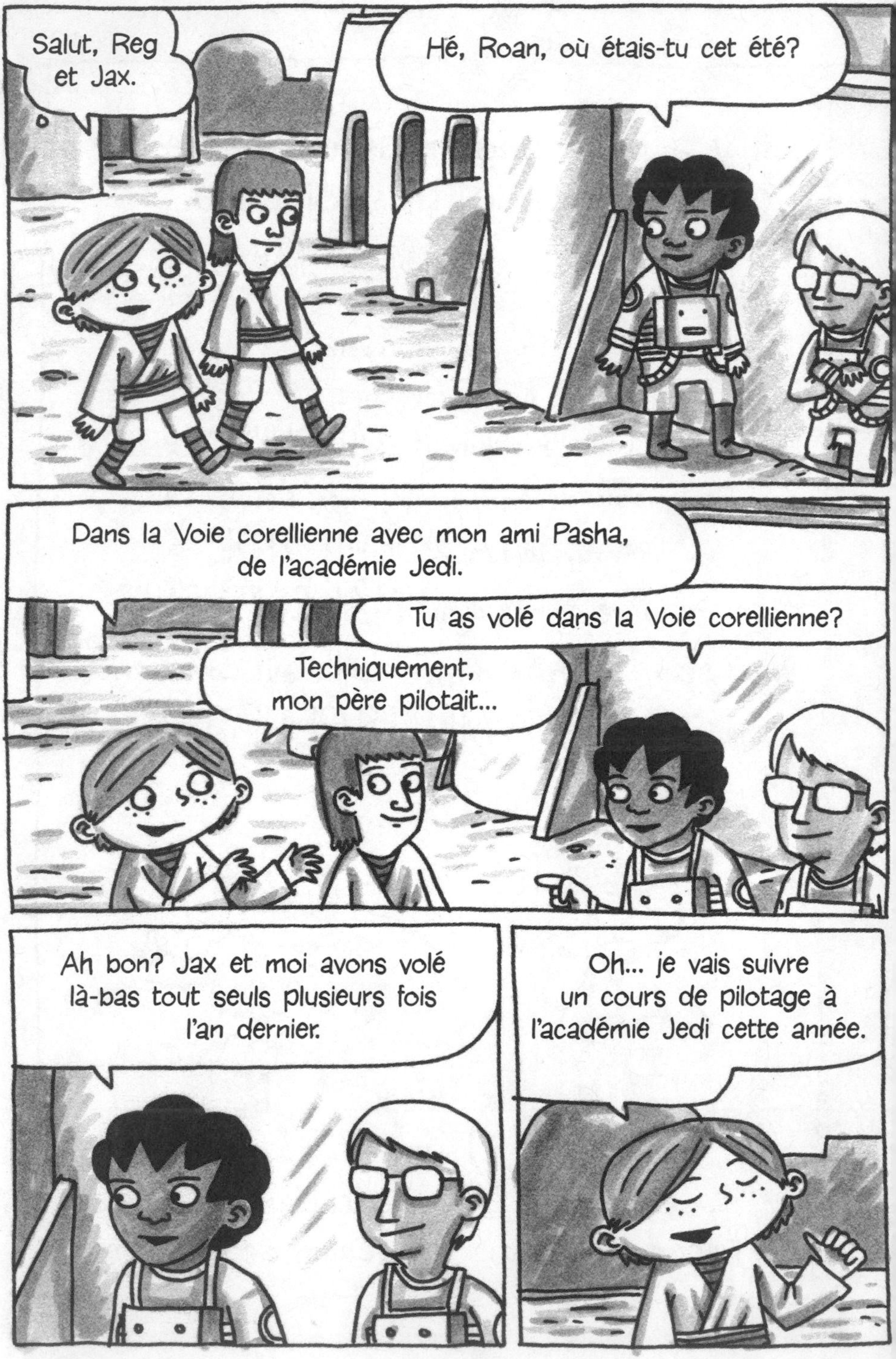
Salut, Reg et Jax.
Hé, Roan, où étais-tu cet été?
Dans la Voie corellienne avec mon ami Pasha, de l'académie Jedi.
Tu as volé dans la Voie corellienne?
Techniquement, mon père pilotait...
Ah bon? Jax et moi avons volé là-bas tout seuls plusieurs fois l'an dernier.
Oh... je vais suivre un cours de pilotage à l'académie Jedi cette année.

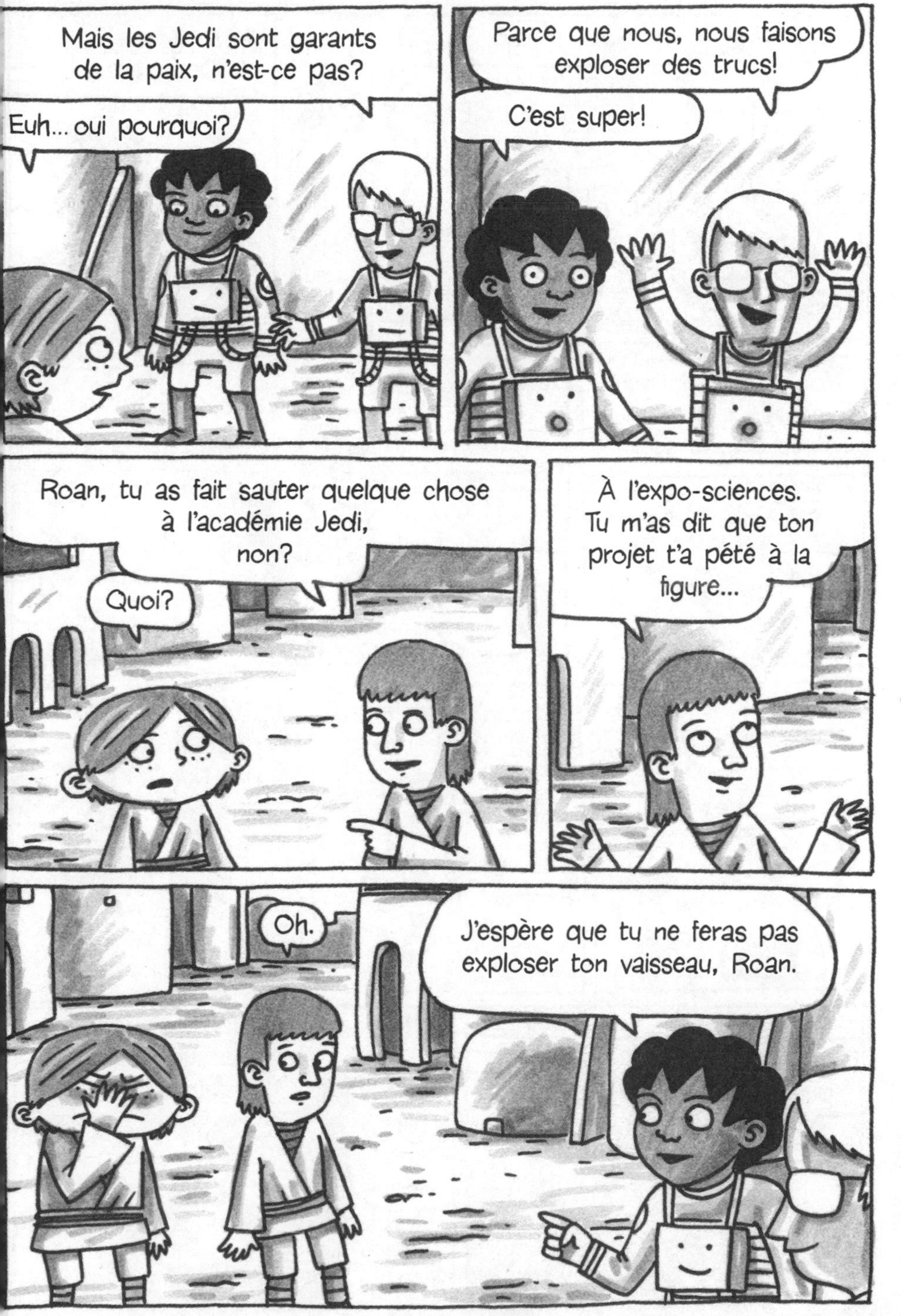
Mais les Jedi sont garants de la paix, n'est-ce pas?
Euh... oui pourquoi?
Parce que nous, nous faisons exploser des trucs!
C'est super!
Roan, tu as fait sauter quelque chose à l'académie Jedi, non?
Quoi?
À l'expo-sciences. Tu m'as dit que ton projet t'a pété à la figure...
Oh.
J'espère que tu ne feras pas exploser ton vaisseau, Roan.

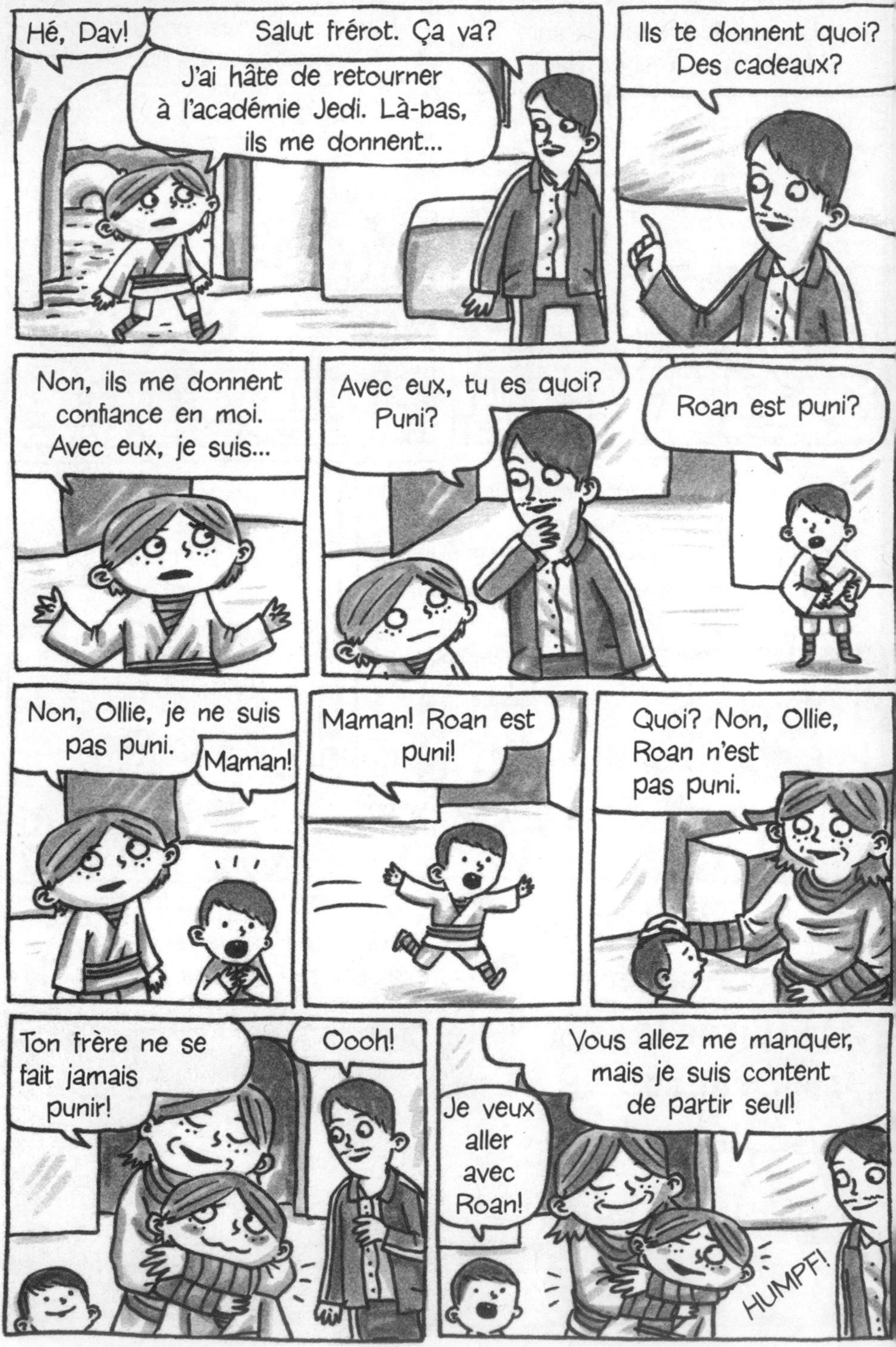
Hé, Dav!
Salut frérot. Ça va?
J'ai hâte de retourner à l'académie Jedi. Là-bas, ils me donnent...
Ils te donnent quoi? Des cadeaux?
Non, ils me donnent confiance en moi. Avec eux, je suis...
Avec eux, tu es quoi? Puni?
Roan est puni?
Non, Ollie, je ne suis pas puni.
Maman!
Maman! Roan est puni!
Quoi? Non, Ollie, Roan n'est pas puni.
Ton frère ne se fait jamais punir!
Oooh!
Vous allez me manquer, mais je suis content de partir seul!
Je veux aller avec Roan!
HUMPF!

BIENVENUE À L'ACADÉMIE JEDI

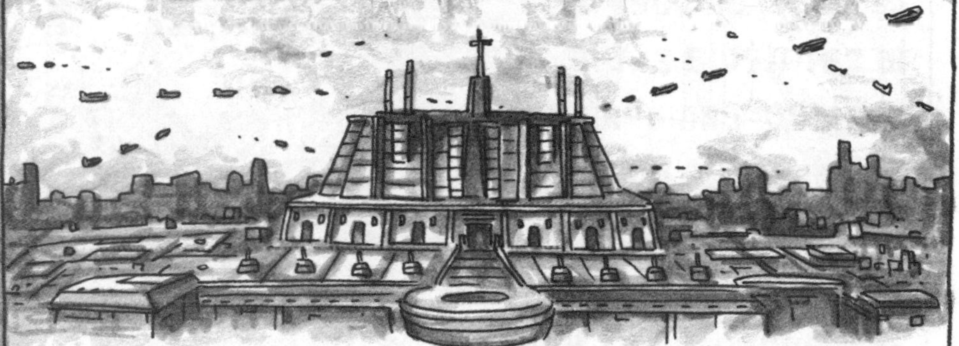

Les élèves qui reviennent à l'académie Jedi pour une nouvelle année recevront la meilleure formation Jedi de la galaxie, sous la direction de professeurs Jedi expérimentés, dont Maître Yoda. Cette année, les étudiants franchiront une nouvelle étape, puisqu'ils apprendront à piloter des vaisseaux Jedi dans des simulateurs de vol dernier cri, tout en continuant d'utiliser la Force et de résister au côté obscur.

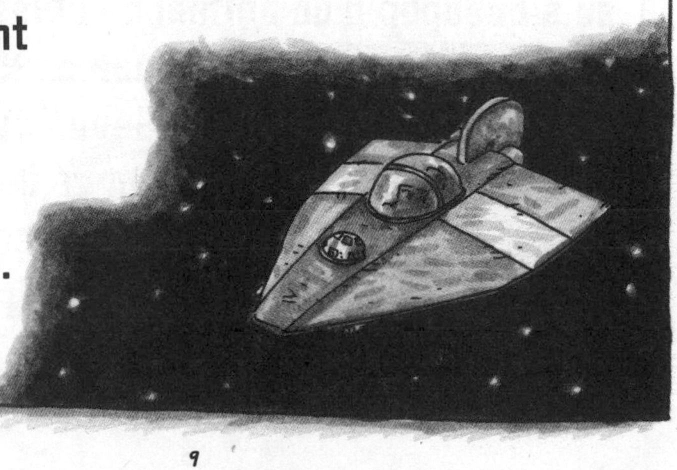

VOICI NOTRE NOUVEAU CUISINIER, GAMMY! Le nouveau chef de la cafétéria est le premier Gamorréen à atteindre le rang de gourmet galactique après avoir passé des années dans les meilleurs restaurants de la planète Lamaredd.

Il présentera plusieurs nouveaux plats à la cafétéria, dont des recettes gamorréennes traditionnelles à base de champignons, de foie et de globes oculaires.

CETTE ANNÉE, nos Padawans auront l'occasion de s'occuper d'un animal de classe, un voorpak de Naboo. Les élèves devront s'assurer que sa douce fourrure reste propre et le nourrir d'insectes vivants.

TRIODI

Je sais que maman va s'ennuyer de moi cette année, car elle m'a fait plein de câlins cet été quand j'étais à la maison. Le meilleur moment des vacances était le voyage dans la Voie corellienne avec papa et

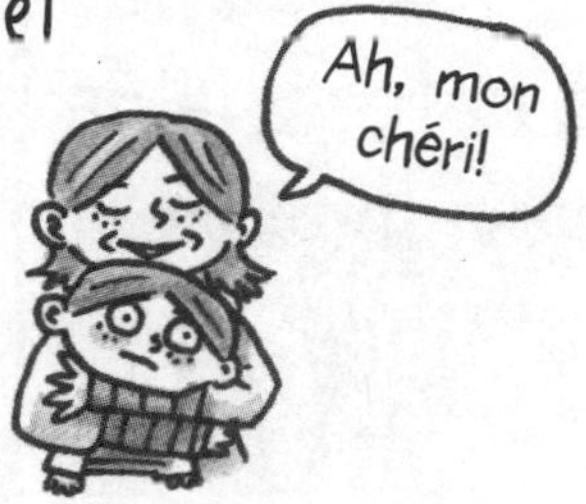
Ah, mon chéri!

Pasha. Papa nous a montré quelques trucs et nous a laissé l'aider pour faire ~~l'entetrien~~ l'entretien de son vaisseau. Comme Dav suivait des cours d'été, je ne l'ai pas vu souvent, mais on a holodiscuté. J'ai essayé d'holodiscuter avec Gaiana, mais on s'est manqué

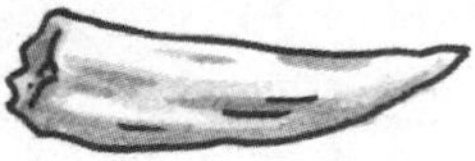

chaque fois. Elle est partie en vacances avec sa famille sur Naboo. Elle m'a envoyé une dent de poisson colo à pinces. Je lui ai envoyé un dessin de poisson colo. Ce sera génial de revoir Gaiana et Pasha à mon retour à l'école, surtout pour la formation de pilotage. Enfin, un cours où je suis doué! Le seul inconvénient à l'académie Jedi, ce sont les repas... La nourriture de la caf étéria est mangeable, mais loin d'être aussi bonne que la cuisine de maman. Et maman ne m'oblige JAMAIS à manger un truc qui me fixe du regard!

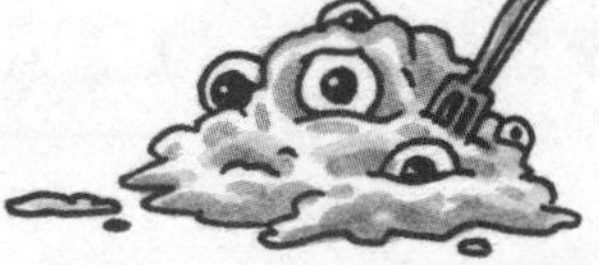

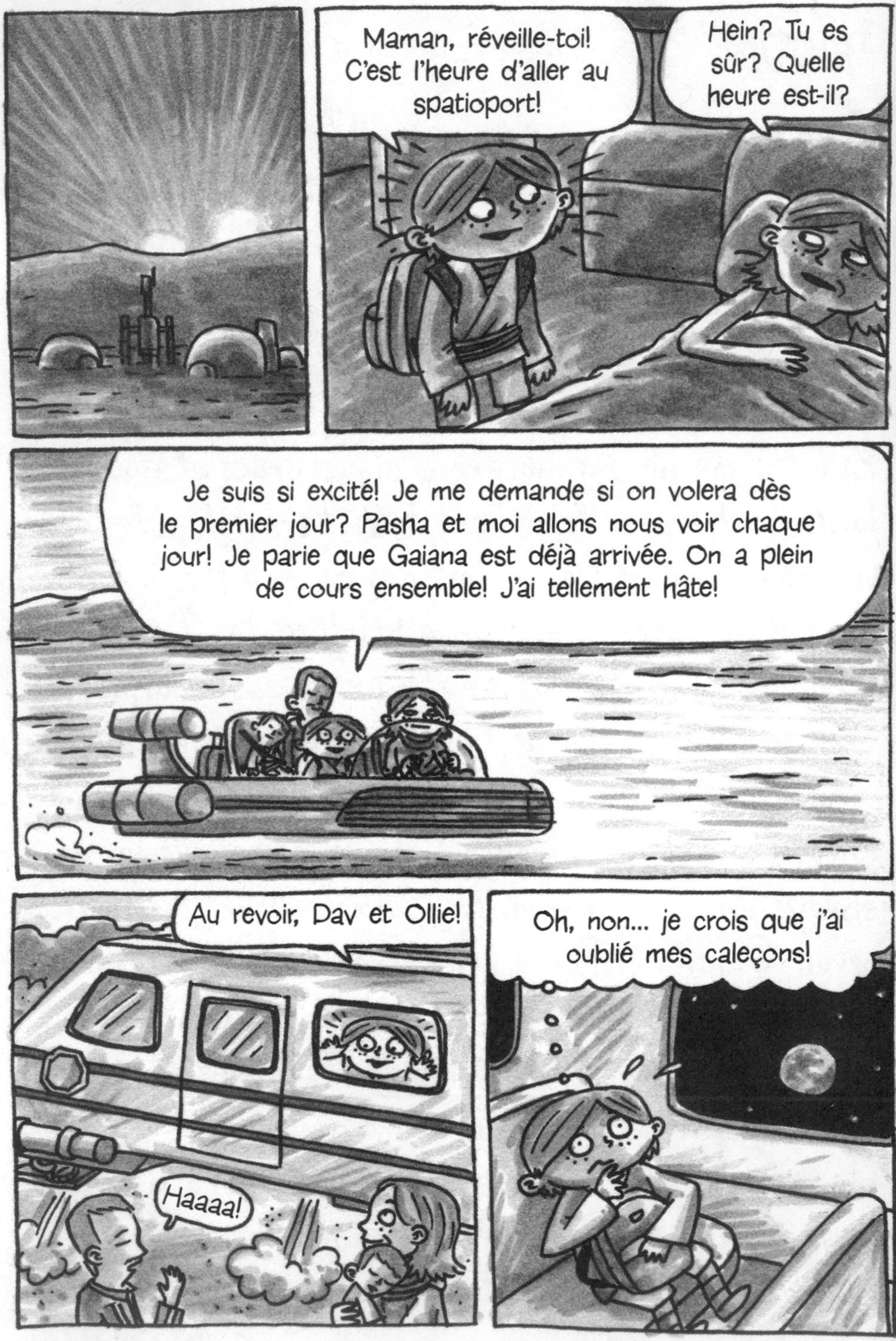
Maman, réveille-toi! C'est l'heure d'aller au spatioport!
Hein? Tu es sûr? Quelle heure est-il?
Je suis si excité! Je me demande si on volera dès le premier jour? Pasha et moi allons nous voir chaque jour! Je parie que Gaiana est déjà arrivée. On a plein de cours ensemble! J'ai tellement hâte!
Au revoir, Dav et Ollie!
Haaaa!
Oh, non... je crois que j'ai oublié mes caleçons!

MONODI

Je m'ennuie tellement à l'académie Jedi. Il n'y a personne d'autre. Je suis arrivé deux jours trop tôt. Je devais être trop excité et j'ai mal vérifié le calendrier.

Heureusement, Maître Yoda est là. Il se prépare pour les cours. Du moins, je pense qu'il se prépare... il se

J'étais enfin le premier en classe!

places réservées pour Pasha et Gaiana

promène, fouille dans les placards et en sort tout plein de choses. Il m'a fait faire de nouveaux exercices avec la Force, alors je me remets dans le bain. Les autres

hum hé hé!

devraient arriver demain. J'ai tellement hâte que l'école commence!

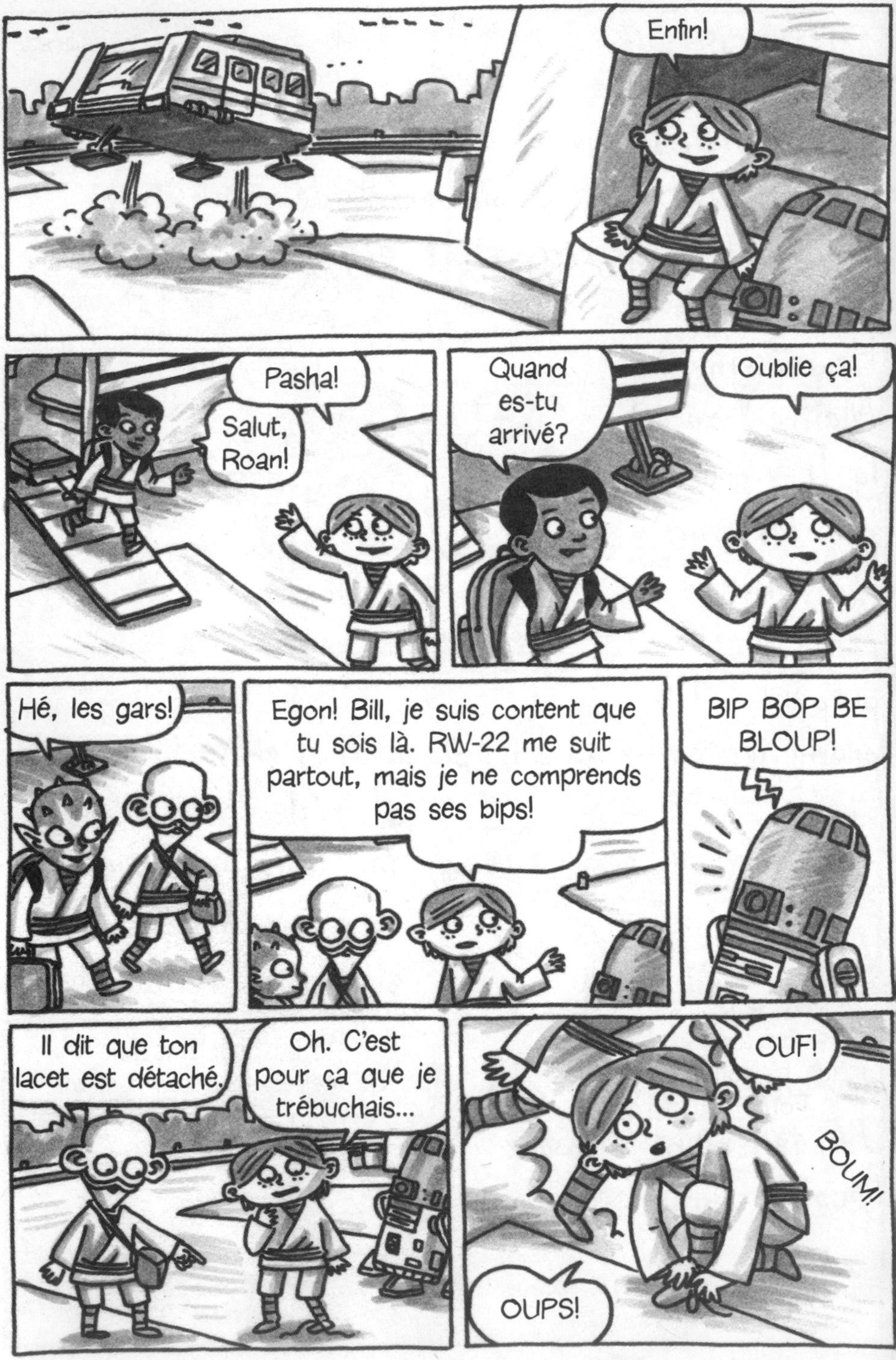
Enfin!
Pasha!
Salut, Roan!
Quand es-tu arrivé?
Oublie ça!
Hé, les gars!
Egon! Bill, je suis content que tu sois là. RW-22 me suit partout, mais je ne comprends pas ses bips!
BIP BOP BE BLOUP!
Il dit que ton lacet est détaché.
Oh. C'est pour ça que je trébuchais...
OUF!
BOUM!
OUPS!

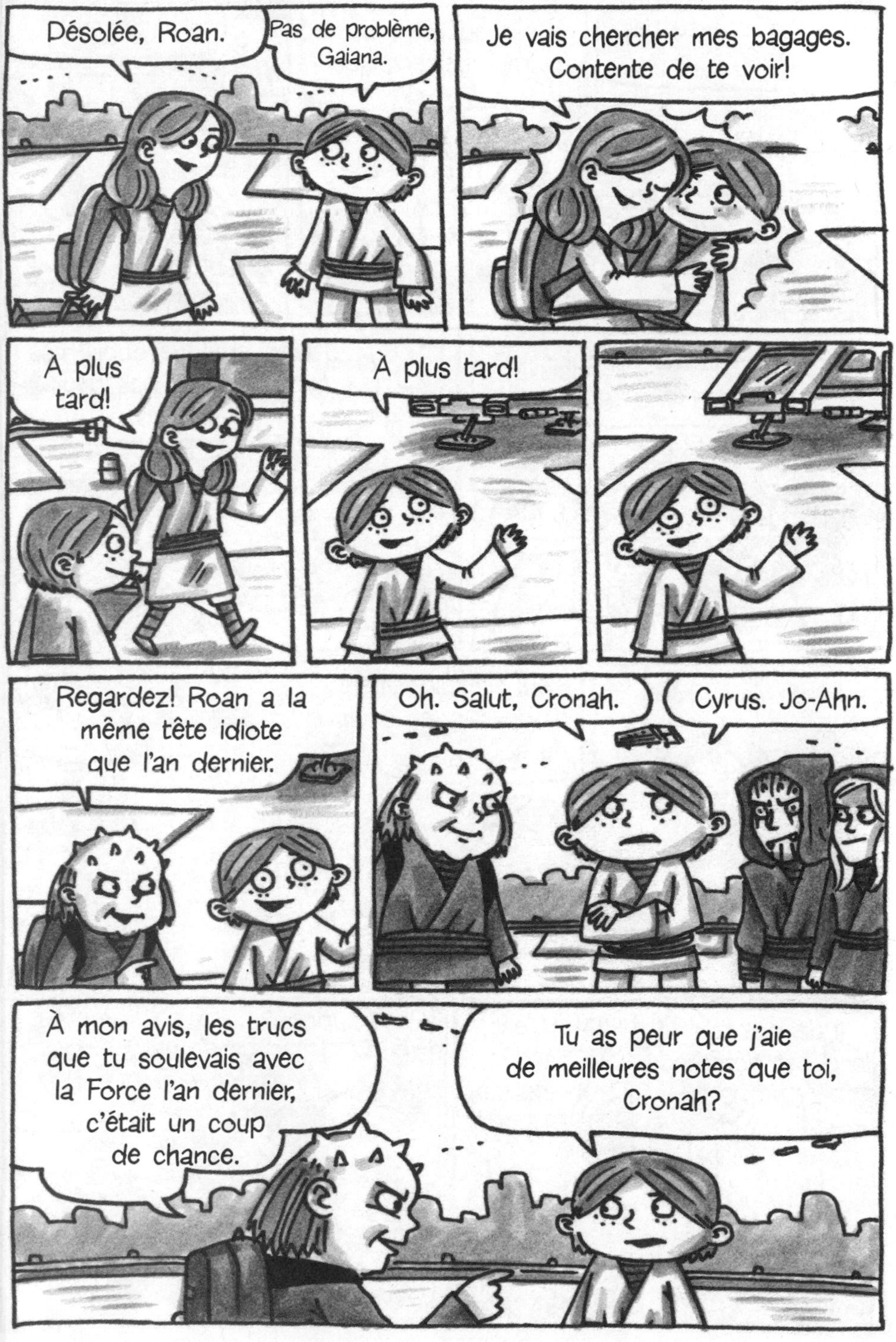
Désolée, Roan.
Pas de problème, Gaiana.
Je vais chercher mes bagages. Contente de te voir!
À plus tard!
À plus tard!
Regardez! Roan a la même tête idiote que l'an dernier.
Oh. Salut, Cronah.
Cyrus. Jo-Ahn.
À mon avis, les trucs que tu soulevais avec la Force l'an dernier, c'était un coup de chance.
Tu as peur que j'aie de meilleures notes que toi, Cronah?

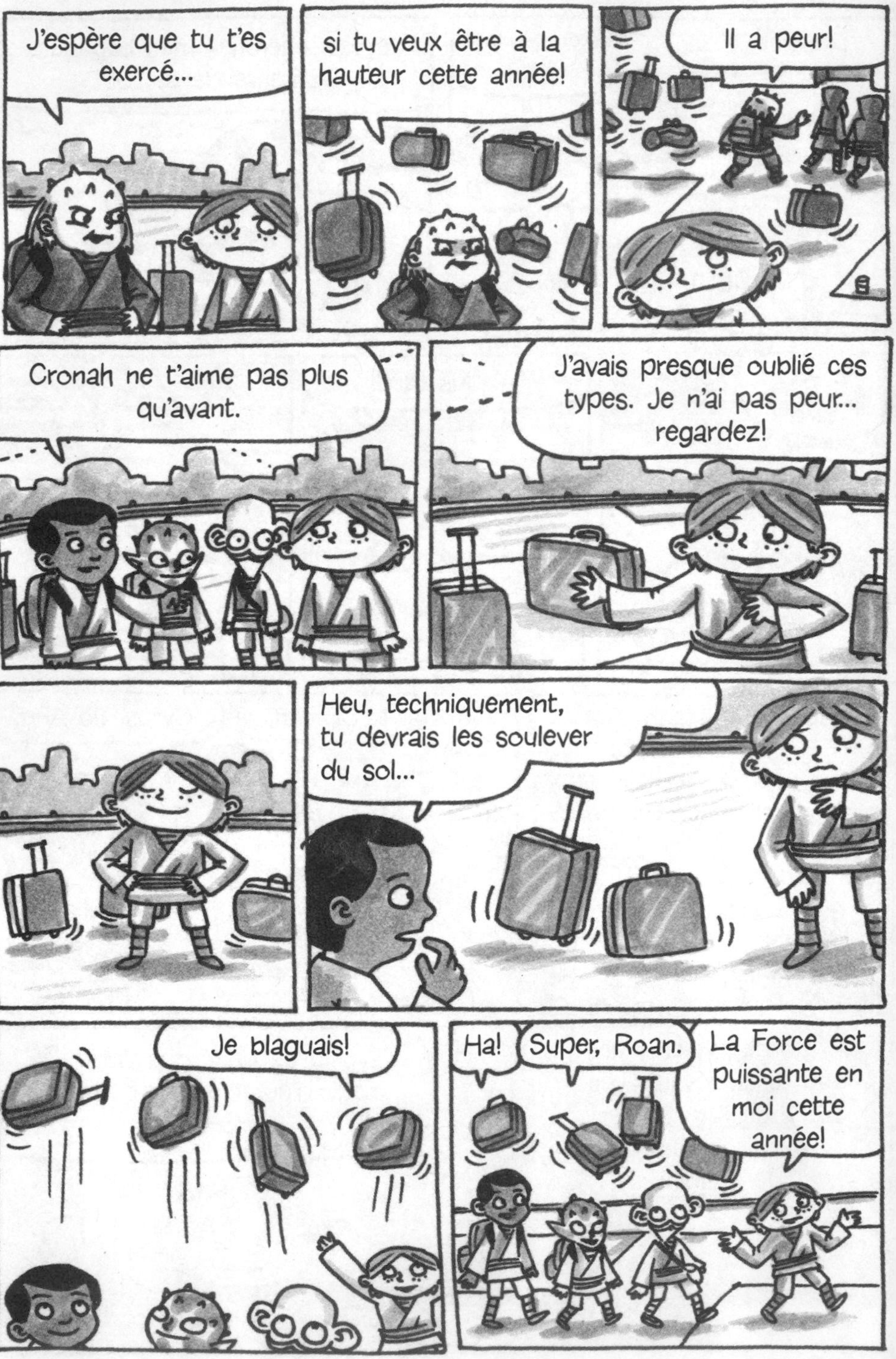
J'espère que tu t'es exercé...
si tu veux être à la hauteur cette année!
Il a peur!
Cronah ne t'aime pas plus qu'avant.
J'avais presque oublié ces types. Je n'ai pas peur... regardez!
Heu, techniquement, tu devrais les soulever du sol...
Je blaguais!
Ha!
Super, Roan.
La Force est puissante en moi cette année!

ÉLÈVE : ROAN NOVACHEZ

NIVEAU : PADAWAN | SEMESTRE : TROIS

PROF. TITULAIRE : MAÎTRE YODA

HORAIRE

ACADÉMIE JEDI
CAMPUS DE CORUSCANT

07:00-08:50 : UTILISATION AVANCÉE DE LA FORCE

MAÎTRE YODA ENSEIGNERA AUX ÉLÈVES LES APPLICATIONS LES PLUS RÉCENTES ET INTÉRESSANTES DE LA FORCE.

09:00-09:50 : HISTOIRE DE L'ORDRE JEDI

MME PILTON FERA RÉFÉRENCE AUX PLUS CÉLÈBRES ÉVÉNEMENTS, GUERRES ET MAÎTRES JEDI.

10:00-10:50 : ÉCOLOGIE GALACTIQUE

LE DIRECTEUR MAR FERA DÉCOUVRIR AUX ÉLÈVES LES DIVERS ENVIRONNEMENTS PLANÉTAIRES.

11:00-11:50 : HYPERALGÈBRE

LES ÉLÈVES MÉMORISERONT DES CENTAINES D'ÉQUATIONS MATHÉMATIQUES SOUS LA DIRECTION DE MME PILTON.

12:00-12:50 : PAUSE DU MIDI

13:00-13:50 : VOL SPATIAL 101

M. GARFIELD INCULQUERA AUX ÉLÈVES LES NOTIONS DE PILOTAGE DE BASE, COMME ÉVITER DE S'ÉCRASER.

14:00-14:50 : ART ORATOIRE

LA BIBLIOTHÉCAIRE LACKBAR ENCOURAGERA LES ÉLÈVES À PRENDRE LA PAROLE SOUS LE REGARD DES FOULES.

15:00-15:50 : ÉDUCATION PHYSIQUE

LES ÉLÈVES SERONT POUSSÉS À LA LIMITE DE LEURS CAPACITÉS ATHLÉTIQUES PAR KITMUM.

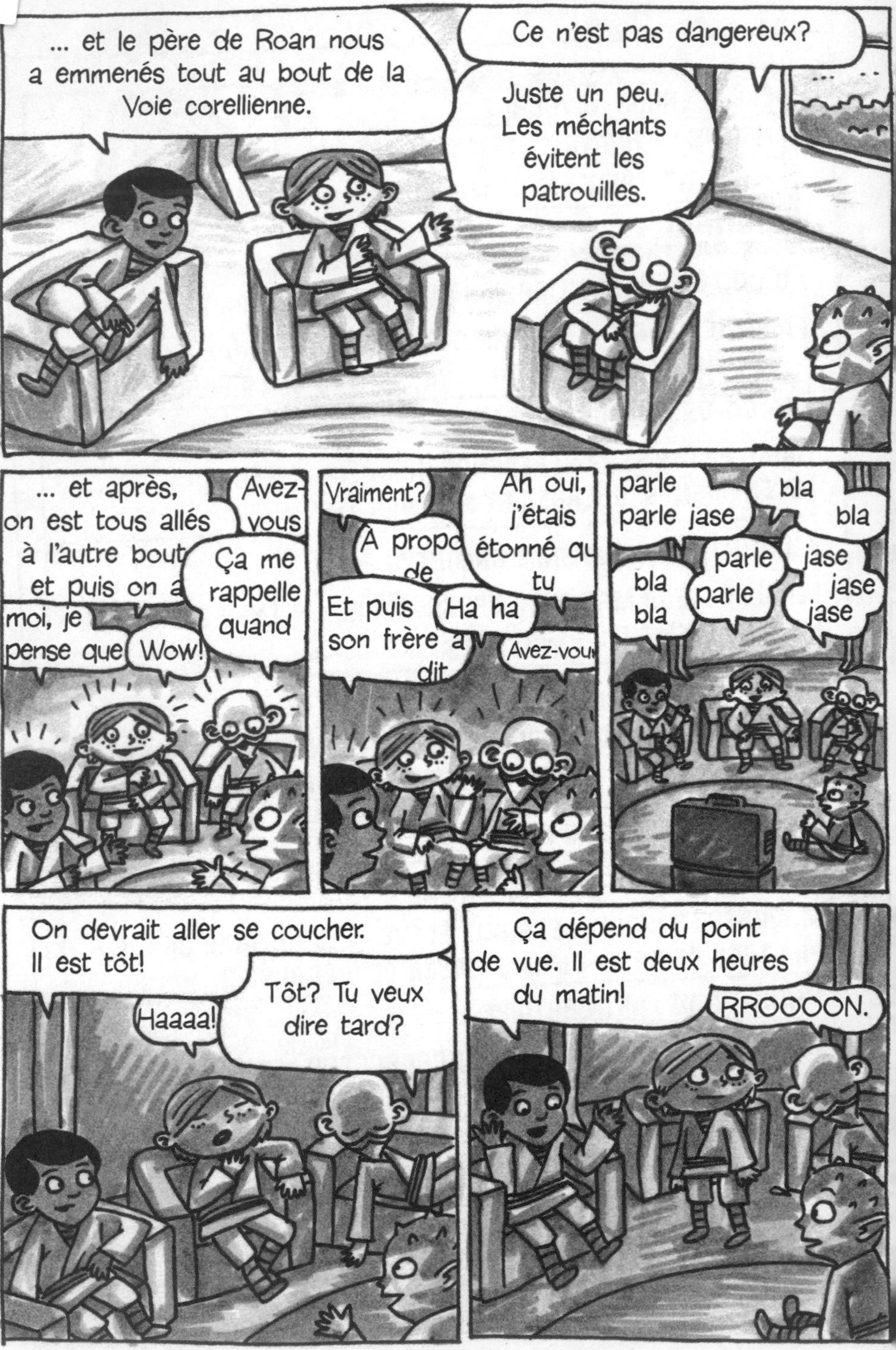
... et le père de Roan nous a emmenés tout au bout de la Voie corellienne.
Ce n'est pas dangereux?
Juste un peu. Les méchants évitent les patrouilles.
... et après, on est tous allés à l'autre bout et puis on a
Avez-vous
Ça me rappelle quand
moi, je pense que
Wow!
Vraiment?
Ah oui, j'étais étonné qu tu
À propo de
Et puis son frère a dit
Ha ha
Avez-vou
parle parle jase
bla bla
bla bla
parle parle
jase jase jase
On devrait aller se coucher. Il est tôt!
Haaaa!
Tôt? Tu veux dire tard?
Ça dépend du point de vue. Il est deux heures du matin!
RROOOON.

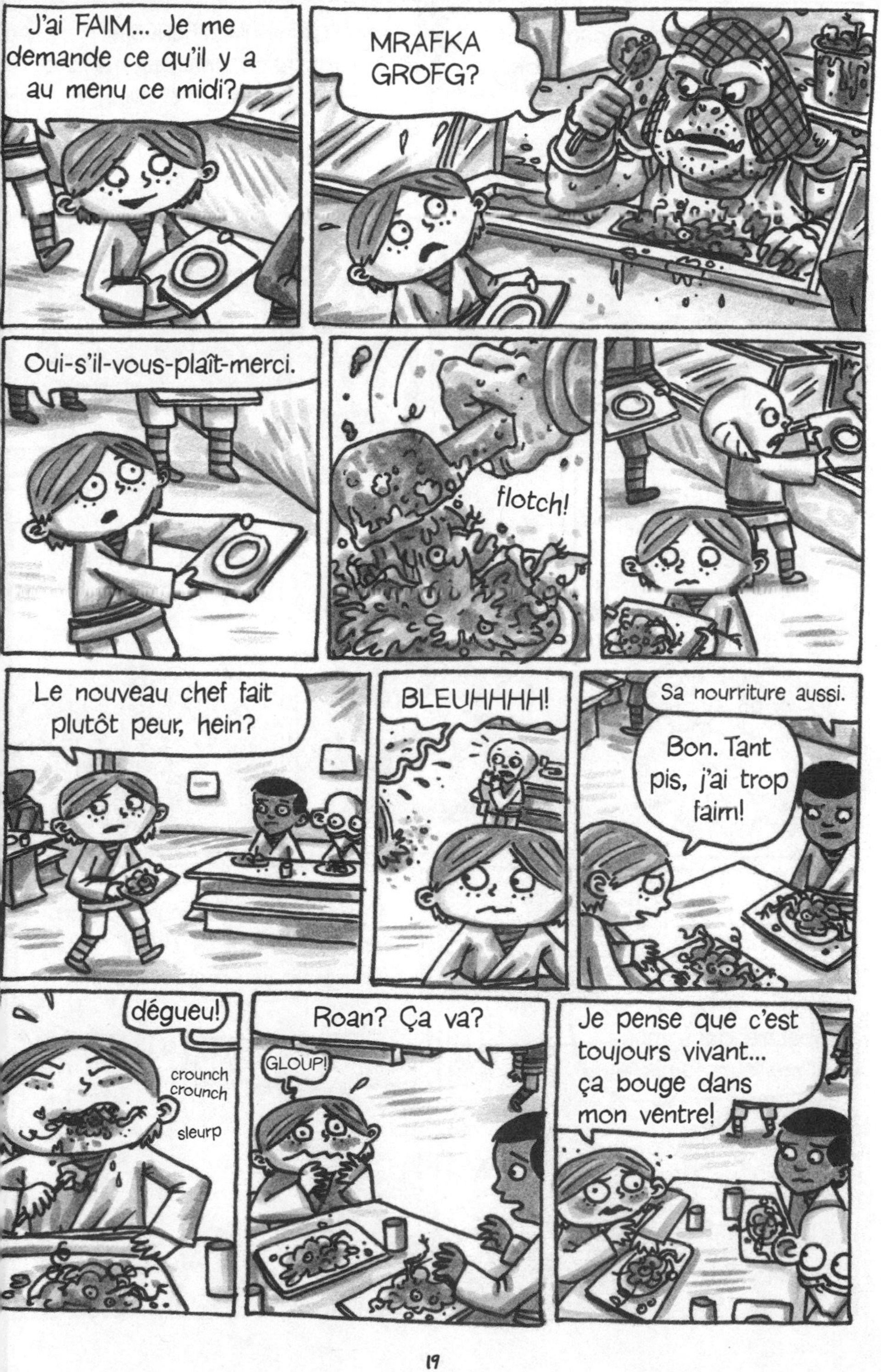
J'ai FAIM... Je me demande ce qu'il y a au menu ce midi?
MRAFKA GROFG?
Oui-s'il-vous-plaît-merci.
flotch!
Le nouveau chef fait plutôt peur, hein?
BLEUHHHH!
Sa nourriture aussi.
Bon. Tant pis, j'ai trop faim!
dégueu!
crounch crounch
sleurp
Roan? Ça va?
GLOUP!
Je pense que c'est toujours vivant... ça bouge dans mon ventre!

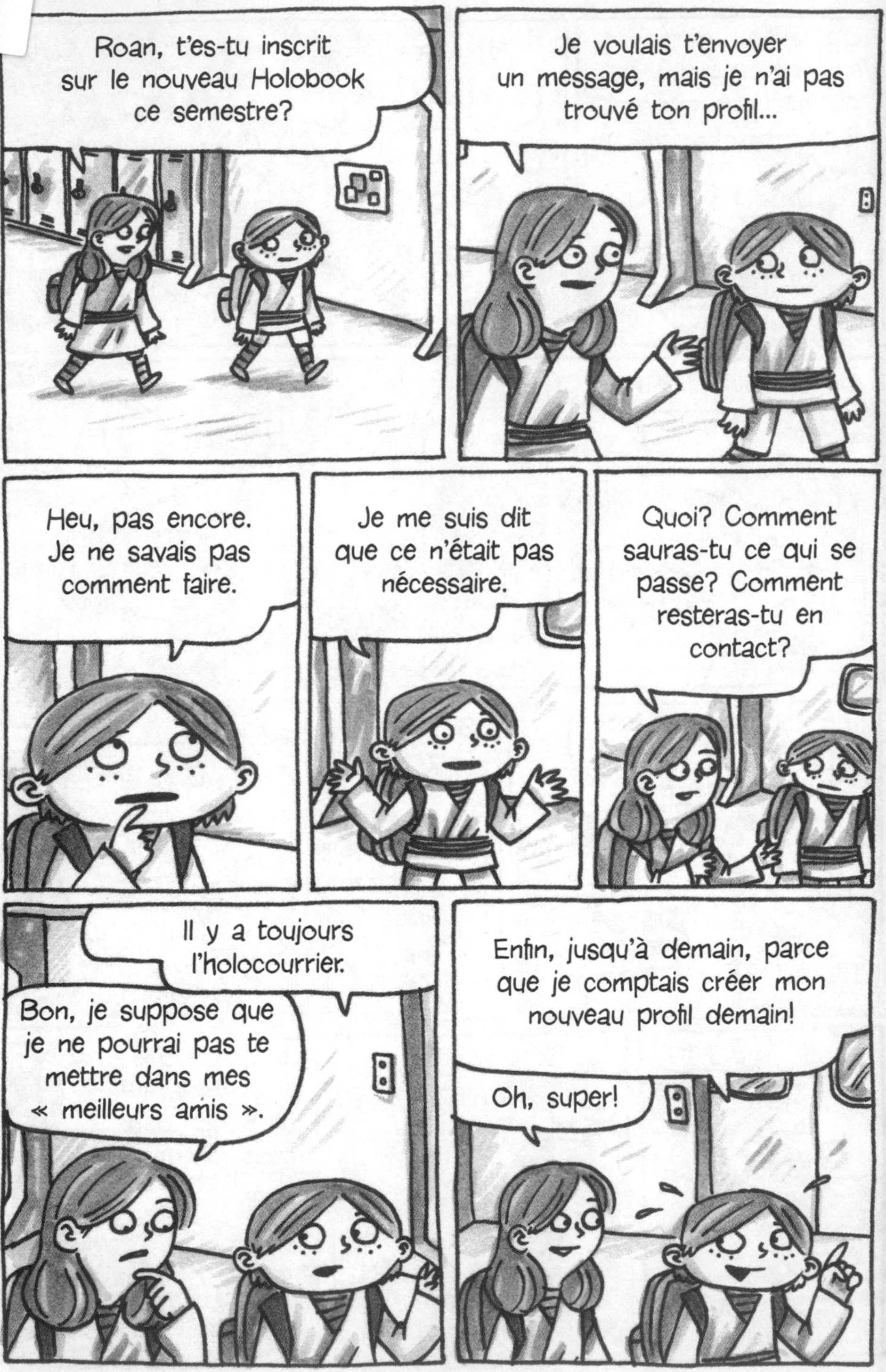
Roan, t'es-tu inscrit sur le nouveau Holobook ce semestre?
Je voulais t'envoyer un message, mais je n'ai pas trouvé ton profil...
Heu, pas encore. Je ne savais pas comment faire.
Je me suis dit que ce n'était pas nécessaire.
Quoi? Comment sauras-tu ce qui se passe? Comment resteras-tu en contact?
Il y a toujours l'holocourrier.
Bon, je suppose que je ne pourrai pas te mettre dans mes « meilleurs amis ».
Enfin, jusqu'à demain, parce que je comptais créer mon nouveau profil demain!
Oh, super!

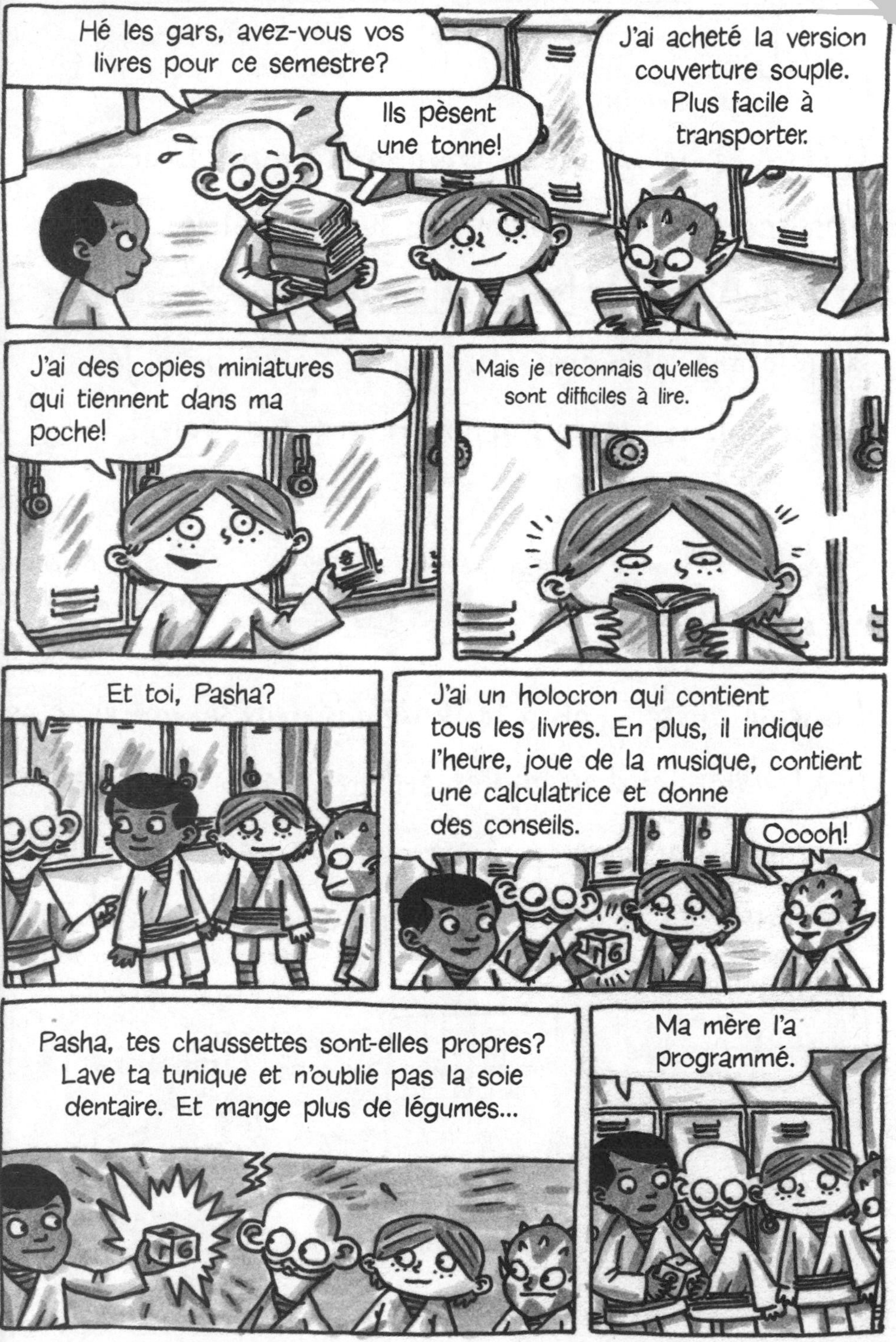

Hé les gars, avez-vous vos livres pour ce semestre?
Ils pèsent une tonne!
J'ai acheté la version couverture souple. Plus facile à transporter.
J'ai des copies miniatures qui tiennent dans ma poche!
Mais je reconnais qu'elles sont difficiles à lire.
Et toi, Pasha?
J'ai un holocron qui contient tous les livres. En plus, il indique l'heure, joue de la musique, contient une calculatrice et donne des conseils.
Ooooh!
Pasha, tes chaussettes sont-elles propres? Lave ta tunique et n'oublie pas la soie dentaire. Et mange plus de légumes...
Ma mère l'a programmé.

TRIODI

C'était génial de revoir Gaiana et Pasha. Leur absence a rendu les vacances super longues. J'ai attendu ~~tout l'été~~ toute ma vie de suivre des cours de pilotage, et maintenant qu'on commence, je m'aperçois que je dois attendre avant de voler!

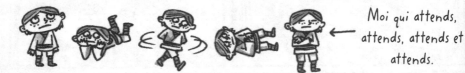

Moi qui attends, attends, attends et attends.

La seule chose qu'on a faite depuis deux semaines, c'est lire le Manuel d'enseignement général et pratique de pilotage galactique, qui pèse plus que notre animal de classe, Voorpee. En fait, il pèse probablement plus qu'Egon!

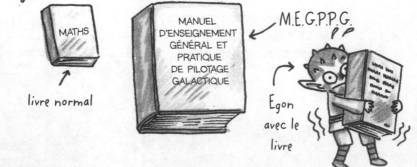

livre normal

MANUEL D'ENSEIGNEMENT GÉNÉRAL ET PRATIQUE DE PILOTAGE GALACTIQUE

M.E.G.P.P.G.

Egon avec le livre

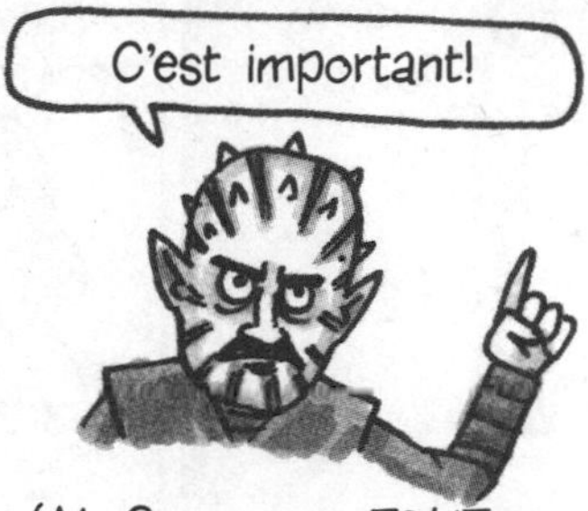
C'est important!

(M. G. croit que TOUT ce qu'il dit est important.)

M. Garfield dit qu'on DOIT apprendre TOUT le contenu du livre avant même de mettre le pied dans un simulateur de vol. C'est RIDICULE. Lire un livre ne peut pas donner une idée de la sensation de voler! On ne peut pas comprendre quelque chose avant de l'avoir ~~espérimente~~ expérimenté. Ce n'est pas comme si les simulateurs de vol pouvaient nous mettre en danger. Au moins, ce n'est pas un cours ennuyant ou ~~dificile~~ difficile, sinon je serais encore plus frustré. Mais je passe tellement de temps à lire le M.E.G.P.P.G. que je n'ai pas pu chercher de nouvelles idées de BD du Pilote Ewok pour le journal. Certains m'ont demandé si j'en avais dessiné d'autres, alors je dois m'y mettre bientôt...

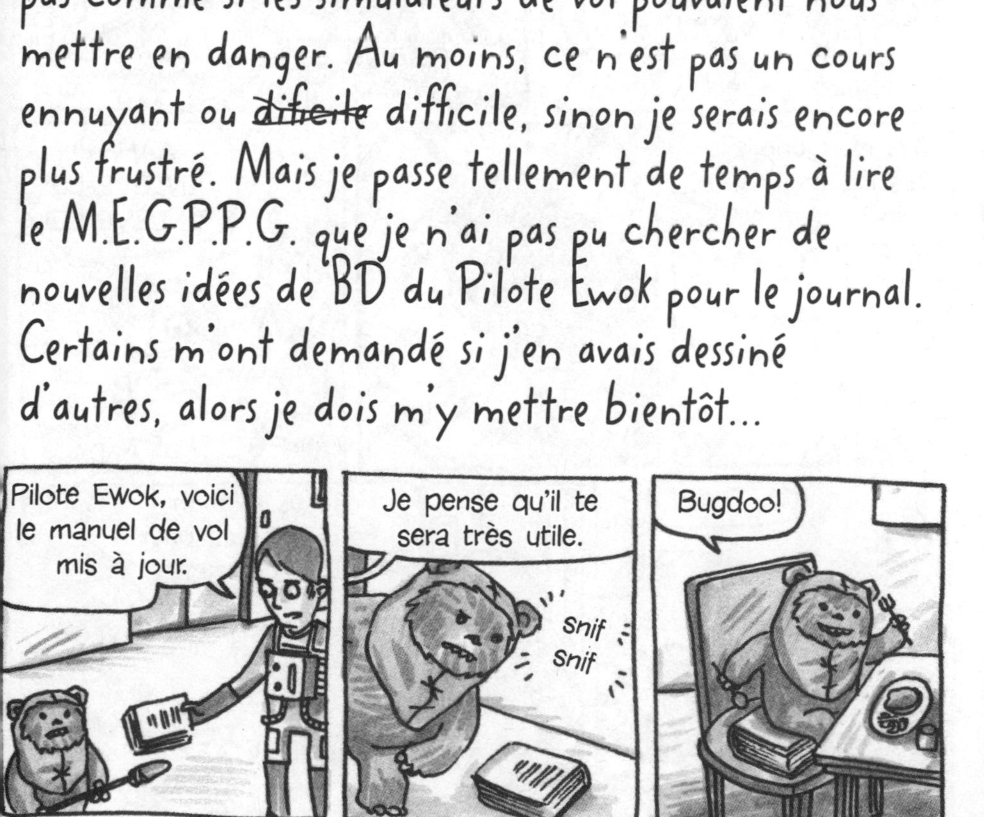
Pilote Ewok, voici le manuel de vol mis à jour.
Je pense qu'il te sera très utile.
Snif
Snif
Bugdoo!

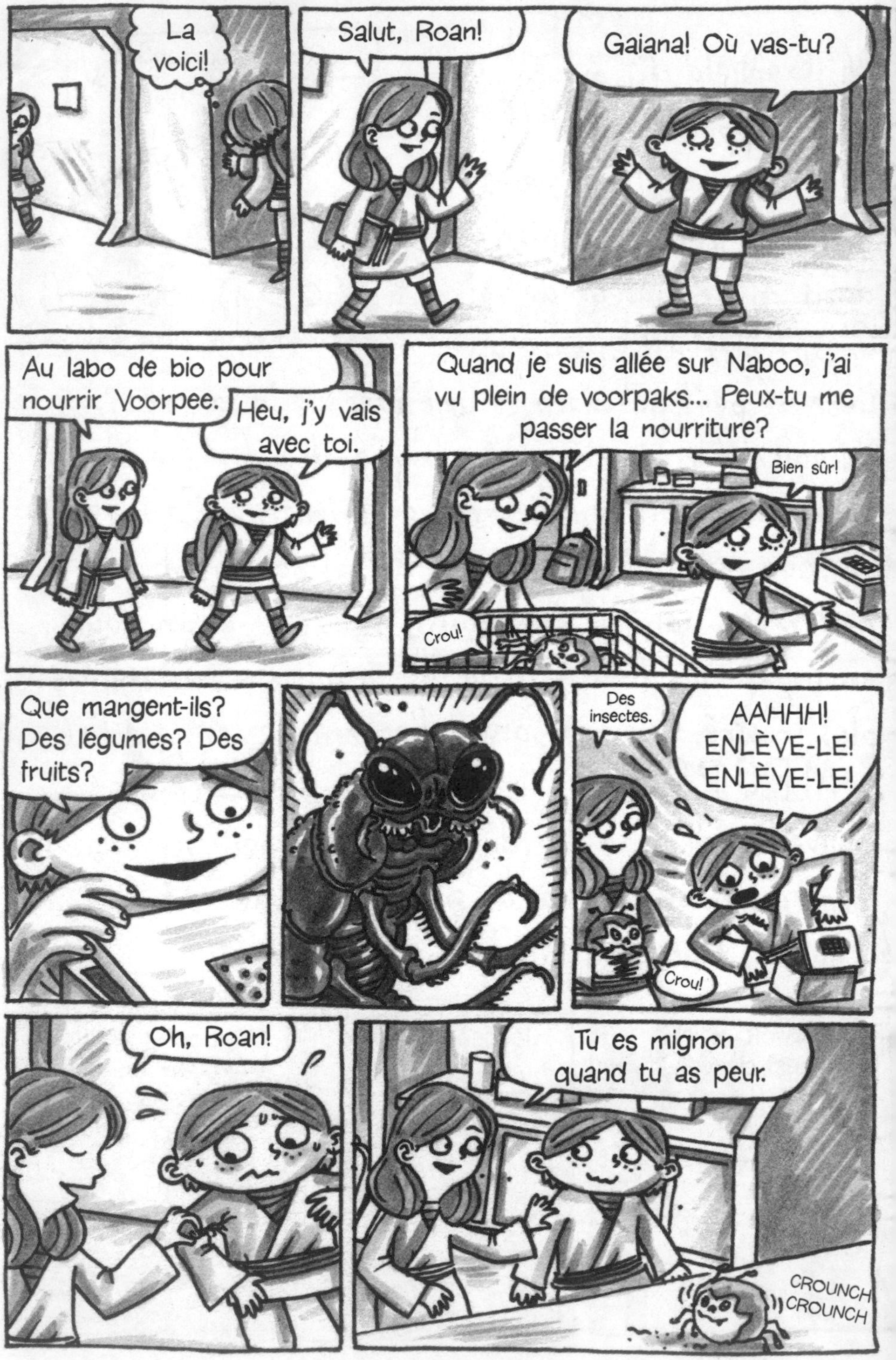
La voici!
Salut, Roan!
Gaiana! Où vas-tu?
Au labo de bio pour nourrir Voorpee.
Heu, j'y vais avec toi.
Quand je suis allée sur Naboo, j'ai vu plein de voorpaks... Peux-tu me passer la nourriture?
Bien sûr!
Crou!
Que mangent-ils? Des légumes? Des fruits?
Des insectes.
AAHHH! ENLÈVE-LE! ENLÈVE-LE!
Crou!
Oh, Roan!
Tu es mignon quand tu as peur.
CROUNCH
CROUNCH

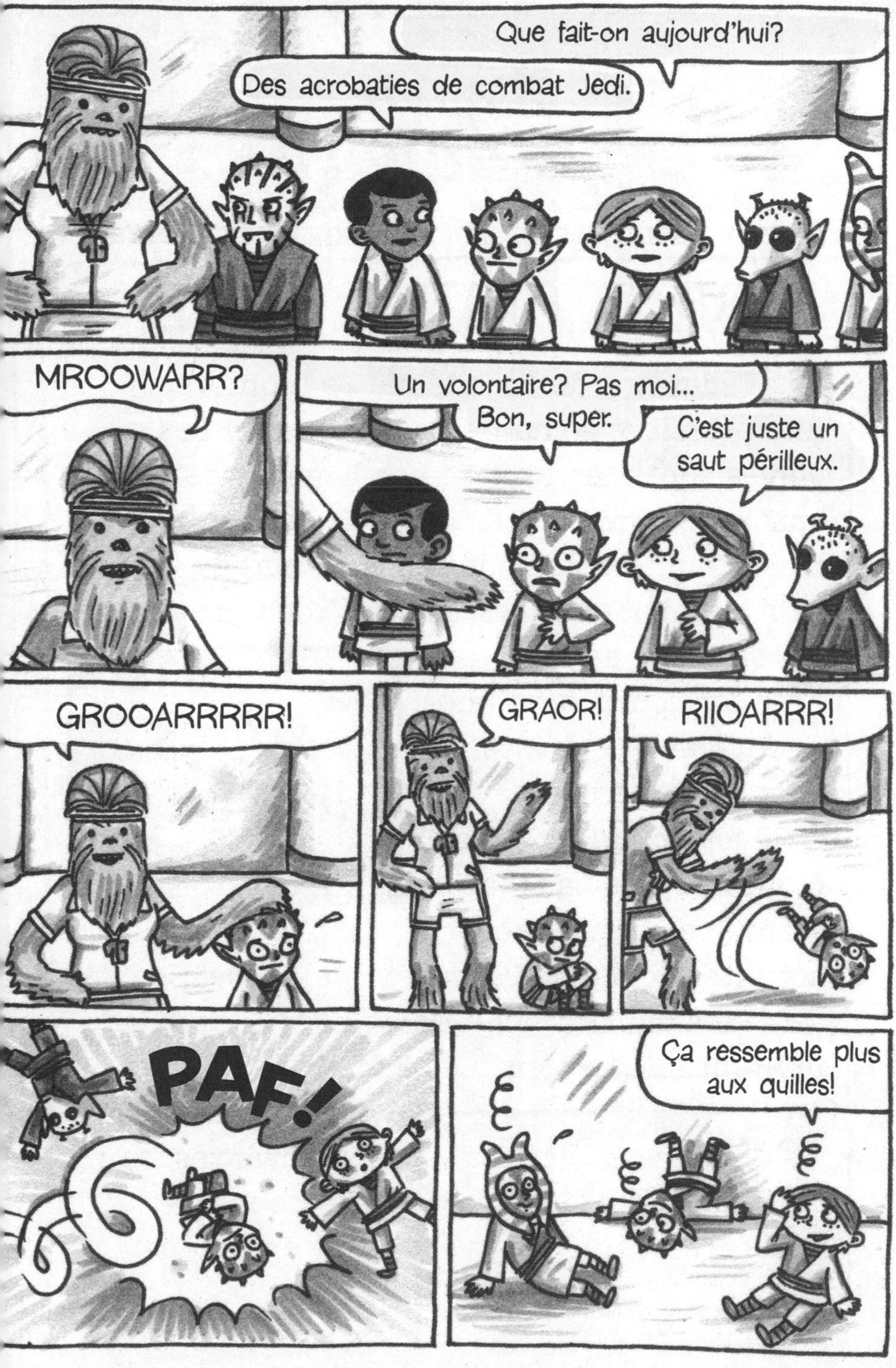
Que fait-on aujourd'hui?
Des acrobaties de combat Jedi.
MROOWARR?
Un volontaire? Pas moi... Bon, super.
C'est juste un saut périlleux.
GROOARRRRR!
GRAOR!
RIIOARRR!
PAF!
Ça ressemble plus aux quilles!

La Gazette du Padawan

PUBLIÉE PAR LES ÉLÈVES DE L'ACADÉMIE JEDI VOL MXIII Nº 1

BIENVENUE À TOUS!

Les Padawans de l'académie Jedi ont vécu une première semaine passionnante! Les élèves sont très excités par le cours de vol spatial, comme en témoigne la demande de M. Garfield pour des sacs de mal de l'air supplémentaires. Maître Yoda est satisfait de son premier cours, sauf que « soulever des choses avec la Force, trop d'élèves voulaient ». La bibliothécaire Lackbar a annoncé la première activité sociale de l'année : une danse! Ce sera une danse Satine Hawkins, où les filles invitent les garçons. Les Padawans doivent éviter les tuniques encombrantes, car la danse risque d'être énergique!

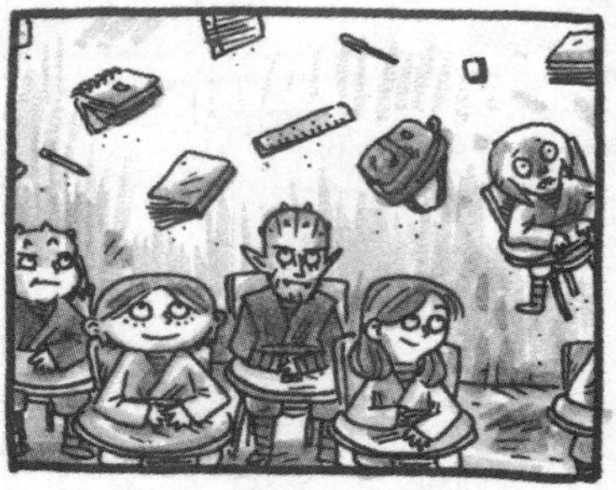

CONTENU

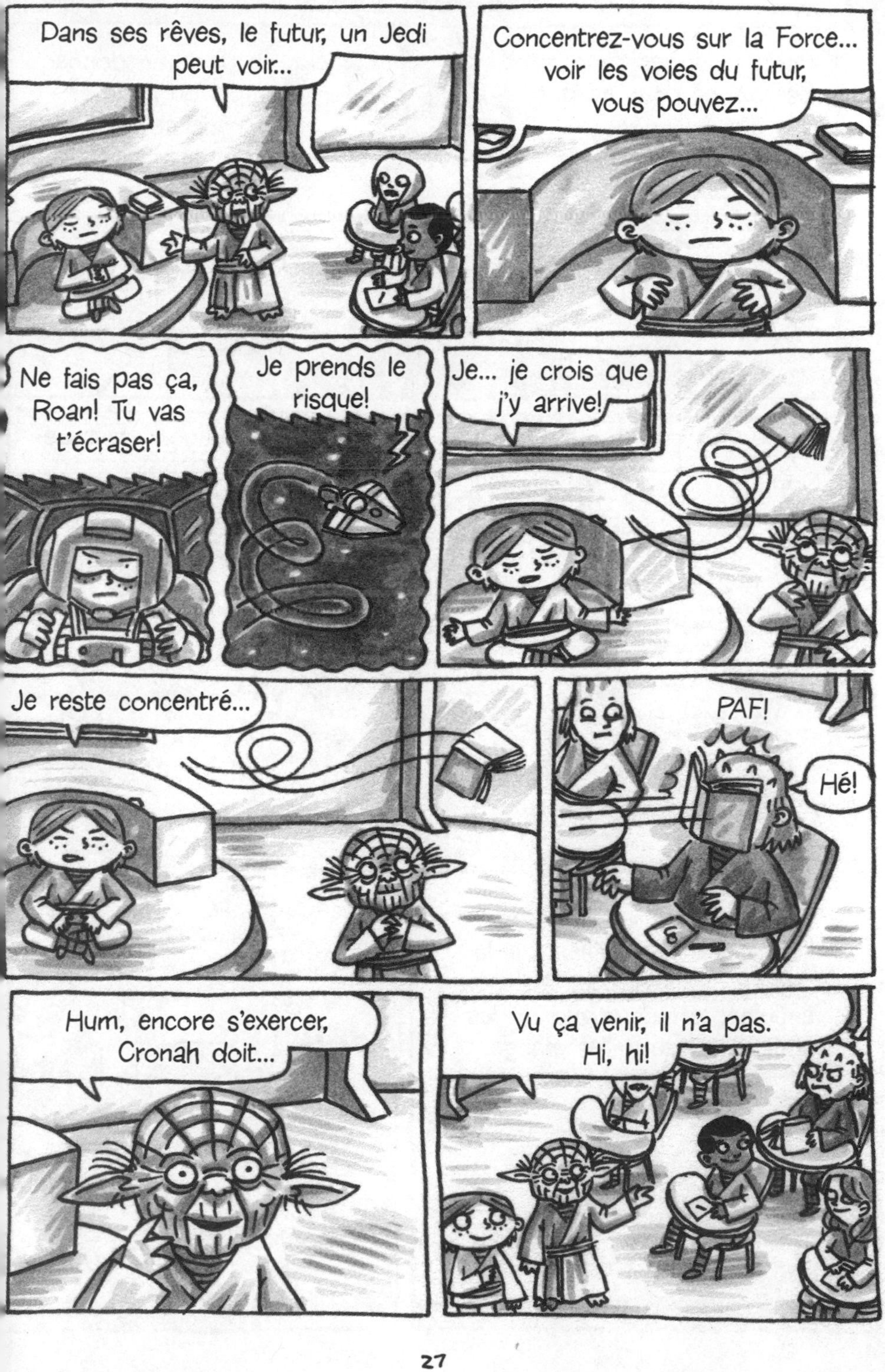

Dans ses rêves, le futur, un Jedi peut voir...
Concentrez-vous sur la Force... voir les voies du futur, vous pouvez...
Ne fais pas ça, Roan! Tu vas t'écraser!
Je prends le risque!
Je... je crois que j'y arrive!
Je reste concentré...
PAF!
Hé!
Hum, encore s'exercer, Cronah doit...
Vu ça venir, il n'a pas. Hi, hi!

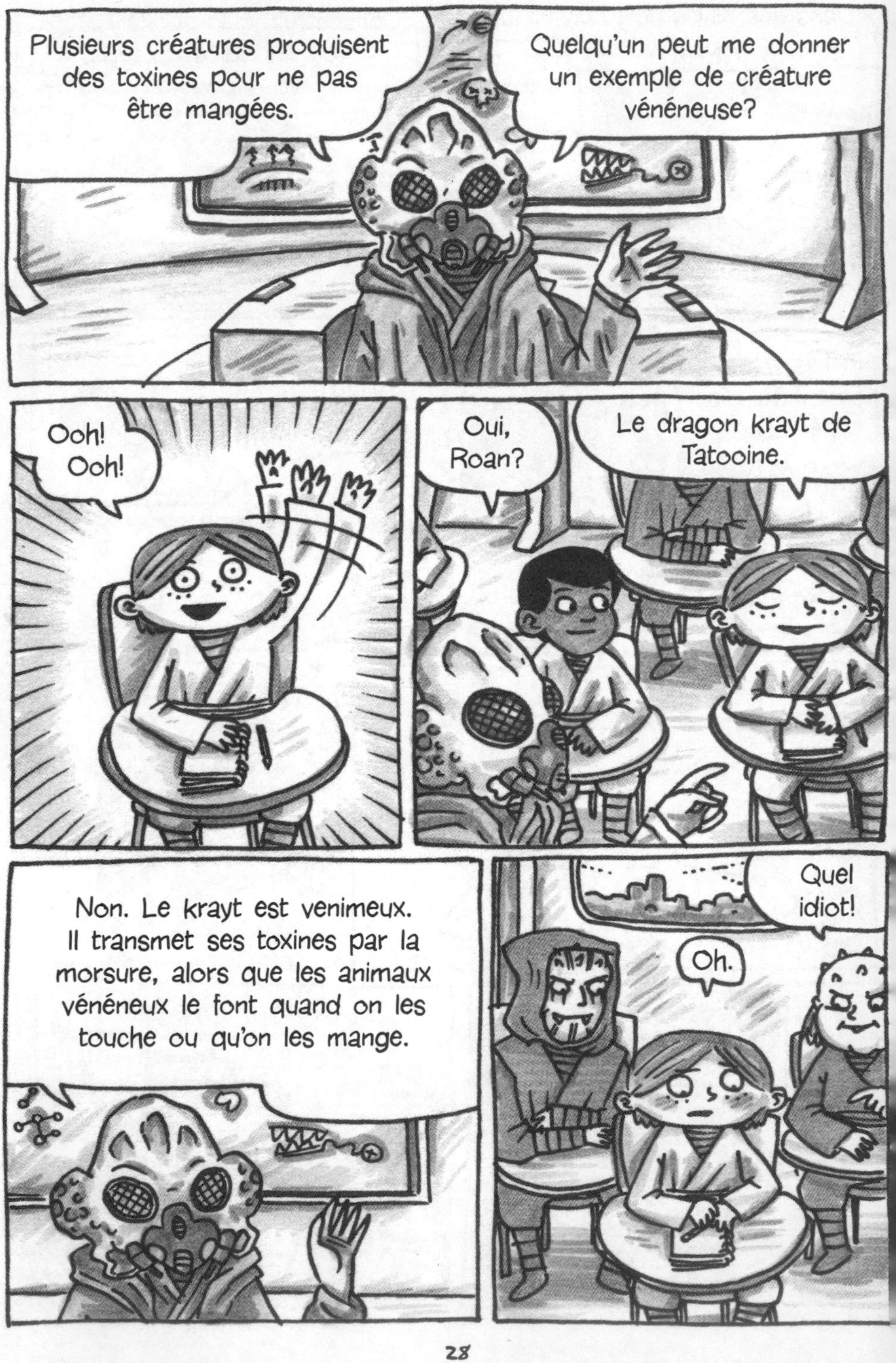
Plusieurs créatures produisent des toxines pour ne pas être mangées.
Quelqu'un peut me donner un exemple de créature vénéneuse?
Ooh! Ooh!
Oui, Roan?
Le dragon krayt de Tatooine.
Non. Le krayt est venimeux. Il transmet ses toxines par la morsure, alors que les animaux vénéneux le font quand on les touche ou qu'on les mange.
Quel idiot!
Oh.

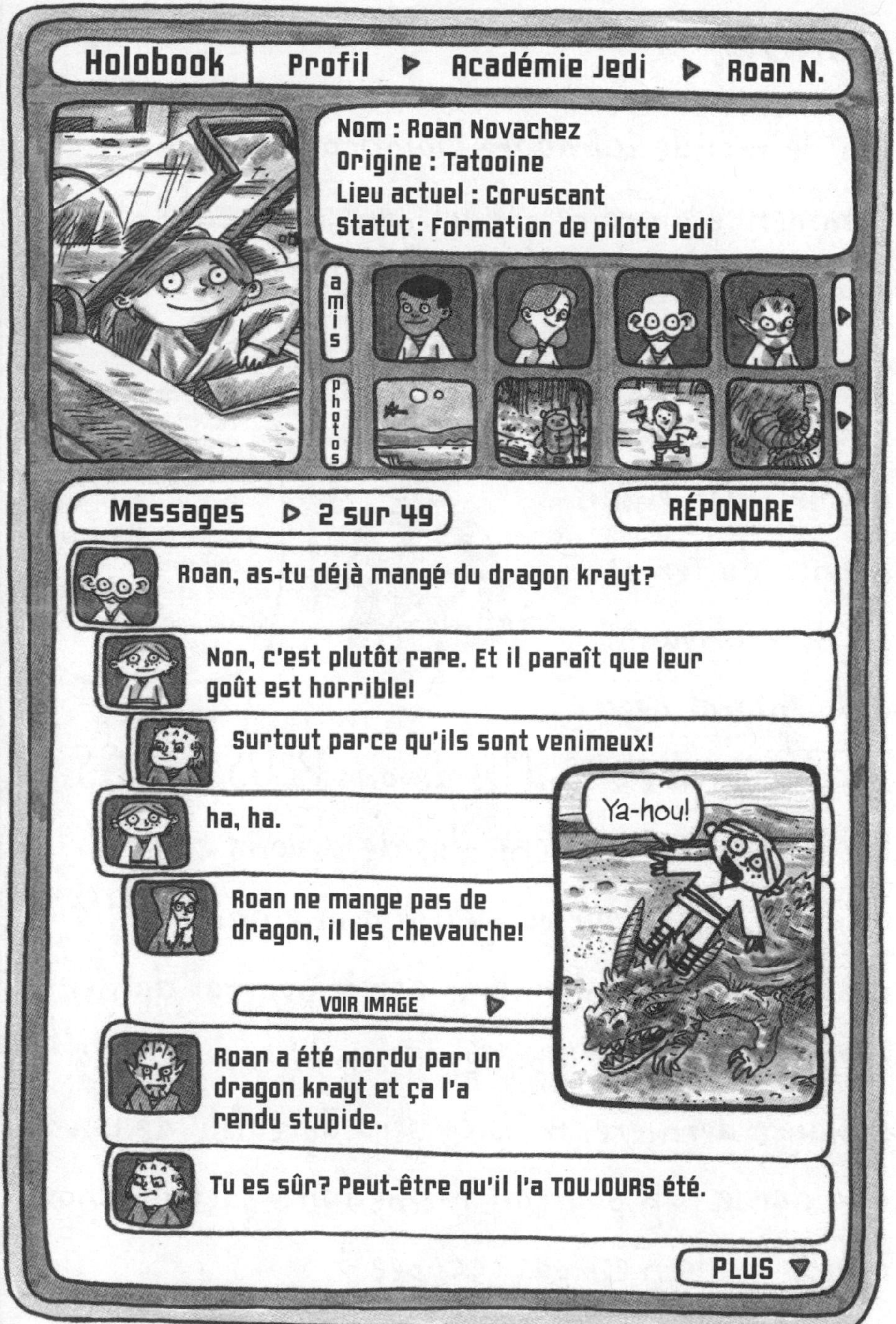
Holobook
Profil ▶ Académie Jedi ▶ Roan N.
Nom : Roan Novachez
Origine : Tatooine
Lieu actuel : Coruscant
Statut : Formation de pilote Jedi
amis
photos
Messages ▶ 2 sur 49
RÉPONDRE
Roan, as-tu déjà mangé du dragon krayt?
Non, c'est plutôt rare. Et il paraît que leur goût est horrible!
Surtout parce qu'ils sont venimeux!
ha, ha.
Roan ne mange pas de dragon, il les chevauche!
VOIR IMAGE
Ya-hou!
Roan a été mordu par un dragon krayt et ça l'a rendu stupide.
Tu es sûr? Peut-être qu'il l'a TOUJOURS été.
PLUS

MONODI

Tout le monde ici adore Holobook, mais je commence à croire que les gens ne l'utilisent que pour se moquer de moi. Je me demande comment ils trouvent le temps d'y aller, avec tous nos devoirs! Je pensais gagner du temps en m'inscrivant à du tutorat avec

... en fait, ton problème d'algèbre me rappelle que la poésie mandalorienne traditionnelle est si souvent liée à la culture que le manque de voix verbale bla bla bla...

T-P3O, mais ça rend les devoirs PLUS LONGS. Les profs nous donnent plus de devoirs cette année. Est-ce pour ça qu'il y a une danse si tôt ce trimestre? Tant mieux, car je pourrai danser avec Gaiana. On a passé du temps ensemble la semaine dernière, mais ce sera agréable de la voir à la danse. On pourrait même faire quelque chose après, si elle n'est pas occupée.

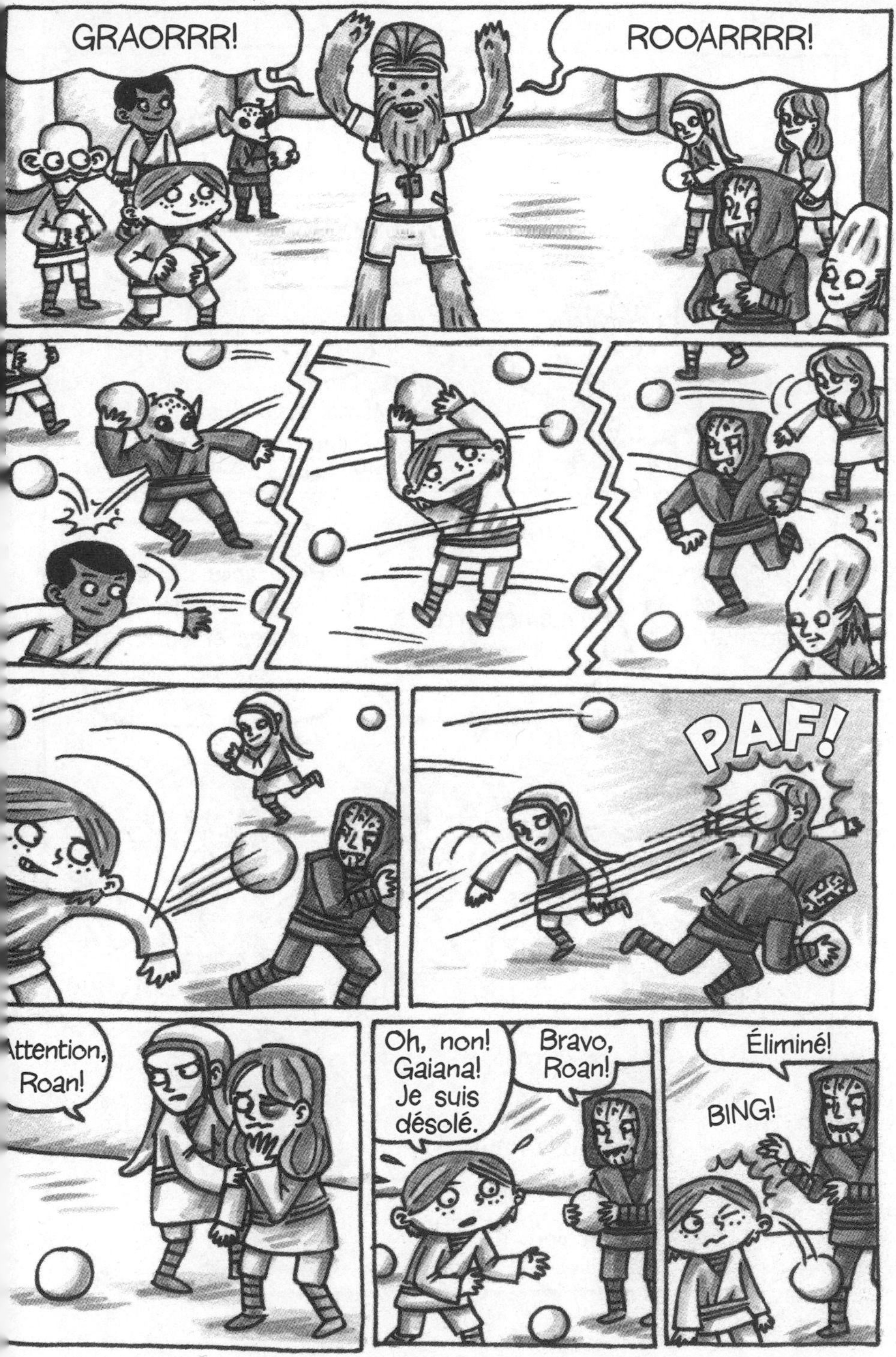
GRAORRR!
ROOARRRR!
PAF!
Attention, Roan!
Oh, non! Gaiana! Je suis désolé.
Bravo, Roan!
Éliminé!
BING!

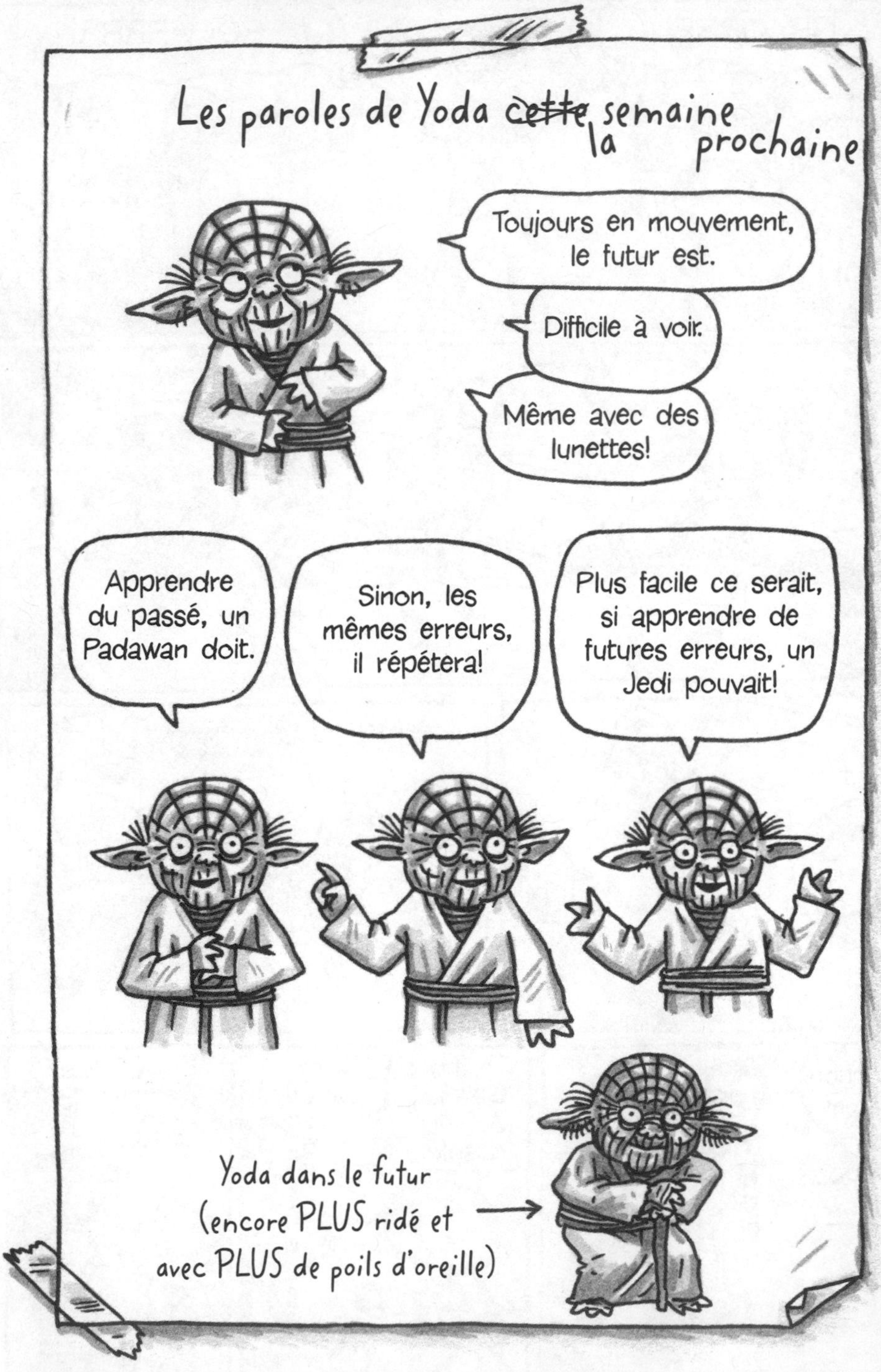
Les paroles de Yoda ~~cette~~ semaine
la prochaine
Toujours en mouvement, le futur est.
Difficile à voir.
Même avec des lunettes!
Apprendre du passé, un Padawan doit.
Sinon, les mêmes erreurs, il répétera!
Plus facile ce serait, si apprendre de futures erreurs, un Jedi pouvait!
Yoda dans le futur (encore PLUS ridé et avec PLUS de poils d'oreille)

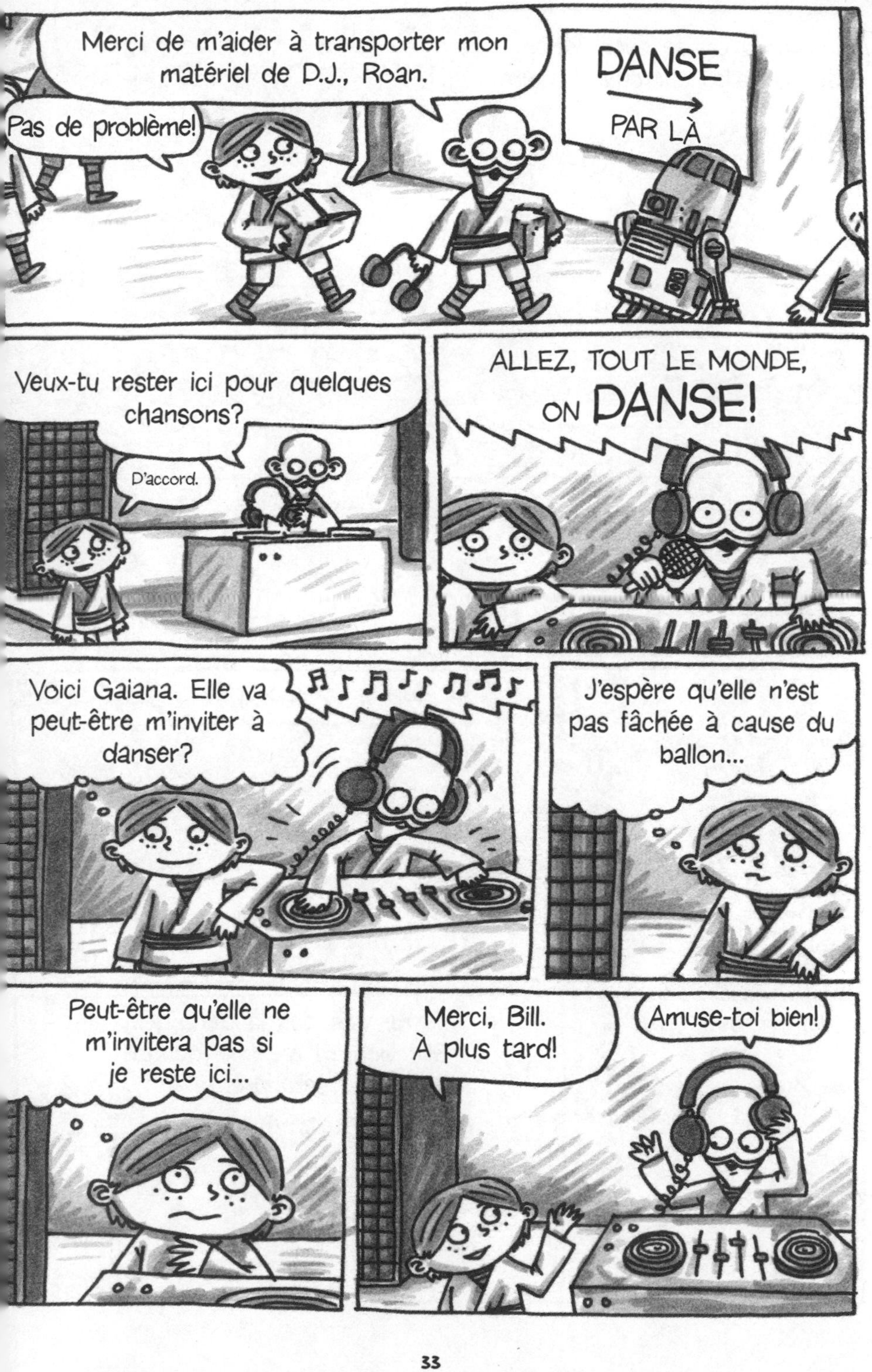

Merci de m'aider à transporter mon matériel de D.J., Roan.
Pas de problème!
DANSE
PAR LÀ
Veux-tu rester ici pour quelques chansons?
D'accord.
ALLEZ, TOUT LE MONDE, ON DANSE!
Voici Gaiana. Elle va peut-être m'inviter à danser?
J'espère qu'elle n'est pas fâchée à cause du ballon...
Peut-être qu'elle ne m'invitera pas si je reste ici...
Merci, Bill. À plus tard!
Amuse-toi bien!

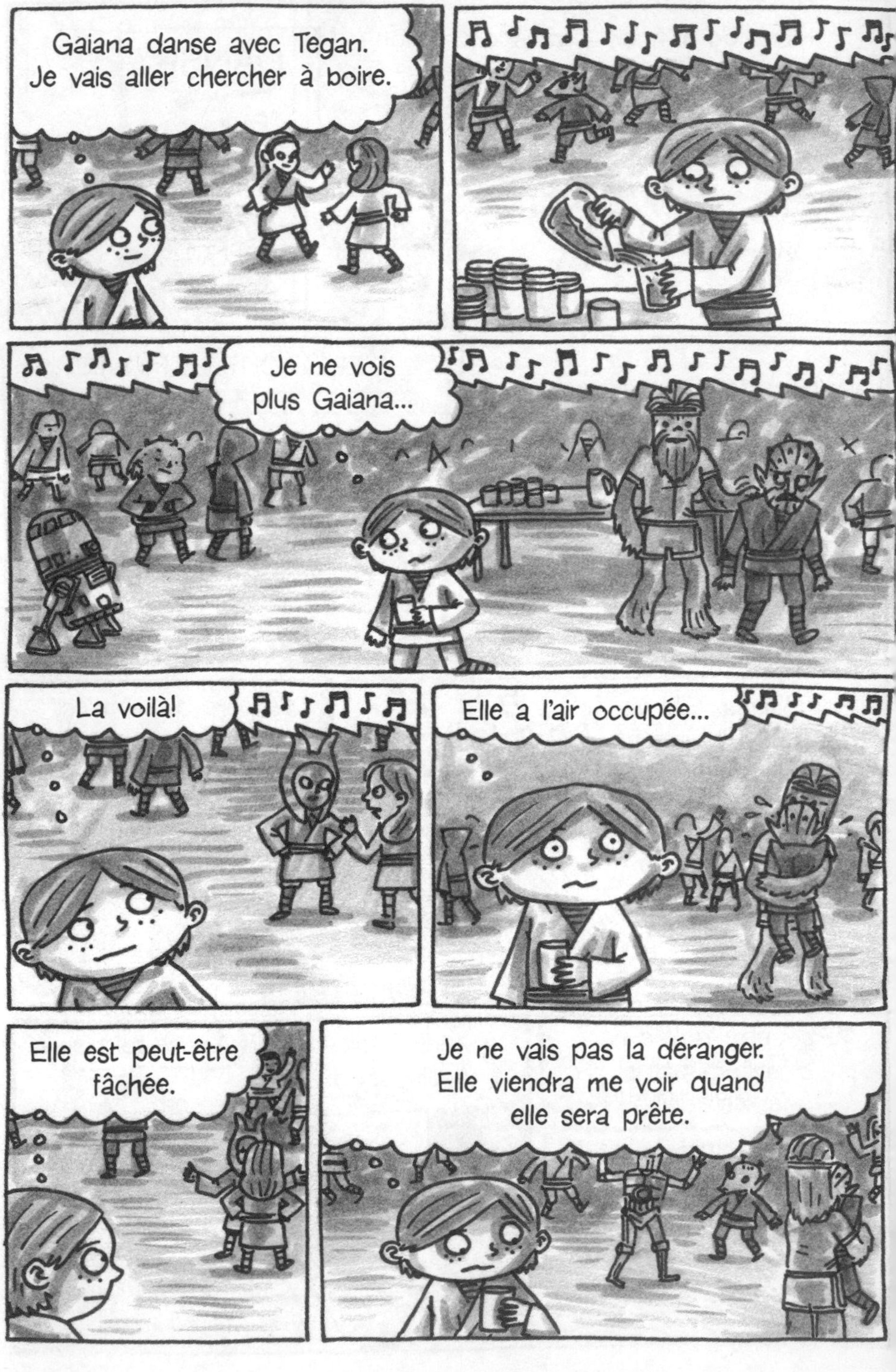
Gaiana danse avec Tegan. Je vais aller chercher à boire.
Je ne vois plus Gaiana...
La voilà!
Elle a l'air occupée...
Elle est peut-être fâchée.
Je ne vais pas la déranger. Elle viendra me voir quand elle sera prête.

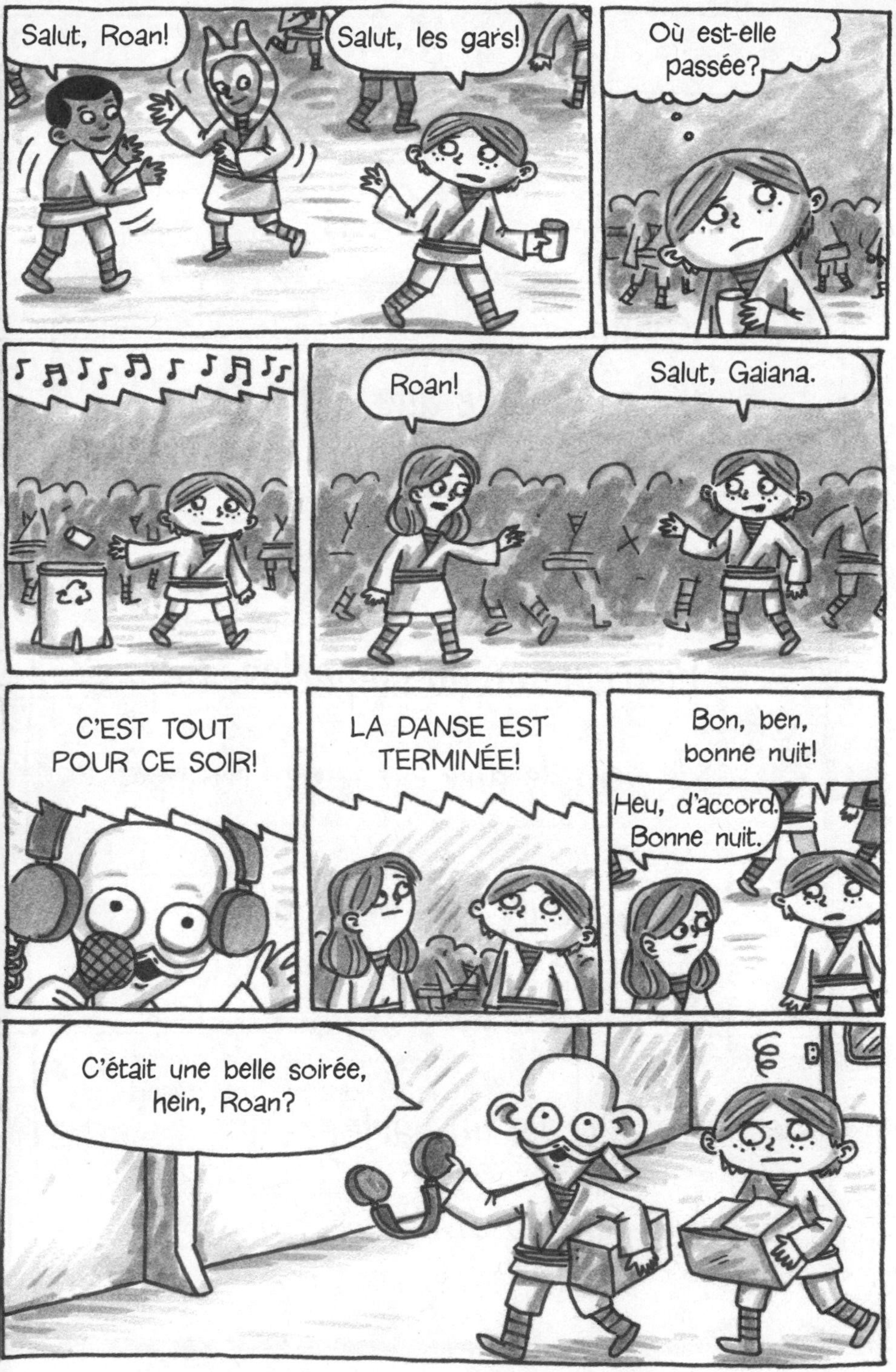
Salut, Roan!
Salut, les gars!
Où est-elle passée?
Roan!
Salut, Gaiana.
C'EST TOUT POUR CE SOIR!
LA DANSE EST TERMINÉE!
Bon, ben, bonne nuit!
Heu, d'accord. Bonne nuit.
C'était une belle soirée, hein, Roan?

Roan,

Gaiana pense que tu l'évites.

Non! Je pensais qu'<u>ELLE</u> ne voulait pas danser avec <u>MOI</u>.

Pourquoi ne lui en parles-tu pas?

Je viens de dire que je ne l'évite pas.

Non, tu me l'as écrit à moi.

Peux-tu le lui dire?

Tu devrais lui parler.

Vas-tu le lui dire?

QUATRODI

Depuis la danse, Gaiana a changé de place et n'est plus à côté de moi en classe. Elle doit être fâchée, mais je n'ai rien fait. Le ballon dans la figure était un accident. J'espère qu'elle n'a pas changé de place à cause de moi. C'était peut-être à cause de Cronah, qui n'arrête pas de me lancer des boulettes de papier. Il vise mal et touche parfois Gaiana. Pasha est de l'autre côté, mais il a appris à utiliser la Force pour faire dévier les boulettes

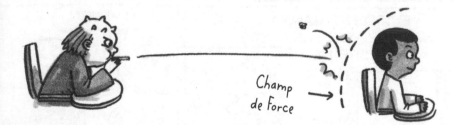

Champ
de Force →

La bonne nouvelle, c'est que demain, on va ENFIN utiliser les simulateurs de vol spatial! Enfin, une chose pour laquelle JE me suis préparé toute ma vie. Après ça, personne ne me verra plus de la même façon, car je vais surpasser tout le monde, et de loin. Je vais leur montrer de quel bois je me chauffe!

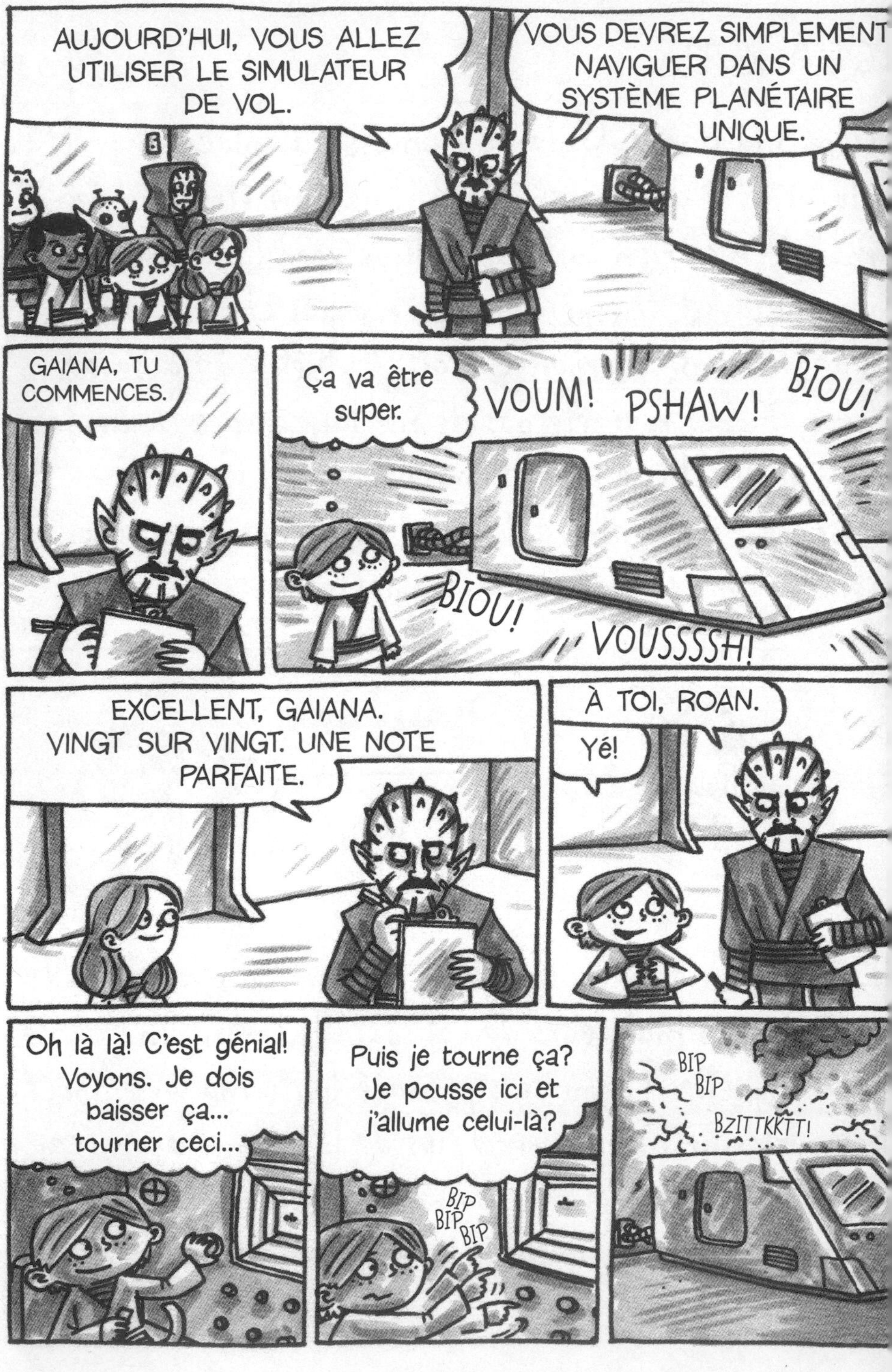
AUJOURD'HUI, VOUS ALLEZ UTILISER LE SIMULATEUR DE VOL.
VOUS DEVREZ SIMPLEMENT NAVIGUER DANS UN SYSTÈME PLANÉTAIRE UNIQUE.
GAIANA, TU COMMENCES.
Ça va être super.
VOUM!
PSHAW!
BIOU!
BIOU!
VOUSSSSH!
EXCELLENT, GAIANA. VINGT SUR VINGT. UNE NOTE PARFAITE.
À TOI, ROAN.
Yé!
Oh là là! C'est génial! Voyons. Je dois baisser ça... tourner ceci...
Puis je tourne ça? Je pousse ici et j'allume celui-là?
BIP BIP BIP
BIP BIP
BZITTKKTT!

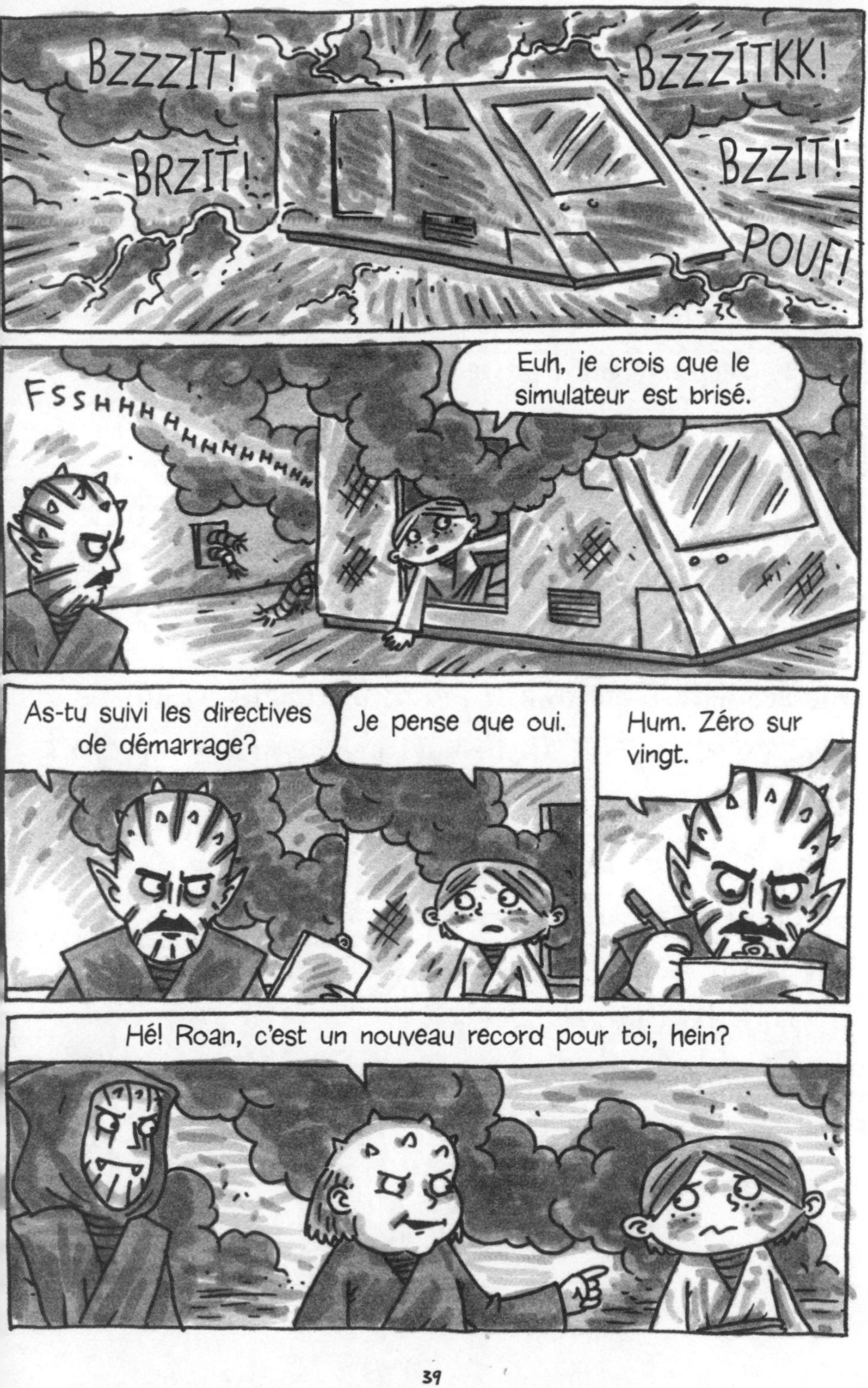
BZZZIT!
BRZIT!
BZZZITKK!
BZZIT!
POUF!
FSSHHHHHHHHHHHHHH
Euh, je crois que le simulateur est brisé.
As-tu suivi les directives de démarrage?
Je pense que oui.
Hum. Zéro sur vingt.
Hé! Roan, c'est un nouveau record pour toi, hein?

HEPTADI

Le cours d'astro-pilotage ne se déroule <u>PAS DU TOUT</u> comme je l'avais imaginé. Apparemment, lire le M.E.G.P.P.G. est important, parce que M. Garfield nous fait passer un test tous les deux jours. Je parie qu'il passe ses soirées à inventer des questions. Puis il y a eu ~~l'incident~~ l'incident du simulateur de vol, qui n'est VRAIMENT pas ma faute. Tout le monde

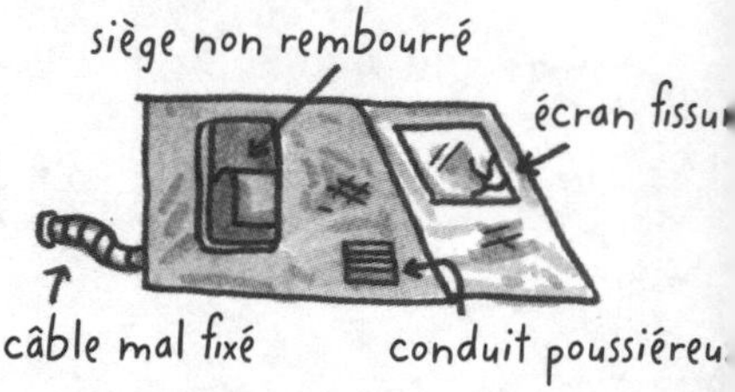

siège non rembourré

écran fissuré

câble mal fixé

conduit poussiéreux

me regardait comme si j'étais un crétin, mais ce truc est désuet et déglingué. Personne ne me croit, car maintenant, il est complètement brisé. La prochaine fois, il faudra que je sois parfait, sinon je serai dans le pétrin. Je vais devoir travailler plus fort que les autres. Ce n'est vraiment pas juste.

Pilote Ewok, sais-tu à quoi sert cette pièce?

Danthee?

MENU DE GAMMY

Repas

- croquettes (je ne sais pas de quoi) avec trempette au mucus de sarlacc
- salade mystère (genre salade surprise) parsemée de flocons de limace de Cularin
- champignons (mélangés avec des trucs qui traînaient sur le plancher)

Accompagnements

- fruit mook (servi glacé)
- soupe de légumes (servie bouillante)
- trucs épicés (servis avec une trousse de premiers soins)

* il ne reste plus de fruits ni de légumes

Boissons

- eau brunâtre/verdâtre (probablement potable)
- eau pétillante (parfumée à la queue de rat womp)

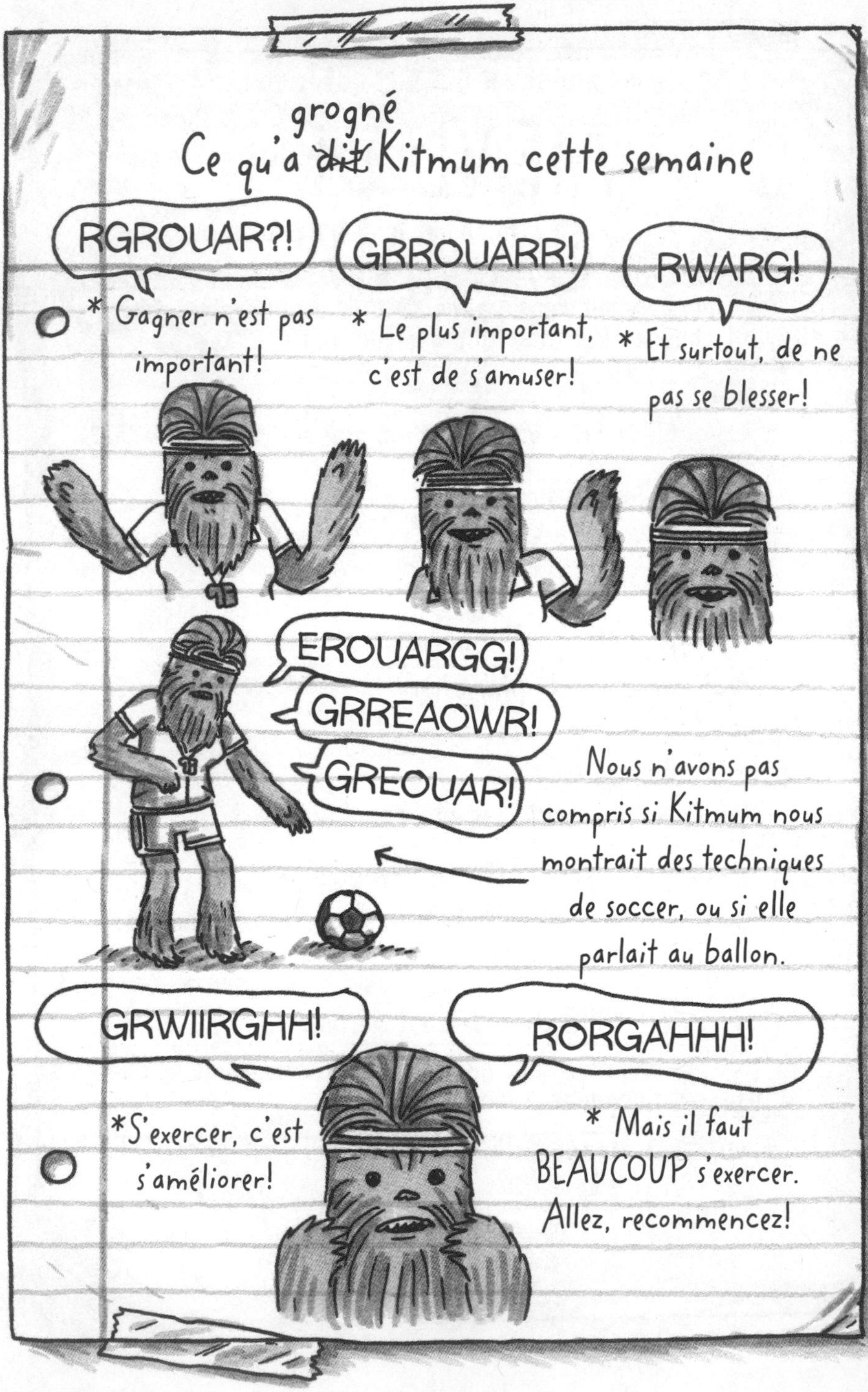
Ce qu'a ~~dit~~ grogné Kitmum cette semaine
RGROUAR?!
* Gagner n'est pas important!
GRROUARR!
* Le plus important, c'est de s'amuser!
RWARG!
* Et surtout, de ne pas se blesser!
EROUARGG!
GRREAOWR!
GREOUAR!
Nous n'avons pas compris si Kitmum nous montrait des techniques de soccer, ou si elle parlait au ballon.
GRWIIRGHH!
*S'exercer, c'est s'améliorer!
RORGAHHH!
* Mais il faut BEAUCOUP s'exercer. Allez, recommencez!

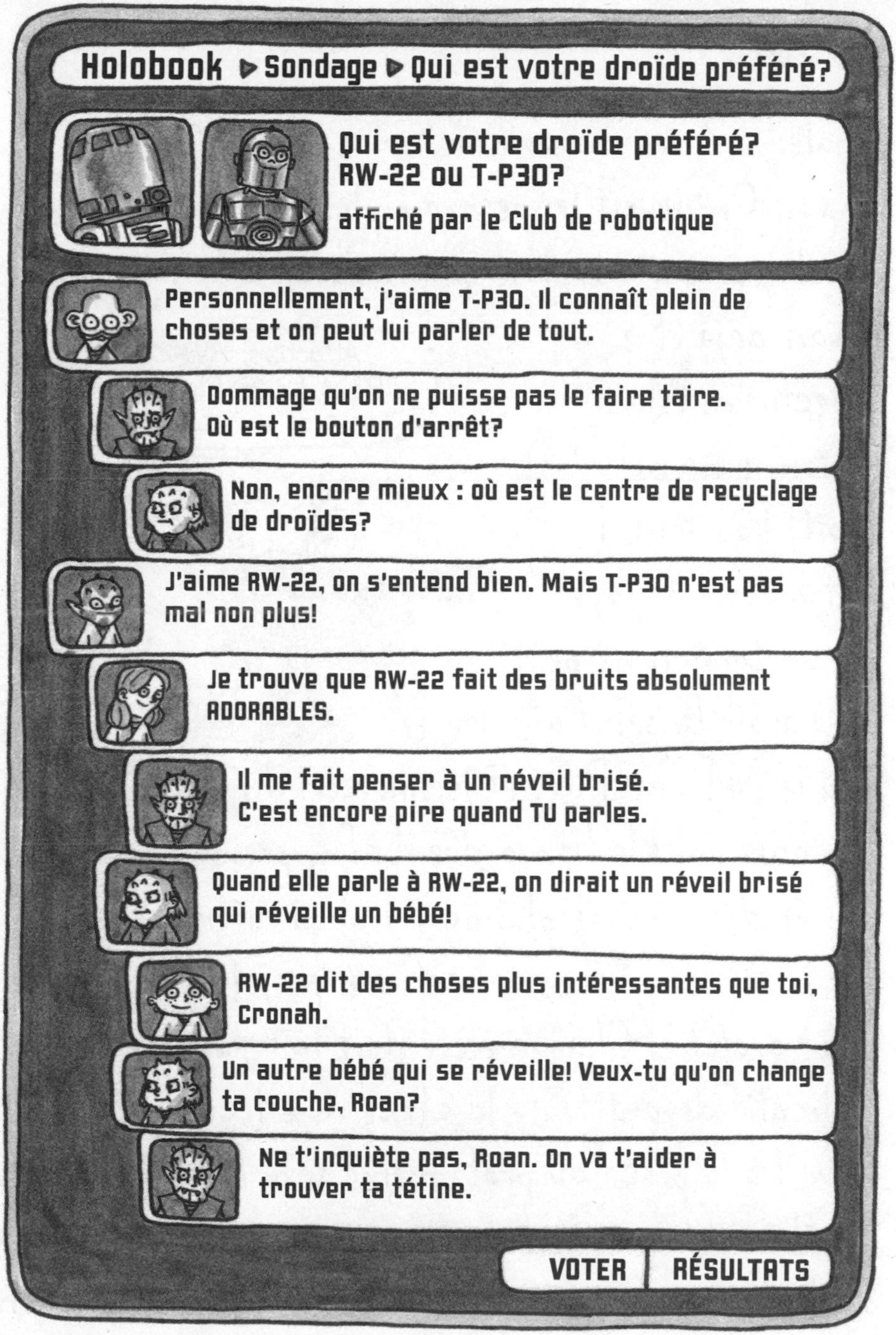
Holobook ▶ Sondage ▶ Qui est votre droïde préféré?
Qui est votre droïde préféré?
RW-22 ou T-P30?
affiché par le Club de robotique
Personnellement, j'aime T-P30. Il connaît plein de choses et on peut lui parler de tout.
Dommage qu'on ne puisse pas le faire taire. Où est le bouton d'arrêt?
Non, encore mieux : où est le centre de recyclage de droïdes?
J'aime RW-22, on s'entend bien. Mais T-P30 n'est pas mal non plus!
Je trouve que RW-22 fait des bruits absolument ADORABLES.
Il me fait penser à un réveil brisé. C'est encore pire quand TU parles.
Quand elle parle à RW-22, on dirait un réveil brisé qui réveille un bébé!
RW-22 dit des choses plus intéressantes que toi, Cronah.
Un autre bébé qui se réveille! Veux-tu qu'on change ta couche, Roan?
Ne t'inquiète pas, Roan. On va t'aider à trouver ta tétine.
VOTER
RÉSULTATS

DUODI

Finalement, on va avoir de nouveaux simulateurs de vol. On devait les recevoir plus tôt, alors le simulateur qui a explosé quand j'étais à l'intérieur devait déjà être défectueux. Mais personne ne me croit! Pourtant, le fait d'avoir appuyé sur un bouton ne peut pas l'avoir brisé! J'ai

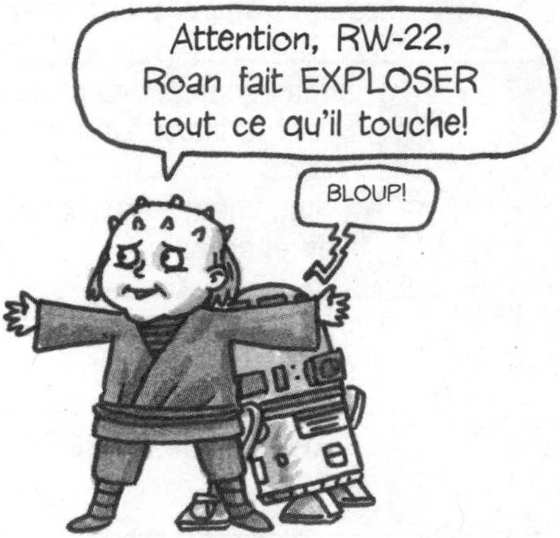

Attention, RW-22, Roan fait EXPLOSER tout ce qu'il touche!
BLOUP!

relu le M.E.G.P.P.G. et je suis certain d'avoir entré les codes dans le bon ordre. Enfin, presque certain. Je vais étudier encore plus pour leur prouver que je sais ce que je fais. J'ai commencé mon projet pour le cours d'art oratoire. Chaque élève doit faire un discours explicatif devant toute la classe. C'est comme faire le travail à la place du prof, même si la bibliothécaire Lackbar dit que c'est pour nous apprendre à parler en public (ce qu'un Jedi doit faire en tant que gardien de la paix) et à travailler seuls (ce que fait parfois un Jedi). C'est drôle que la bibliothécaire Lackbar enseigne cette matière, car on dirait qu'elle parle sous l'eau. J'ai une bonne idée pour ma présentation. Je vais parler de ~~méditassion~~ méditation. Je vais rendre ça divertissant, et tout le monde va aimer ça. Je pourrais même distribuer une mini BD. Je vais aussi consulter les Archives Jedi pour trouver des informations que Maître Yoda ne nous a pas encore enseignées. L'avantage, c'est que si quelqu'un s'endort pendant que je parle, ça voudra dire que j'ai fait une bonne présentation, pas un discours ennuyant!

La méditation, c'est super, les amis!

Désapprendre ce que vous avez appris...

Puis le réapprendre, vous devez!

COMMENT MÉDITER
par Roan Novachez

1. S'asseoir en position de méditation

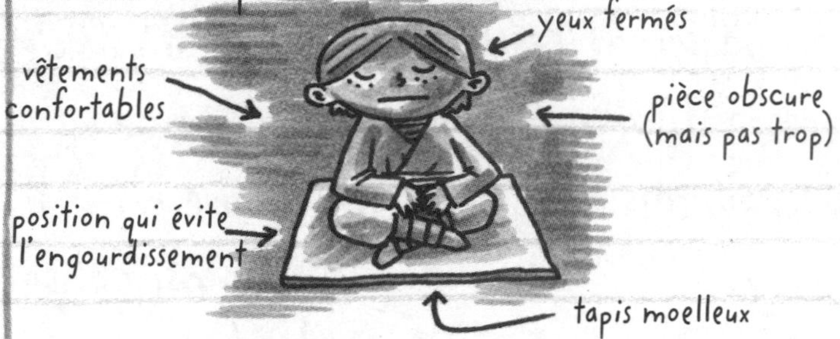

yeux fermés
vêtements confortables
pièce obscure (mais pas trop)
position qui évite l'engourdissement
tapis moelleux

2. Vider son esprit de toute pensée

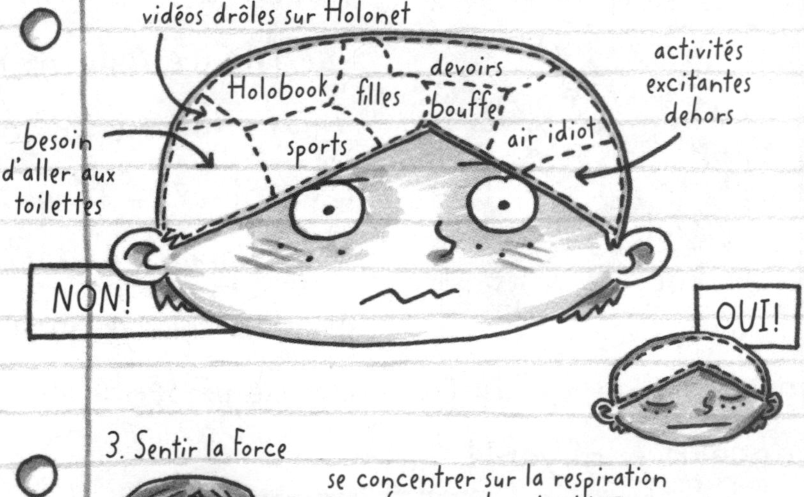

vidéos drôles sur Holonet
activités excitantes dehors
devoirs
Holobook
filles
bouffe
air idiot
sports
besoin d'aller aux toilettes
NON!
OUI!

3. Sentir la Force

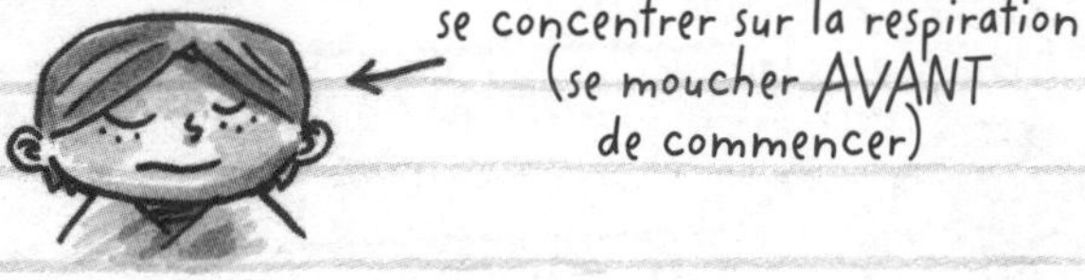

se concentrer sur la respiration (se moucher AVANT de commencer)

4. Continuer pendant huit ou neuf heures (au moins)

Salut, Ro!

Désolé d'apprendre que le simulateur de vol a explosé, mais je peux bien en rire AVEC toi, non?

Sérieusement, ne t'en fais pas. Ces vieilles technologies tombent TOUJOURS en panne.

Et ne t'inquiète pas si tu n'as pas dansé avec Gaiana. Ça ne veut pas dire qu'elle ne t'aime pas. Tu dois l'écouter, être patient et gentil avec elle. Mais ne sois pas trop insistant! Crois-moi, c'est un bon conseil. Il vient de ma copine, Enowyn, qui ne m'a pas encore plaqué...

-Dav

P.-S. Envoie plus de BD, j'ai besoin de trucs à lire ici!

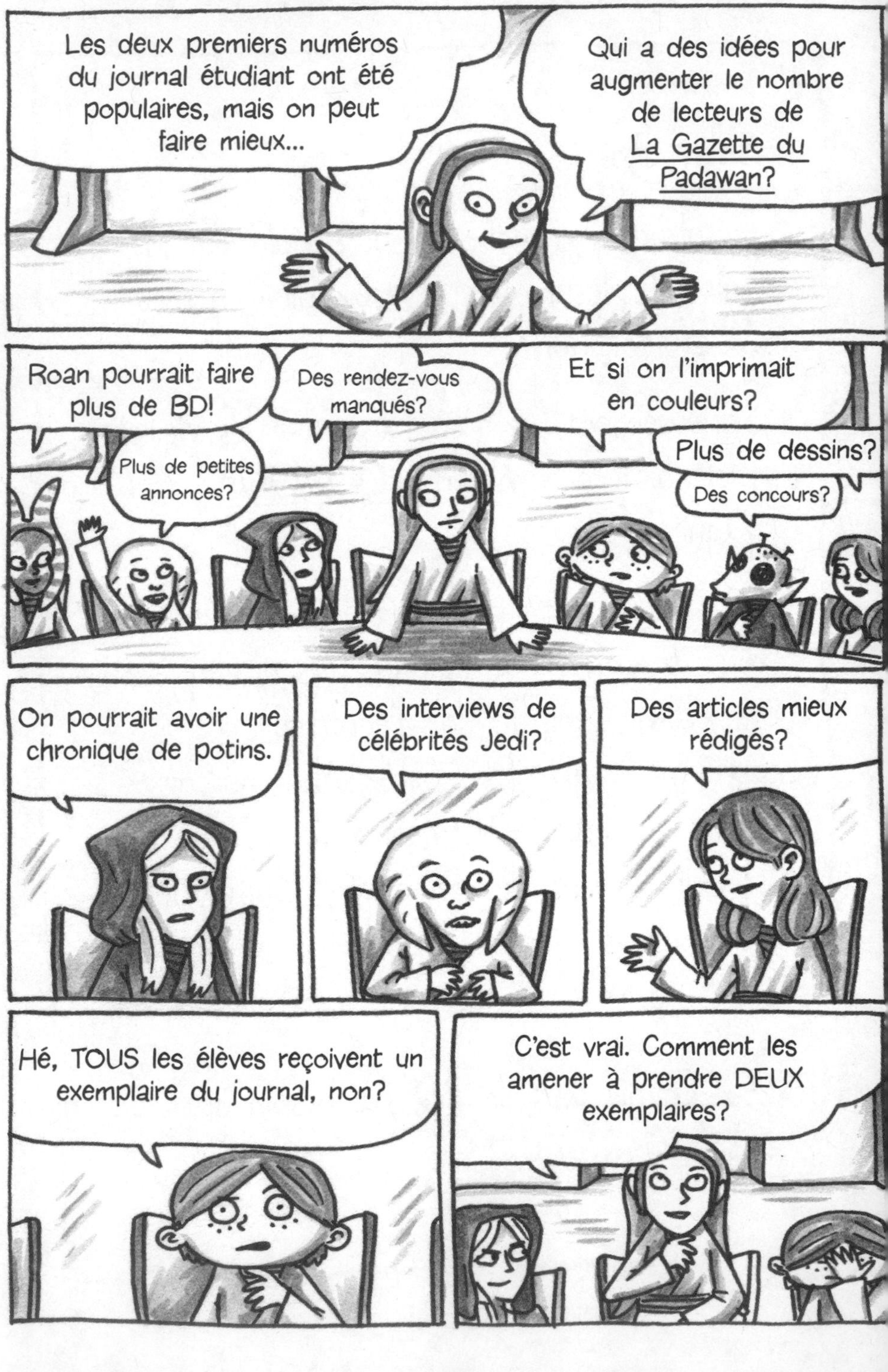
Les deux premiers numéros du journal étudiant ont été populaires, mais on peut faire mieux...
Qui a des idées pour augmenter le nombre de lecteurs de La Gazette du Padawan?
Roan pourrait faire plus de BD!
Des rendez-vous manqués?
Et si on l'imprimait en couleurs?
Plus de petites annonces?
Plus de dessins?
Des concours?
On pourrait avoir une chronique de potins.
Des interviews de célébrités Jedi?
Des articles mieux rédigés?
Hé, TOUS les élèves reçoivent un exemplaire du journal, non?
C'est vrai. Comment les amener à prendre DEUX exemplaires?

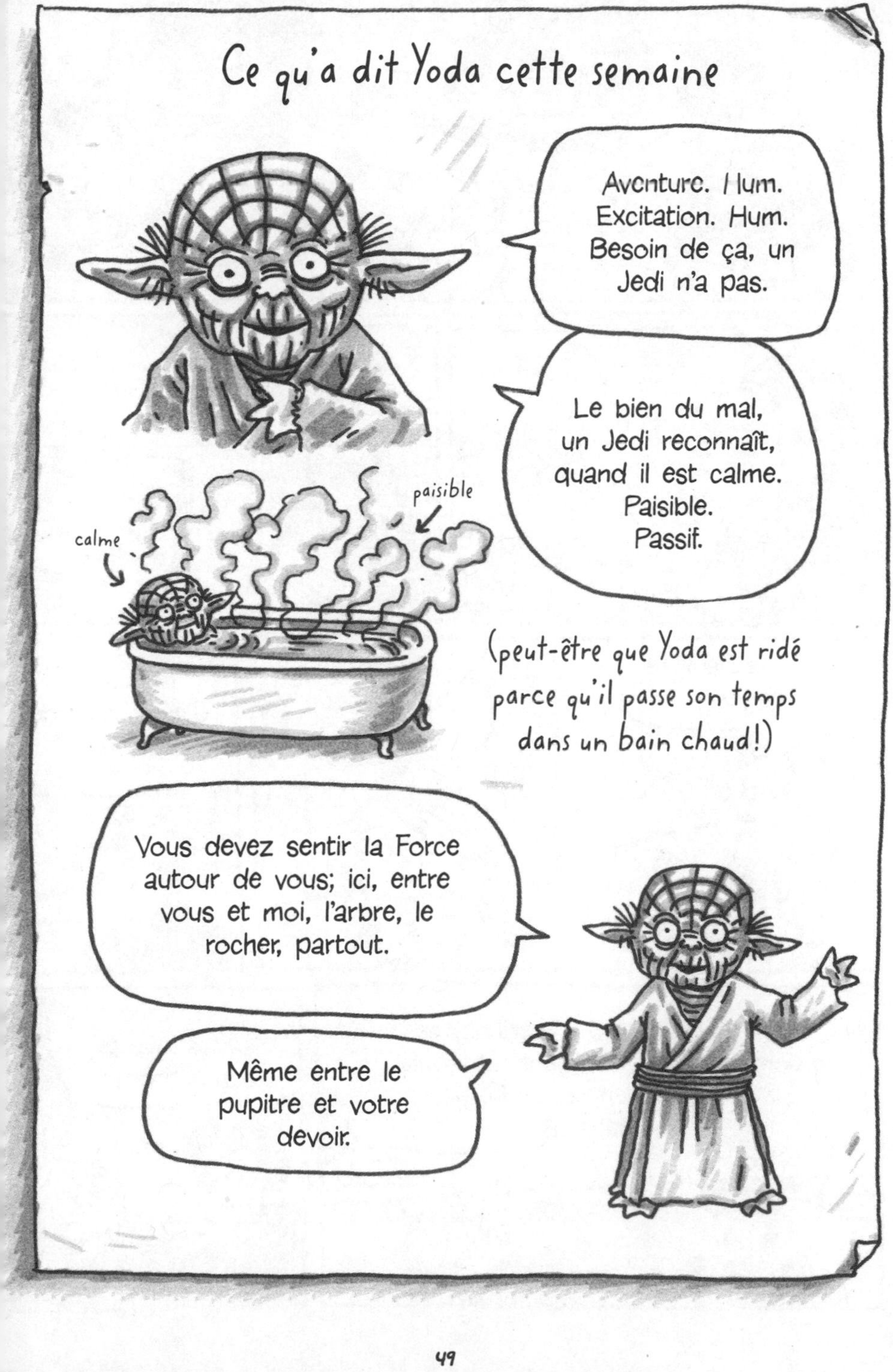
Ce qu'a dit Yoda cette semaine
Aventure. Hum. Excitation. Hum. Besoin de ça, un Jedi n'a pas.
Le bien du mal, un Jedi reconnaît, quand il est calme. Paisible. Passif.
calme
paisible
(peut-être que Yoda est ridé parce qu'il passe son temps dans un bain chaud!)
Vous devez sentir la Force autour de vous; ici, entre vous et moi, l'arbre, le rocher, partout.
Même entre le pupitre et votre devoir.

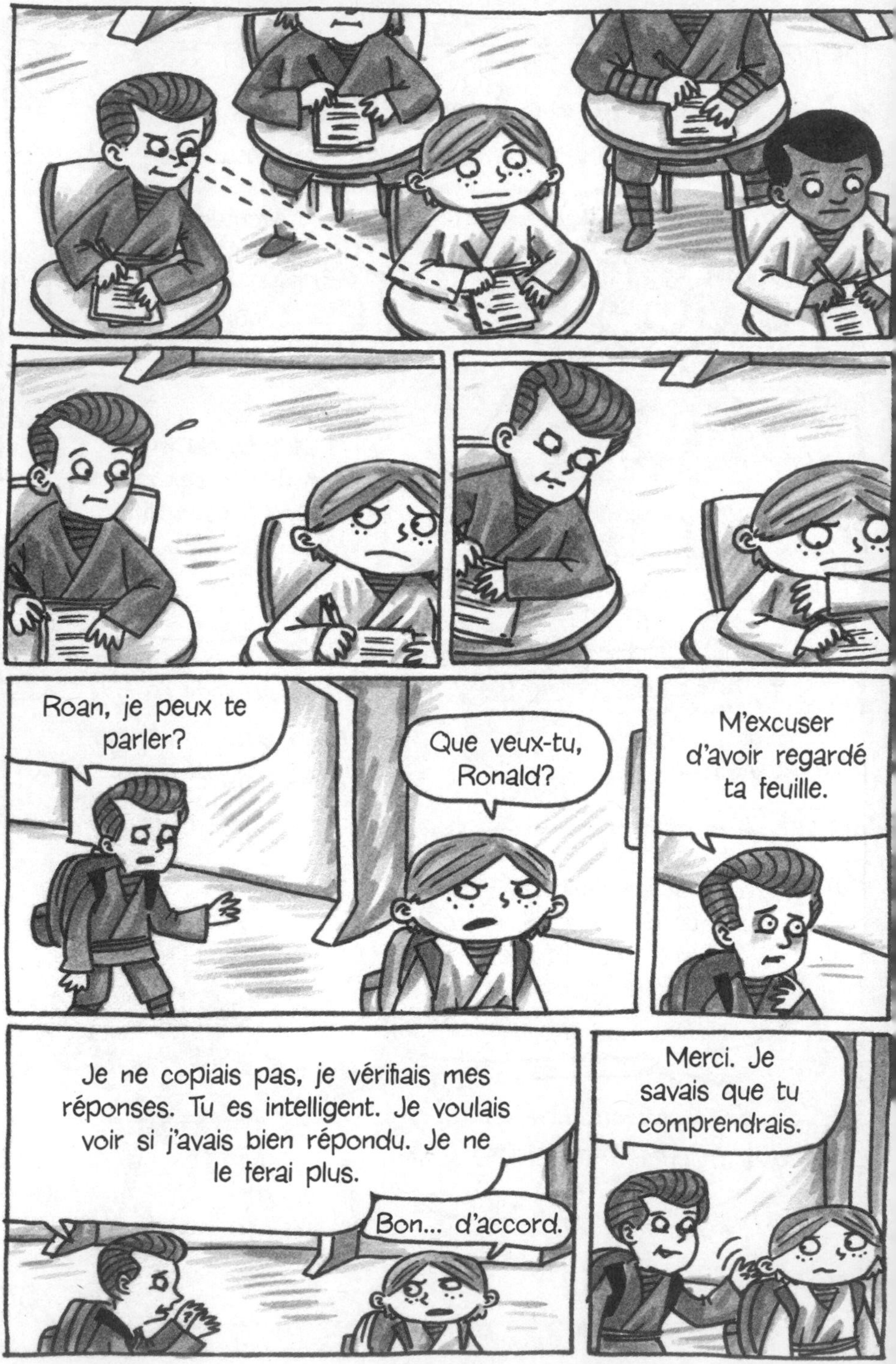

Roan, je peux te parler?
Que veux-tu, Ronald?
M'excuser d'avoir regardé ta feuille.
Je ne copiais pas, je vérifiais mes réponses. Tu es intelligent. Je voulais voir si j'avais bien répondu. Je ne le ferai plus.
Bon... d'accord.
Merci. Je savais que tu comprendrais.

PENTADI

Hier, j'ai ENCORE surpris Ronald en train de copier sur moi. Il a de bonnes notes, alors il doit copier tout le temps. Au début, je me demandais pourquoi il trichait puisqu'il réussit bien, mais j'ai fini par comprendre qu'il réussit PARCE QU'IL copie. C'est bizarre que le président du conseil étudiant ne soit pas un meilleur élève. À moins que le fait de ne pas étudier fasse de lui un bon président? En tout cas, c'est vraiment ÉNERVANT. Je devrais le dénoncer, mais tout le monde penserait que moi, je suis un pauvre type, alors que c'est lui qui en est un. Pour ma présentation orale, j'ai fini ma mini BD. Bill, Egon et Pasha m'ont aidé à l'assembler.

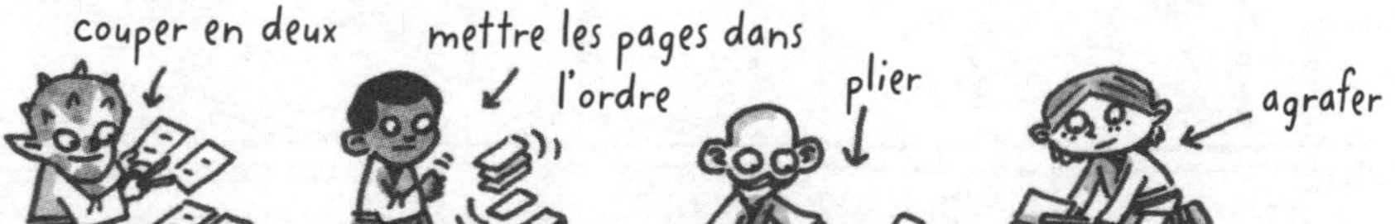
couper en deux
mettre les pages dans l'ordre
plier
agrafer

J'ai des fiches à étudier pour mon discours, mais je n'en aurai probablement pas besoin, car je connais mon sujet à fond.

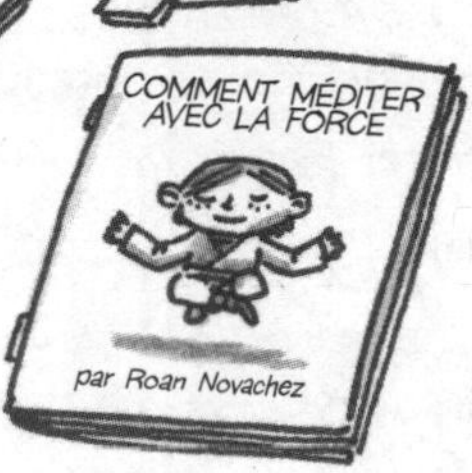
COMMENT MÉDITER AVEC LA FORCE
par Roan Novachez

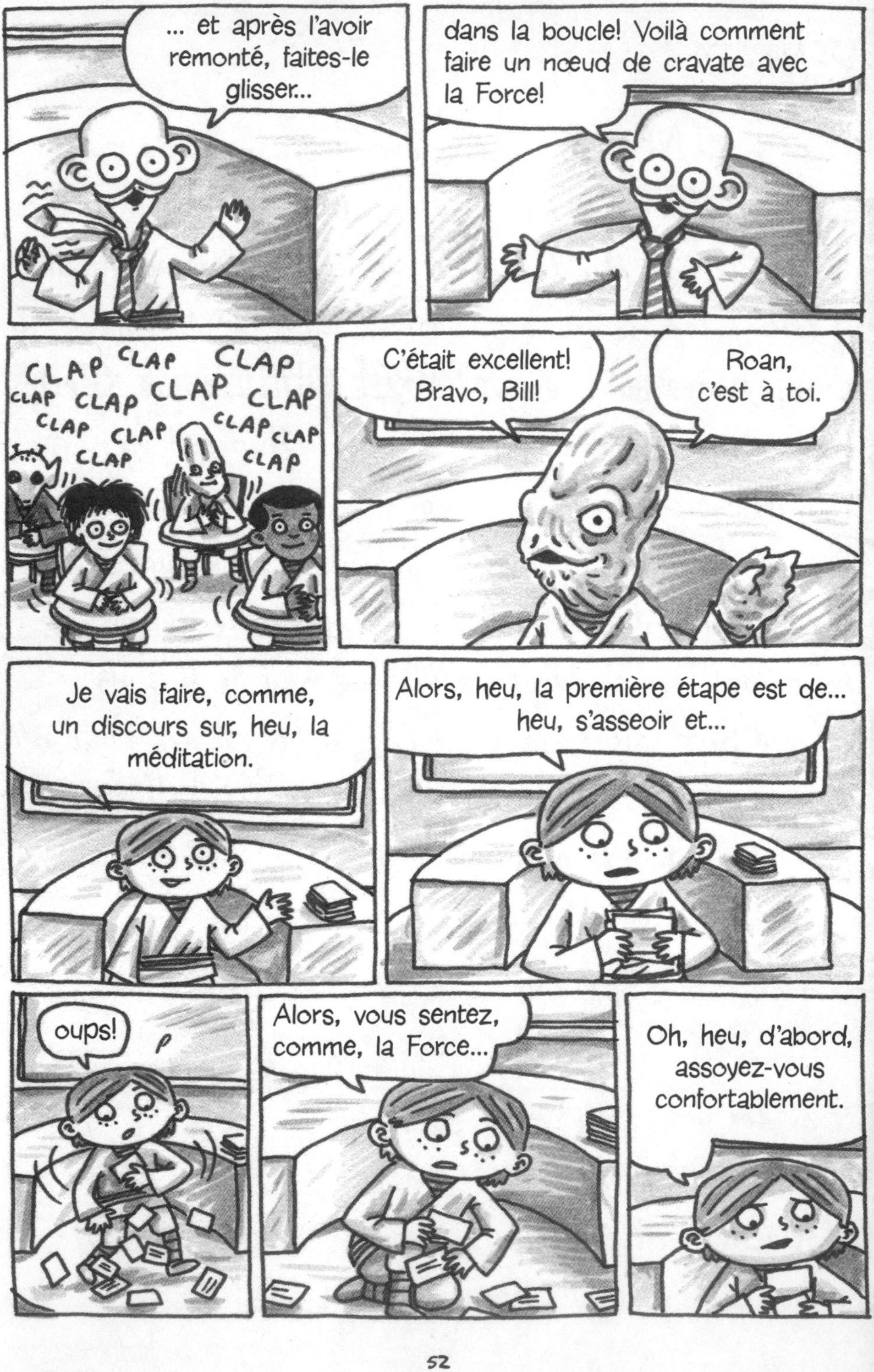
... et après l'avoir remonté, faites-le glisser...
dans la boucle! Voilà comment faire un nœud de cravate avec la Force!
CLAP CLAP CLAP CLAP CLAP CLAP CLAP CLAP CLAP CLAP CLAP CLAP CLAP
C'était excellent! Bravo, Bill!
Roan, c'est à toi.
Je vais faire, comme, un discours sur, heu, la méditation.
Alors, heu, la première étape est de... heu, s'asseoir et...
oups!
Alors, vous sentez, comme, la Force...
Oh, heu, d'abord, assoyez-vous confortablement.

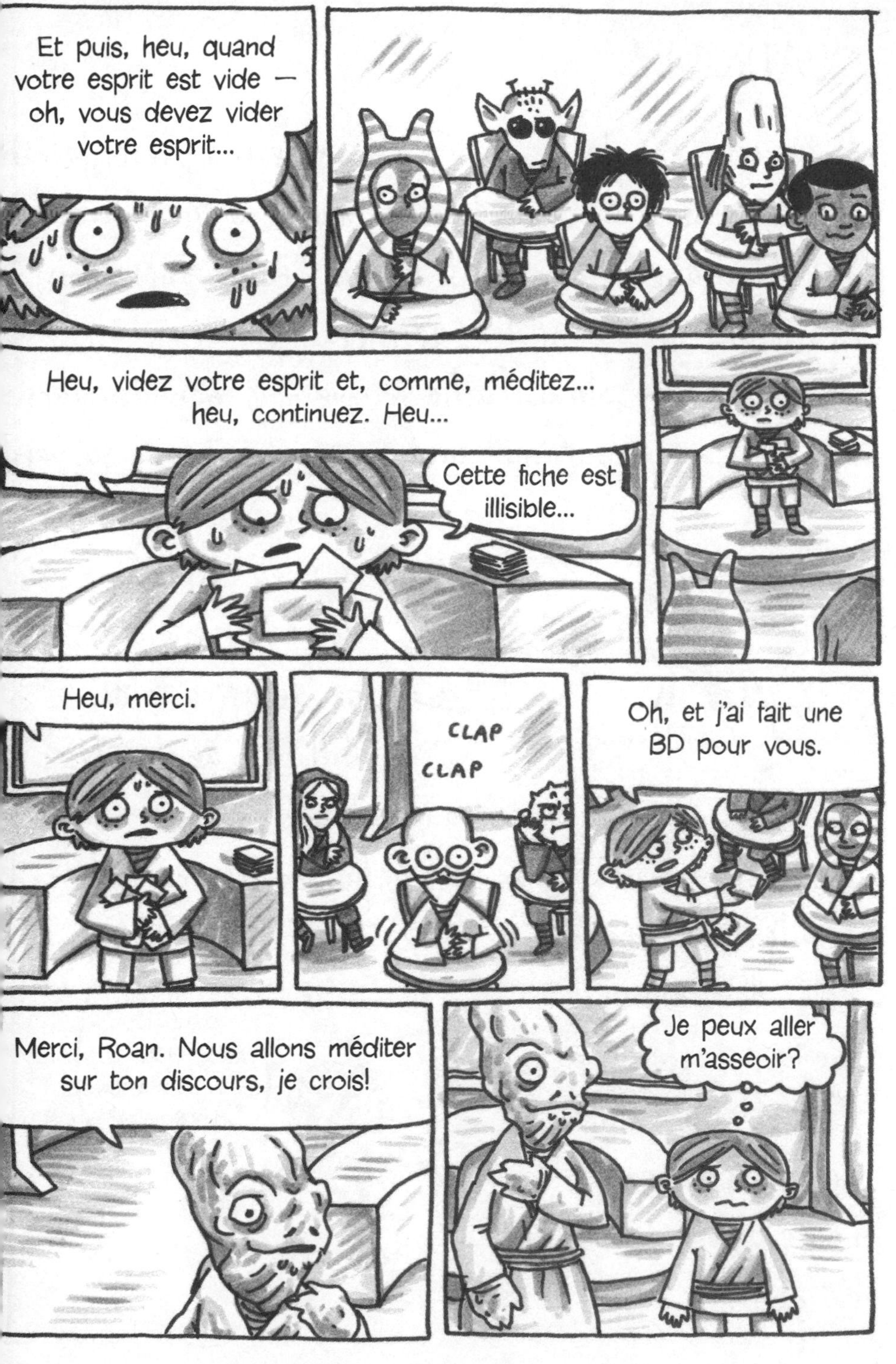
Et puis, heu, quand votre esprit est vide — oh, vous devez vider votre esprit...
Heu, videz votre esprit et, comme, méditez... heu, continuez. Heu...
Cette fiche est illisible...
Heu, merci.
CLAP
CLAP
Oh, et j'ai fait une BD pour vous.
Merci, Roan. Nous allons méditer sur ton discours, je crois!
Je peux aller m'asseoir?

QUATRODI

Apparemment, la meilleure partie de ma présentation était ma mini BD, que tout le monde a bien aimée. Sauf Cronah, évidemment. Il a dit que si mes amis m'ont aidé à l'assembler, ce n'était pas une « présentation solo ». Pasha trouve que mon discours était pas mal, sauf que je disais trop souvent « heu » et « comme ».

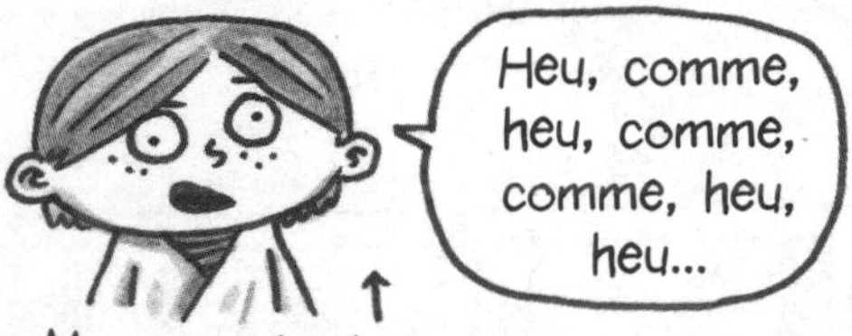
Heu, comme, heu, comme, comme, heu, heu...
Moi devant la classe

J'ai eu un « B », donc ce n'était pas un désastre total. Bill m'a demandé si j'avais utilisé la Force pour me concentrer, mais j'étais trop distrait par mes fiches en désordre. Le meilleur discours était celui de Gaiana, sur la perception des perturbations dans l'environnement à l'aide de la Force. Elle est géniale.

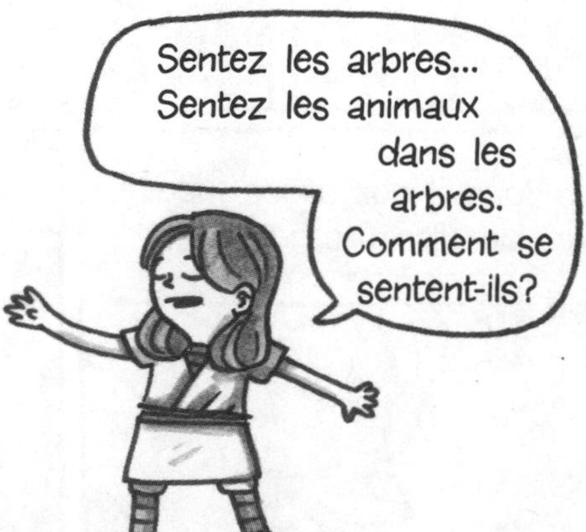
Sentez les arbres... Sentez les animaux dans les arbres. Comment se sentent-ils?

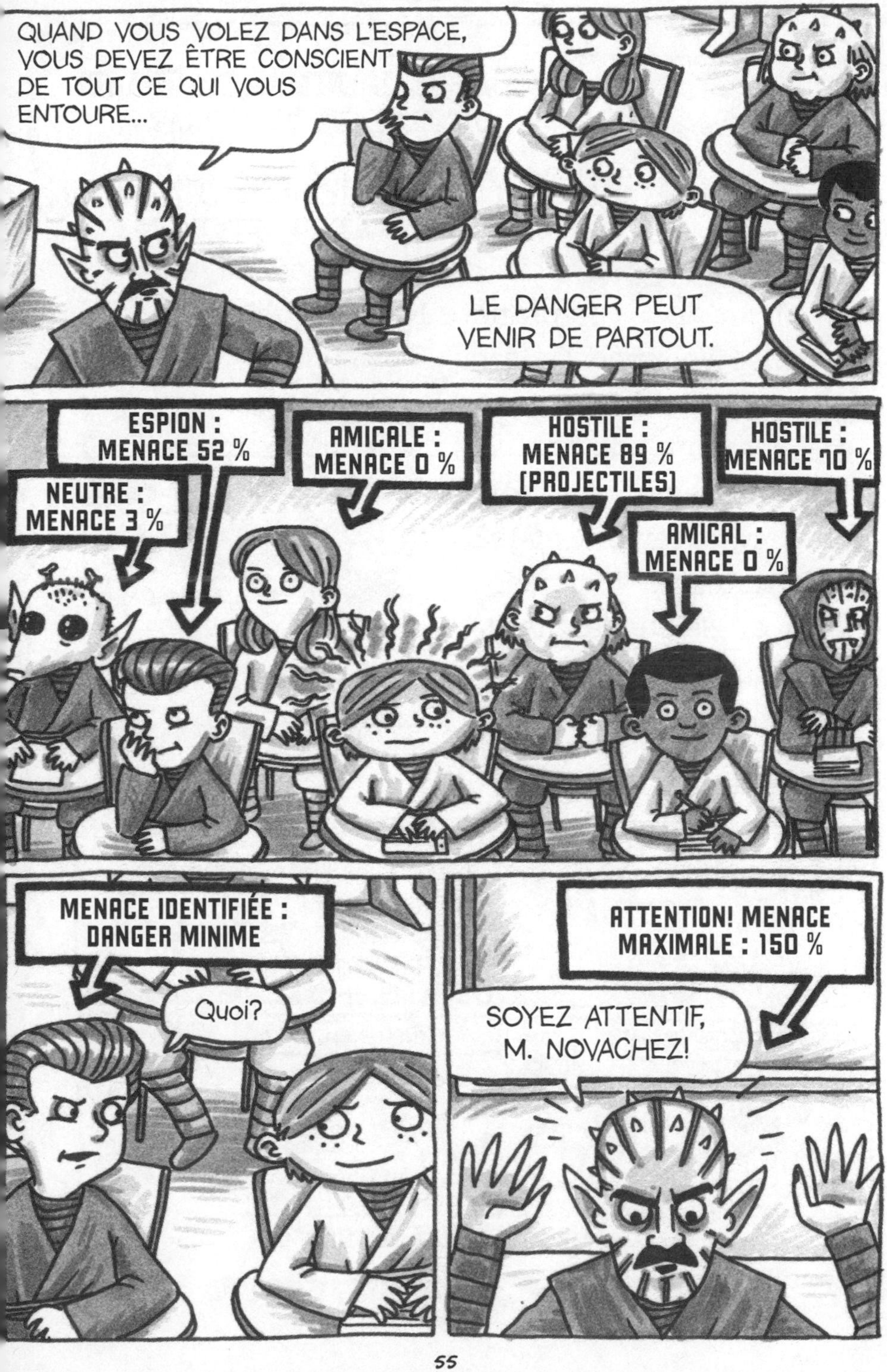
QUAND VOUS VOLEZ DANS L'ESPACE, VOUS DEVEZ ÊTRE CONSCIENT DE TOUT CE QUI VOUS ENTOURE...
LE DANGER PEUT VENIR DE PARTOUT.
ESPION : MENACE 52 %
NEUTRE : MENACE 3 %
AMICALE : MENACE 0 %
HOSTILE : MENACE 89 % (PROJECTILES)
AMICAL : MENACE 0 %
HOSTILE : MENACE 70 %
MENACE IDENTIFIÉE : DANGER MINIME
Quoi?
ATTENTION! MENACE MAXIMALE : 150 %
SOYEZ ATTENTIF, M. NOVACHEZ!

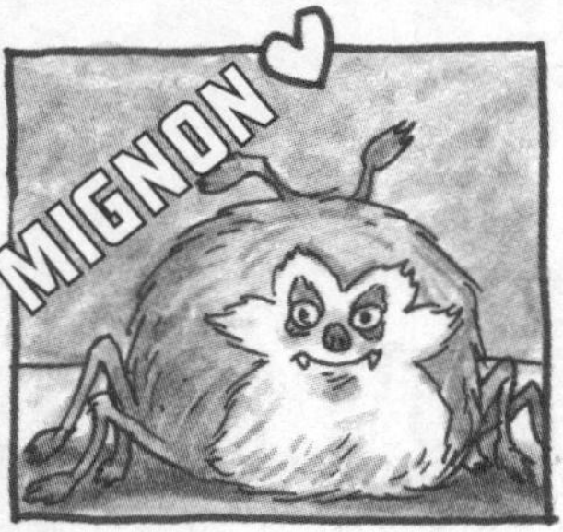
MIGNON

VOORPEE, L'ANIMAL DE CLASSE
DISTRAYANT ET ÉDUCATIF

Cette année, les Padawans se sont relayés pour prendre soin d'un voorpak de la planète Naboo, qu'ils ont baptisé Voorpee. Gaiana, la responsable de ce programme, dit que « les élèves vont étudier le comportement et les habitudes de Voorpee, tout en se renseignant sur son alimentation et son habitat naturel ». Voorpee a été prêté par le zoo de Naboo.

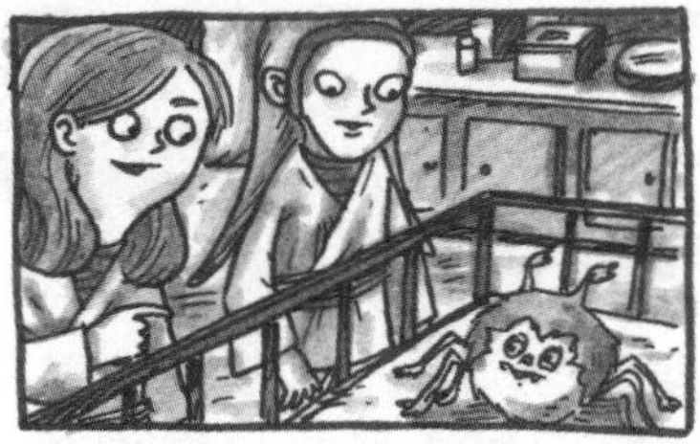

PILOTE EWOK

par Roan Novachez

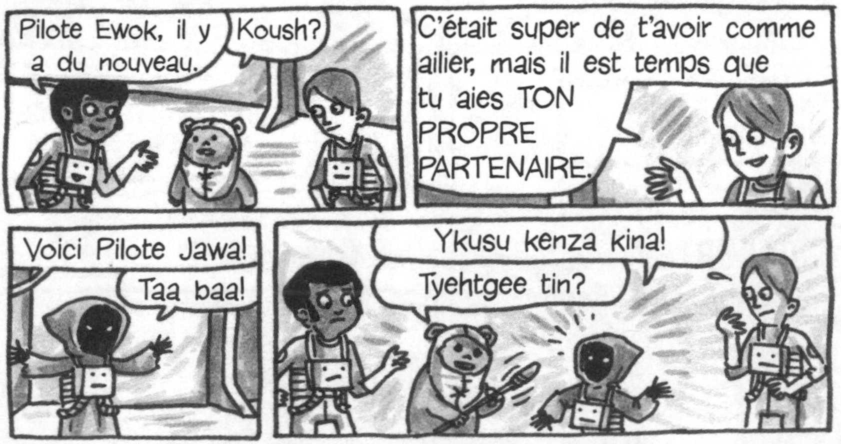
Pilote Ewok, il y a du nouveau.
Koush?
C'était super de t'avoir comme ailier, mais il est temps que tu aies TON PROPRE PARTENAIRE.
Voici Pilote Jawa!
Taa baa!
Ykusu kenza kina!
Tyehtgee tin?

LA GAZETTE DU PADAWAN VOL MXIII Nº 4

Holocourrier

DE : Maître_yoda_642
À : Groupe Padawan
OBJET : Importante sortie scolaire

CHOIX
◀ RÉPONDRE
▶ TRANSFÉRER
▦ IMPRIMER
⬤ AFFICHER SUR HOLOBOOK

QUAND : SEMAINE SEPT
OÙ : PLANÈTE HOTH

OBJECTIF : Étudier les animaux qui survivent sur cette planète de glace afin d'apprendre à s'adapter à des conditions extrêmes.

ACTIVITÉS : Camper dans des cavernes de glace sous la surface, observer les tauntauns et repérer tout type de végétation.

REMARQUES : Comme d'habitude, les élèves seront accompagnés par des chaperons Jedi, qui sauront probablement s'occuper de problèmes comme les rongeurs ou les vers de glace, les wampas, les pirates et les contrebandiers.

CHAPERONS : Maître Yoda, M. Garfield, T-P30 et RW-22.

À APPORTER : Vêtements chauds, bottes imperméables, raquettes, caleçons longs, gants, lunettes de soleil, bac à glaçons, foulard, tuque et préparation de chocolat Hoth.

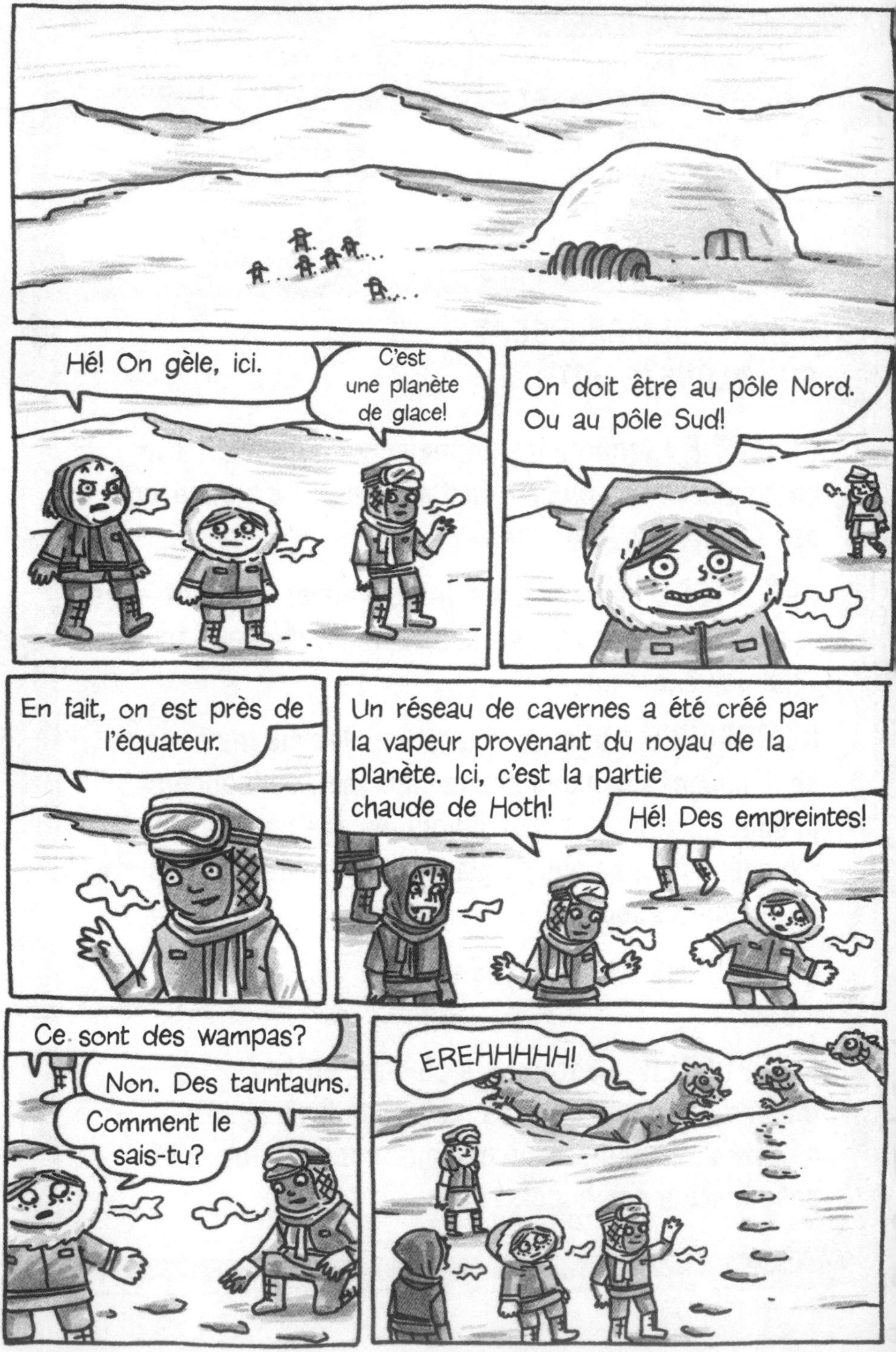
Hé! On gèle, ici.
C'est une planète de glace!
On doit être au pôle Nord. Ou au pôle Sud!
En fait, on est près de l'équateur.
Un réseau de cavernes a été créé par la vapeur provenant du noyau de la planète. Ici, c'est la partie chaude de Hoth!
Hé! Des empreintes!
Ce sont des wampas?
Non. Des tauntauns.
Comment le sais-tu?
EREHHHHH!

DUODI

La sortie sur la planète Hoth était amusante, même si au début, elle s'annonçait très ennuyeuse...

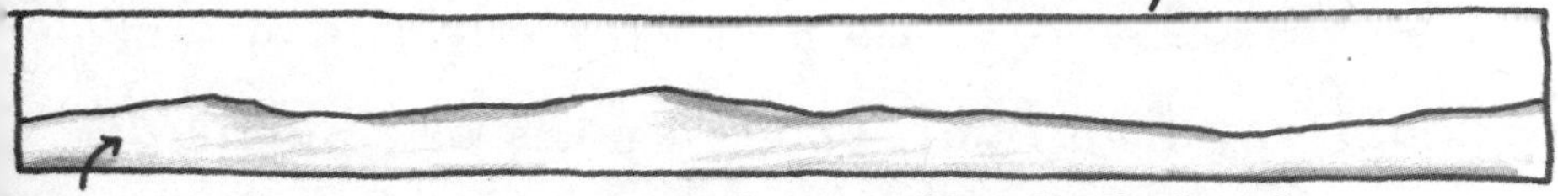

Voilà à quoi ressemble cette planète DE TOUS LES POINTS DE VUE

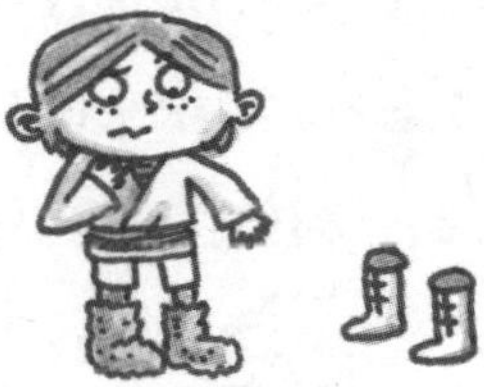

Comme j'ai grandi sur une planète désertique, je ne m'attendais pas à un froid pareil. Heureusement pour moi, j'avais apporté des chaussettes extra-épaisses. Malheureusement, elles n'entraient pas dans mes bottes. J'ai donc dû en emprunter à Pasha. La première activité était de chercher de la végétation. Gaiana est partie avec Bill et Tegan avant que je puisse me joindre à eux. J'ai fait équipe avec Egon et Pasha, qui nous a montré comment suivre les traces des tauntauns pour découvrir où ils trouvent du lichen.

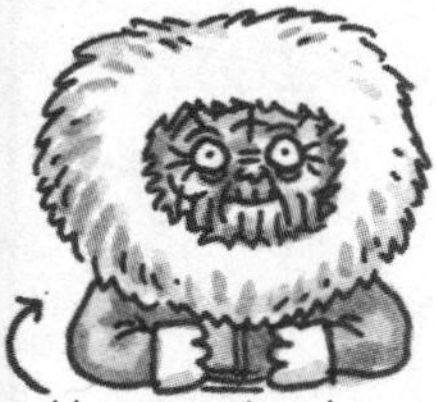

Yoda sur Hoth

Les tauntauns absorbent l'humidité du lichen, mais ont aussi une langue spécialement adaptée pour lécher les parois

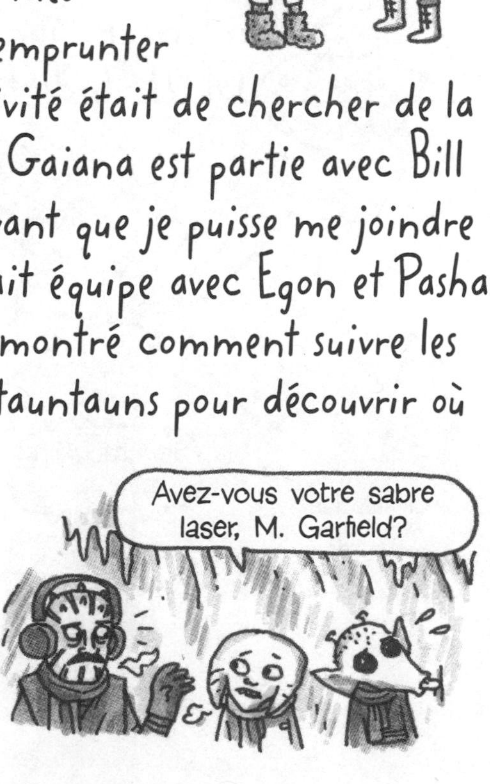
Avez-vous votre sabre laser, M. Garfield?

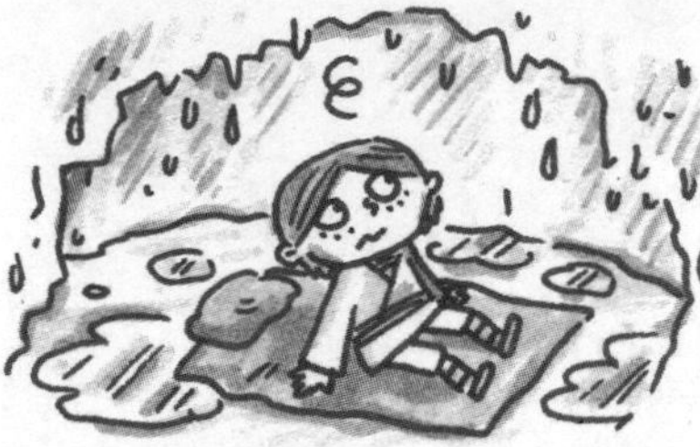

des cavernes de glace sans rester collée. Greer n'a pas eu cette chance!

La première nuit, Silva a réglé le chauffage trop haut, et on a passé une partie de la matinée à faire sécher nos vêtements. Ronald est sorti avant que les siens soient complètement secs et il a gelé sur place. On a pensé à le laisser là pendant qu'on allait glisser, mais finalement, on l'a rentré à l'intérieur pour le faire fondre. C'était GÉNIAL de faire de la luge! Il y avait d'énormes pentes avec des bosses. Même Cyrus et Cronah ont été impressionnés par mon saut.

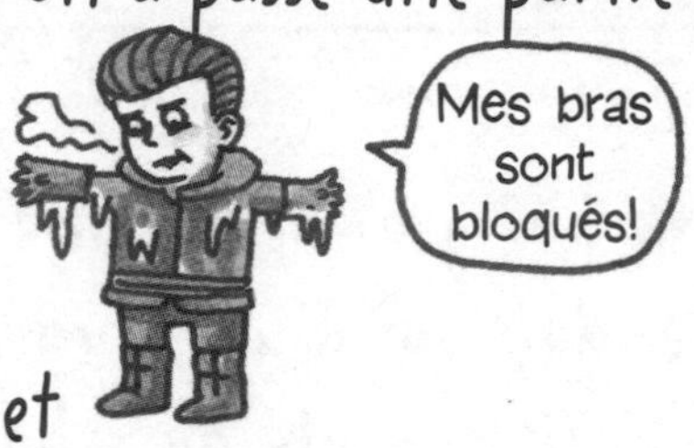
Mes bras sont bloqués!

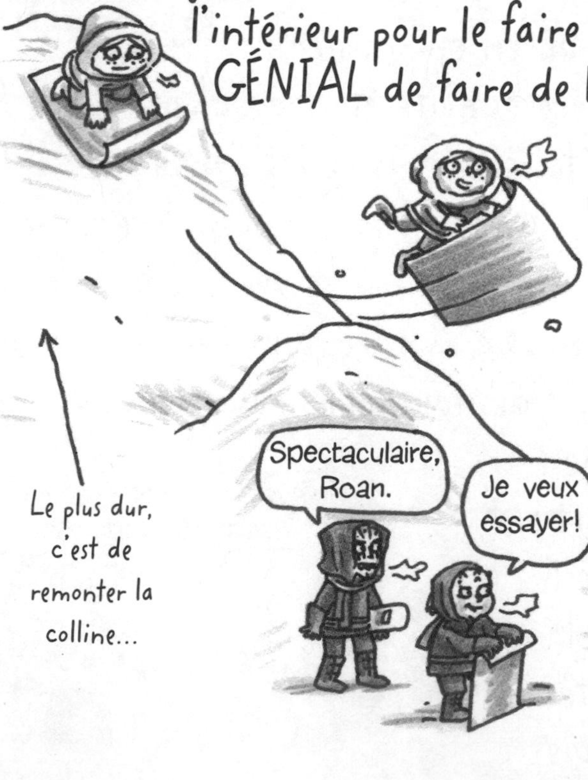
Le plus dur, c'est de remonter la colline...
Spectaculaire, Roan.
Je veux essayer!

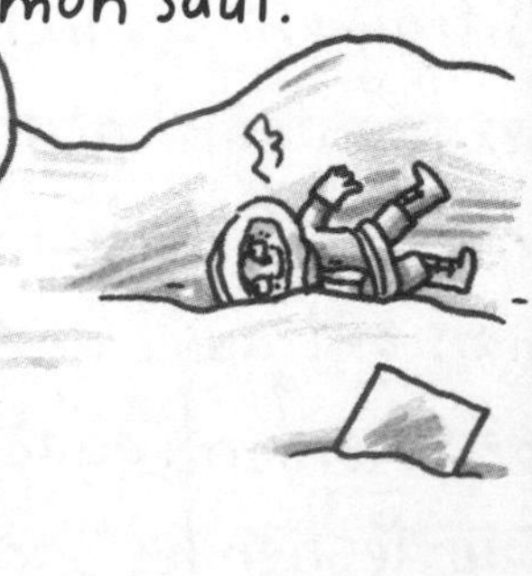

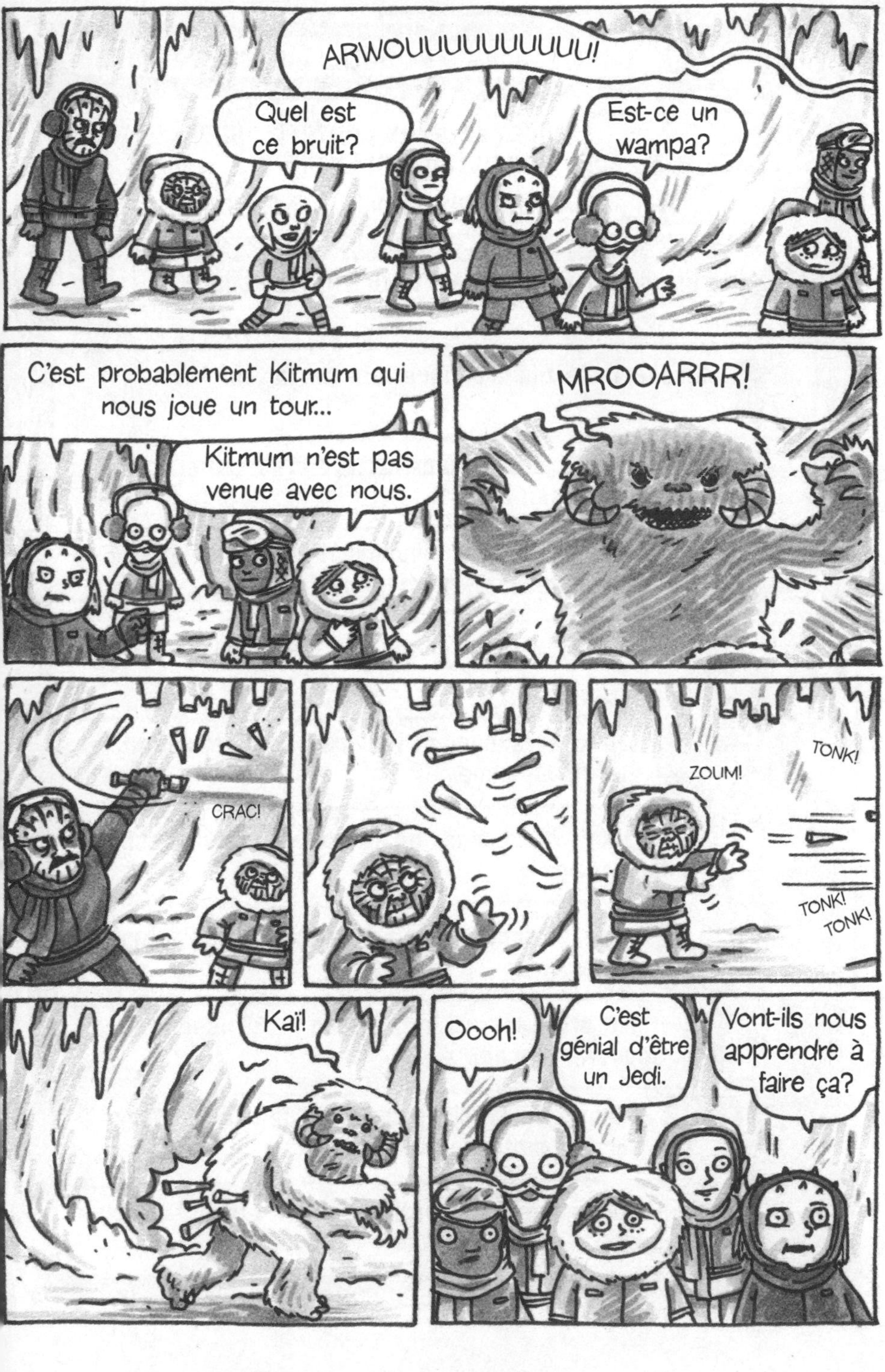
ARWOUUUUUUUUUU!
Quel est ce bruit?
Est-ce un wampa?
C'est probablement Kitmum qui nous joue un tour...
Kitmum n'est pas venue avec nous.
MROOARRR!
CRAC!
ZOUM!
TONK!
TONK!
TONK!
Kaï!
Oooh!
C'est génial d'être un Jedi.
Vont-ils nous apprendre à faire ça?

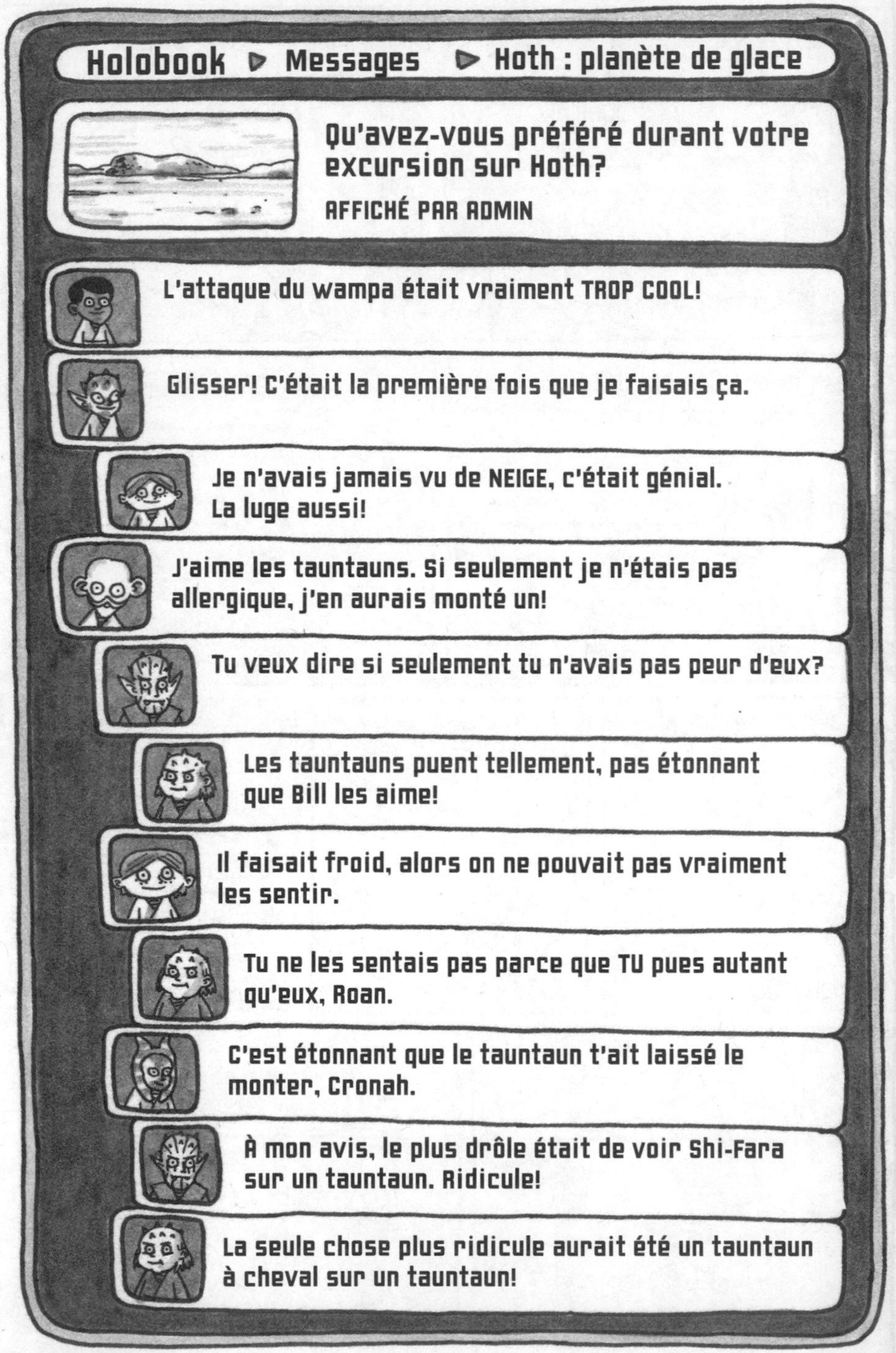
Holobook ▷ Messages ▷ Hoth : planète de glace
Qu'avez-vous préféré durant votre excursion sur Hoth?
AFFICHÉ PAR ADMIN
L'attaque du wampa était vraiment TROP COOL!
Glisser! C'était la première fois que je faisais ça.
Je n'avais jamais vu de NEIGE, c'était génial. La luge aussi!
J'aime les tauntauns. Si seulement je n'étais pas allergique, j'en aurais monté un!
Tu veux dire si seulement tu n'avais pas peur d'eux?
Les tauntauns puent tellement, pas étonnant que Bill les aime!
Il faisait froid, alors on ne pouvait pas vraiment les sentir.
Tu ne les sentais pas parce que TU pues autant qu'eux, Roan.
C'est étonnant que le tauntaun t'ait laissé le monter, Cronah.
À mon avis, le plus drôle était de voir Shi-Fara sur un tauntaun. Ridicule!
La seule chose plus ridicule aurait été un tauntaun à cheval sur un tauntaun!

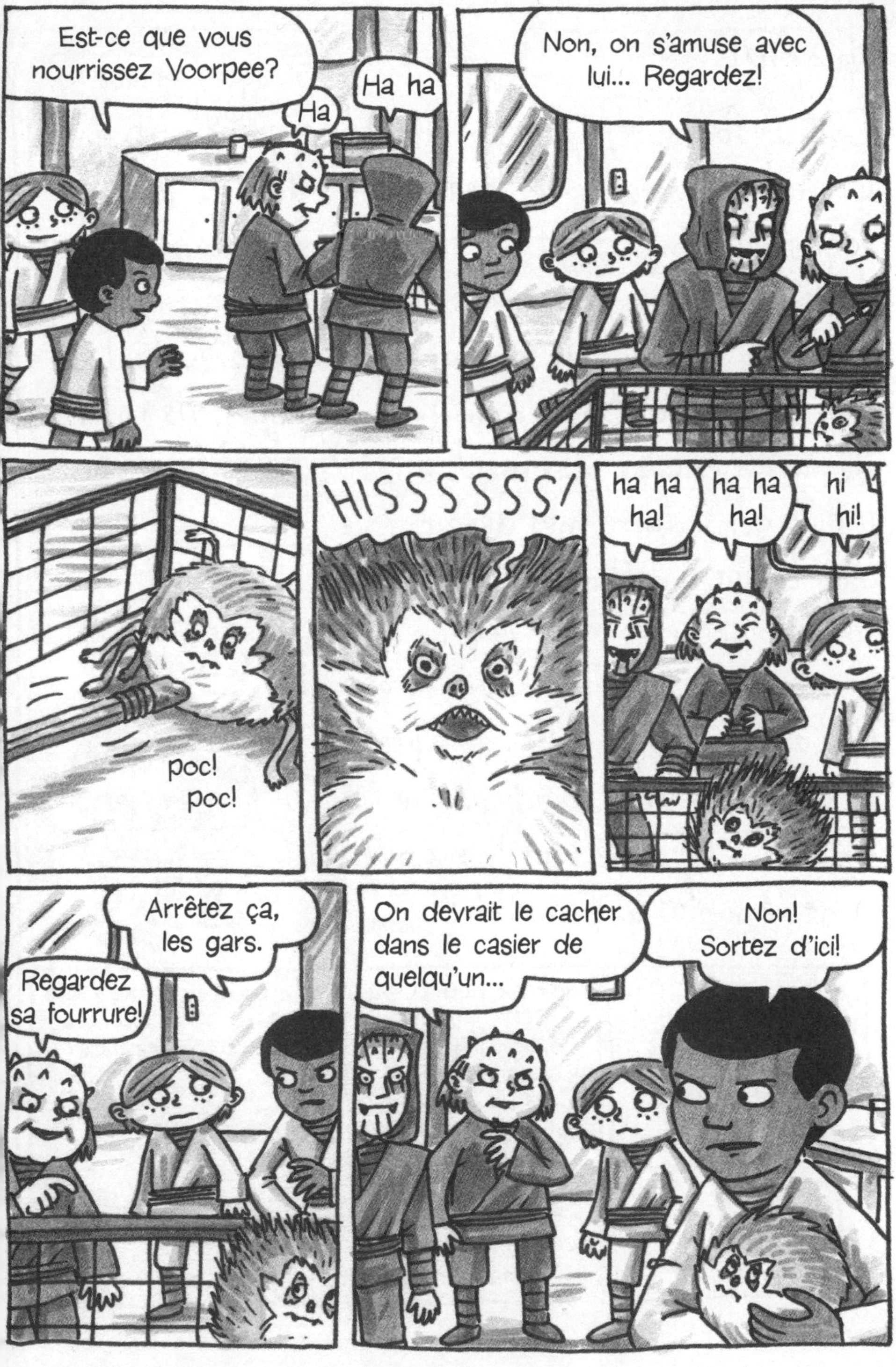
Est-ce que vous nourrissez Voorpee?
Ha
Ha ha
Non, on s'amuse avec lui... Regardez!
poc!
poc!
HISSSSSS!
ha ha ha!
ha ha ha!
hi hi!
Arrêtez ça, les gars.
Regardez sa fourrure!
On devrait le cacher dans le casier de quelqu'un...
Non! Sortez d'ici!

HEXADI

Chaque fois que je vais sur Holobook, on dirait que Cronah et Cyrus se sentent obligés de dire des vacheries à mon sujet. Je sais qu'ils ne m'aiment pas, mais ils ne sont jamais aussi agressifs avec moi en classe ou ailleurs. Ils sont désagréables avec tout le monde sur Holobook, mais si tu répliques, ils te disent des trucs encore plus méchants. De toute façon, je suis censé faire mes devoirs.

J'ai beaucoup étudié pour le simulateur de vol, car je veux être le meilleur. Jusqu'ici, Gaiana et Pasha ont eu les meilleures notes, et c'est très bien. Sauf qu'une fois, Cronah a surpassé tout le monde, et je ne veux plus que ça arrive!

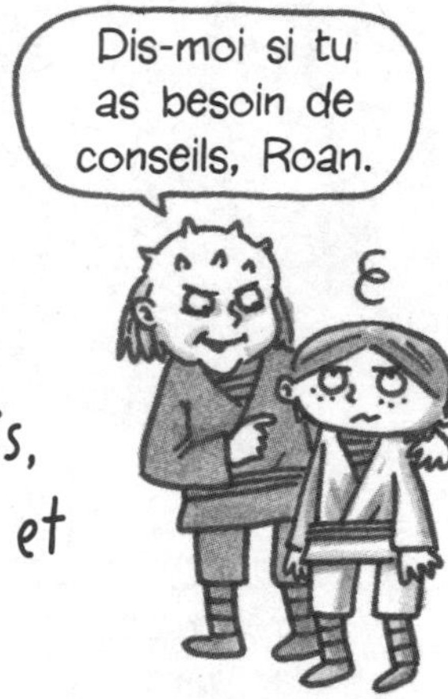
Dis-moi si tu as besoin de conseils, Roan.

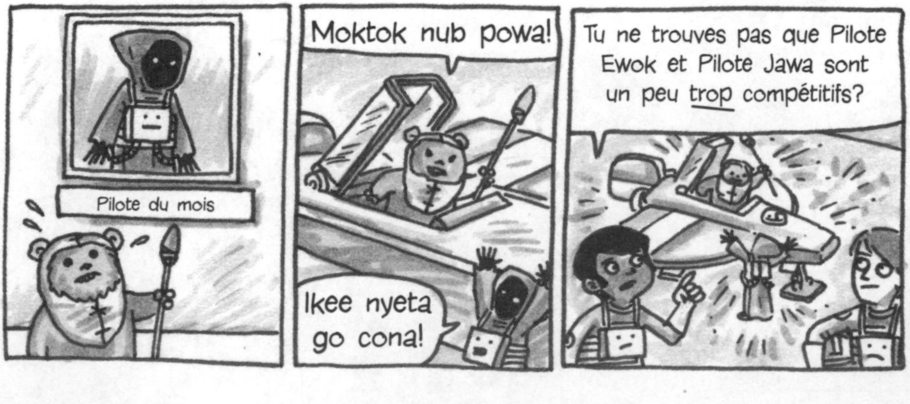
Pilote du mois
Moktok nub powa!
Ikee nyeta go cona!
Tu ne trouves pas que Pilote Ewok et Pilote Jawa sont un peu trop compétitifs?

Roan,
Ollie voulait t'envoyer ce dessin. J'espère que ta formation de pilote est amusante!
Je t'aime,
maman
Alo Ron
Revien vitte jouer avec moi
Ollie

CE QU'ONT DIT RW-22 ET T-P30 CETTE SEMAINE

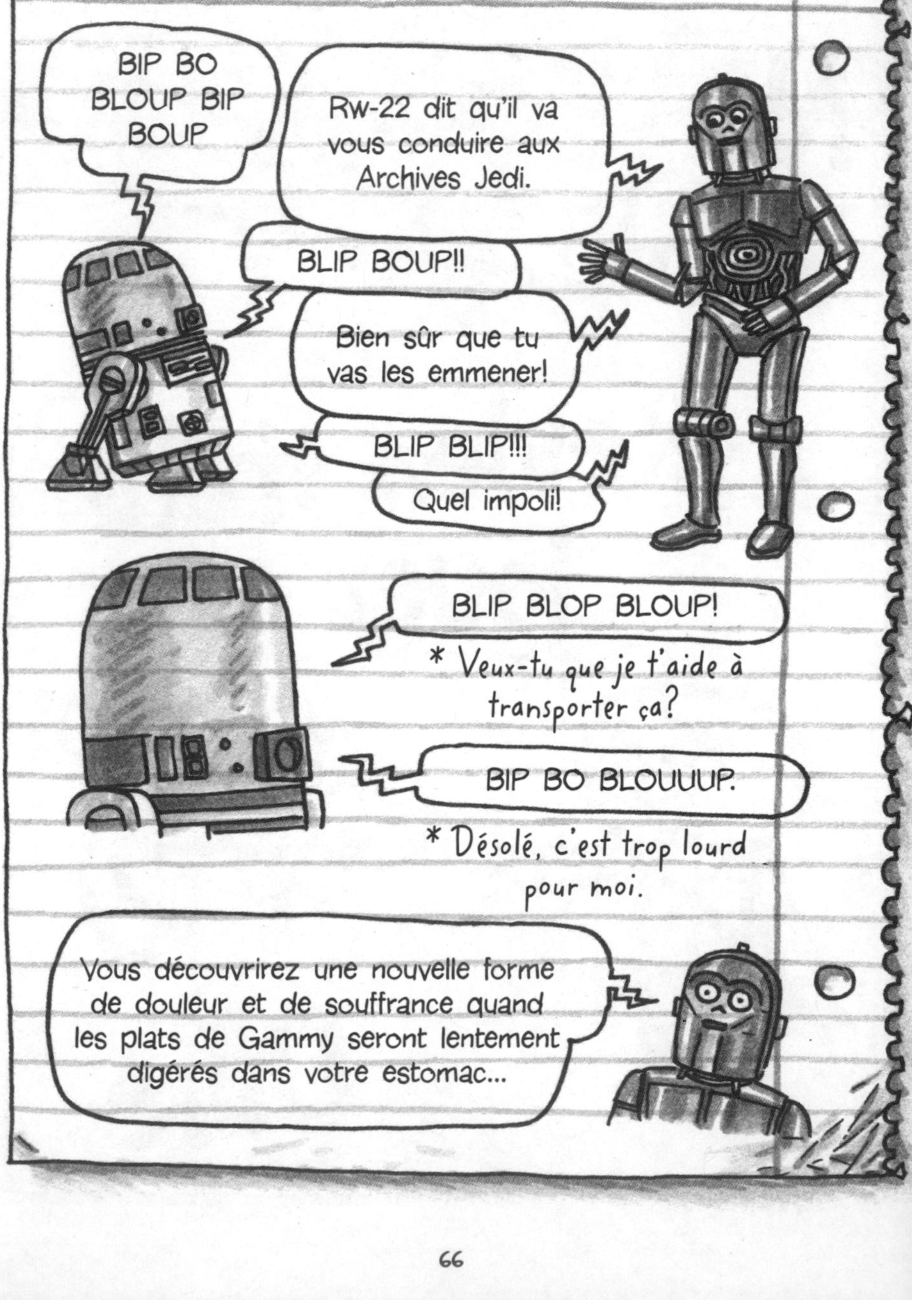
BIP BO BLOUP BIP BOUP
Rw-22 dit qu'il va vous conduire aux Archives Jedi.
BLIP BOUP!!
Bien sûr que tu vas les emmener!
BLIP BLIP!!!
Quel impoli!
BLIP BLOP BLOUP!
* Veux-tu que je t'aide à transporter ça?
BIP BO BLOUUUP.
* Désolé, c'est trop lourd pour moi.
Vous découvrirez une nouvelle forme de douleur et de souffrance quand les plats de Gammy seront lentement digérés dans votre estomac...

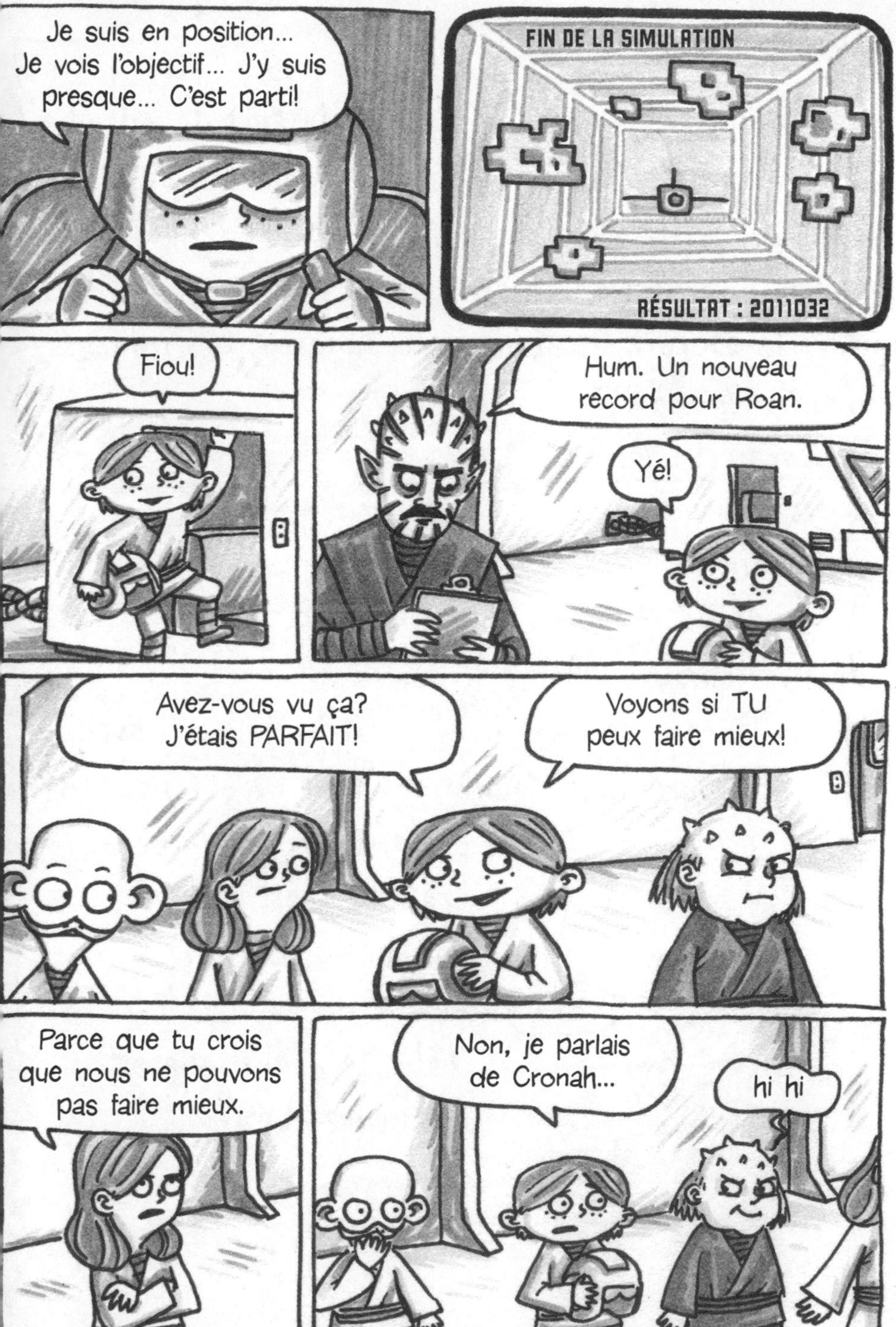
Je suis en position... Je vois l'objectif... J'y suis presque... C'est parti!
FIN DE LA SIMULATION
RÉSULTAT : 2011032
Fiou!
Hum. Un nouveau record pour Roan.
Yé!
Avez-vous vu ça? J'étais PARFAIT!
Voyons si TU peux faire mieux!
Parce que tu crois que nous ne pouvons pas faire mieux.
Non, je parlais de Cronah...
hi hi

TRIODI

Je me suis enfin habitué aux simulateurs de vol. J'aurais ~~mieut~~ mieux réussi dès le début si on avait piloté de VRAIS vaisseaux. Pas évident de sentir la Force en pilotant quand tout ce que tu vois dans le cockpit est généré par holordi. Les images n'ont même pas l'air vraies! Egon a des jeux vidéo plus réalistes.

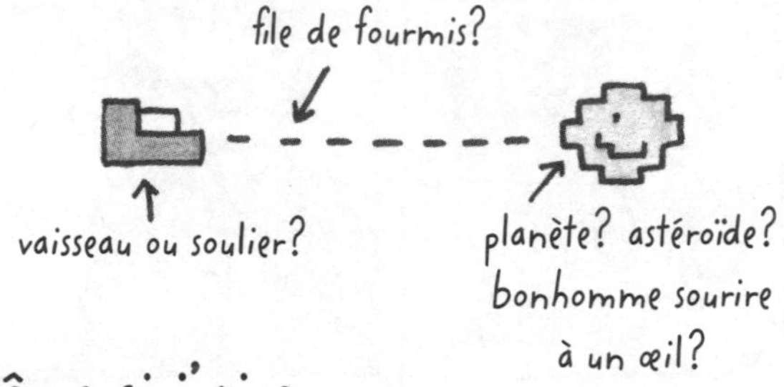
file de fourmis?
vaisseau ou soulier?
planète? astéroïde? bonhomme sourire à un œil?

M. Garfield me déteste toujours. Même si j'ai eu la meilleure note hier, il m'a fait un sermon avec son air grognon, en soulignant tout ce que j'aurais pu faire différemment.

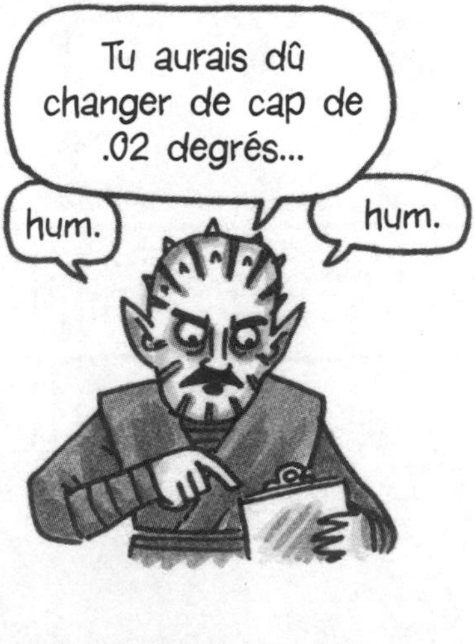
Tu aurais dû changer de cap de .02 degrés...
hum.
hum.

Gaiana avait l'air vexé que je réussisse mieux qu'elle même si je la félicite quand <u>elle</u> est meilleure que moi.

AVIS AUX, PADAWANS

ACADÉMIE JEDI
CAMPUS DE CORUSCANT

Avant la semaine de relâche, il y aura une rencontre parents-enseignants. Les parents séjourneront à l'hôtel Coruscant. Comme toujours, nous leur demandons de ne pas apporter de colis remplis d'aliments sucrés et de boissons énergisantes.

Horaire d'Heptadi :

09:00 : Arrivée des parents *et câlins embarrassants!*

09:30 : Rencontre parents-enseignants

impossible de cacher mon bulletin, cette fois

12:30 : Repas chez Gammy

01:30 : Visite guidée des classes et des dortoirs *en désordre*

04:00 : Départ des parents

et crises de larmes inexpliquées

HEXADI

J'ai hâte que ce soit la rencontre parents-enseignants. Je vais enfin connaître mes notes, et je sais qu'elles seront meilleures que celles de mon premier semestre à l'académie. Il est même possible que j'aie seulement des « A ». Je vais pouvoir montrer à papa comment je me débrouille en astro-pilotage. Et ce sera amusant de faire visiter l'école à Ollie. Il est si content quand j'utilise la Force. Il sera époustouflé par les autres

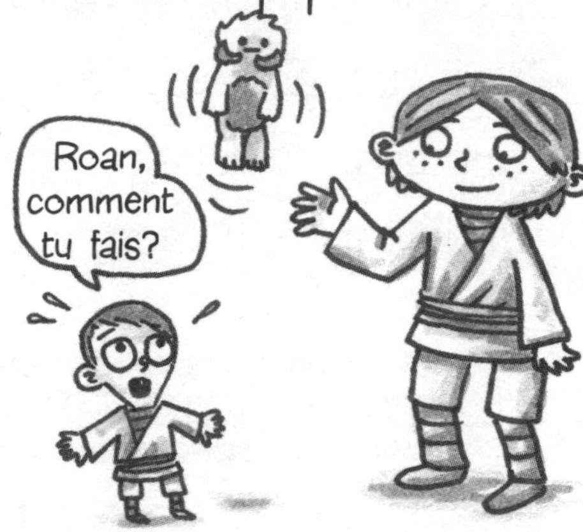
Roan, comment tu fais?

élèves de l'académie Jedi! Heureusement qu'il vient, car maman sera alors peut-être trop occupée à le surveiller pour faire des trucs gênants.

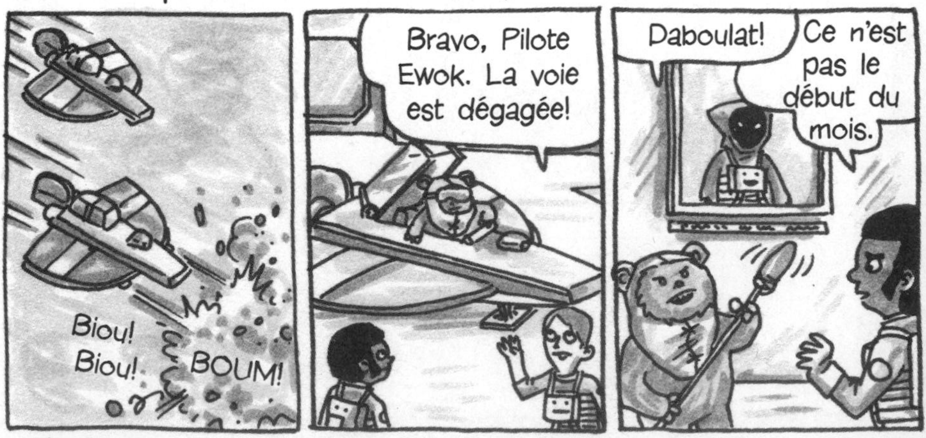
Biou! Biou!
BOUM!
Bravo, Pilote Ewok. La voie est dégagée!
Daboulat!
Ce n'est pas le début du mois.

ÉLÈVE : ROAN NOVACHEZ

NIVEAU : PADAWAN | SEMESTRE : TROIS

PROF. TITULAIRE : MAÎTRE YODA

ACADÉMIE JEDI
CAMPUS DE CORUSCANT

BULLETIN

COURS	REMARQUES	NOTE
UTILISATION AVANCÉE DE LA FORCE [MAÎTRE YODA]	Pas importante fut la taille de Roan, ce semestre.	A-
HISTOIRE DE L'ORDRE JEDI [MME PILTON]	Excellent, sauf pour l'étude des événements marquants des guerres de la Force.	B+
ÉCOLOGIE GALACTIQUE [DIRECTEUR MAR]	TRÈS BONNE COMPRÉHENSION DES ÉCOSYSTÈMES INTERPLANÉTAIRES.	A
HYPERALGÈBRE [MME PILTON]	Roan maîtrise pratiquement toutes les équations de base de l'hyperespace.	a
VOL SPATIAL 101 [M. GARFIELD]	APRÈS UN DÉBUT MOUVEMENTÉ, ROAN S'EST AMÉLIORÉ, MAIS IL N'EXPLOITE PAS TOUT SON POTENTIEL.	C+
ART ORATOIRE [BIBLIOTHÉCAIRE LACKBAR]	Roan a besoin de s'exercer pour prendre plus d'assurance.	B-
ÉDUCATION PHYSIQUE [KITMUM]	[illegible]	

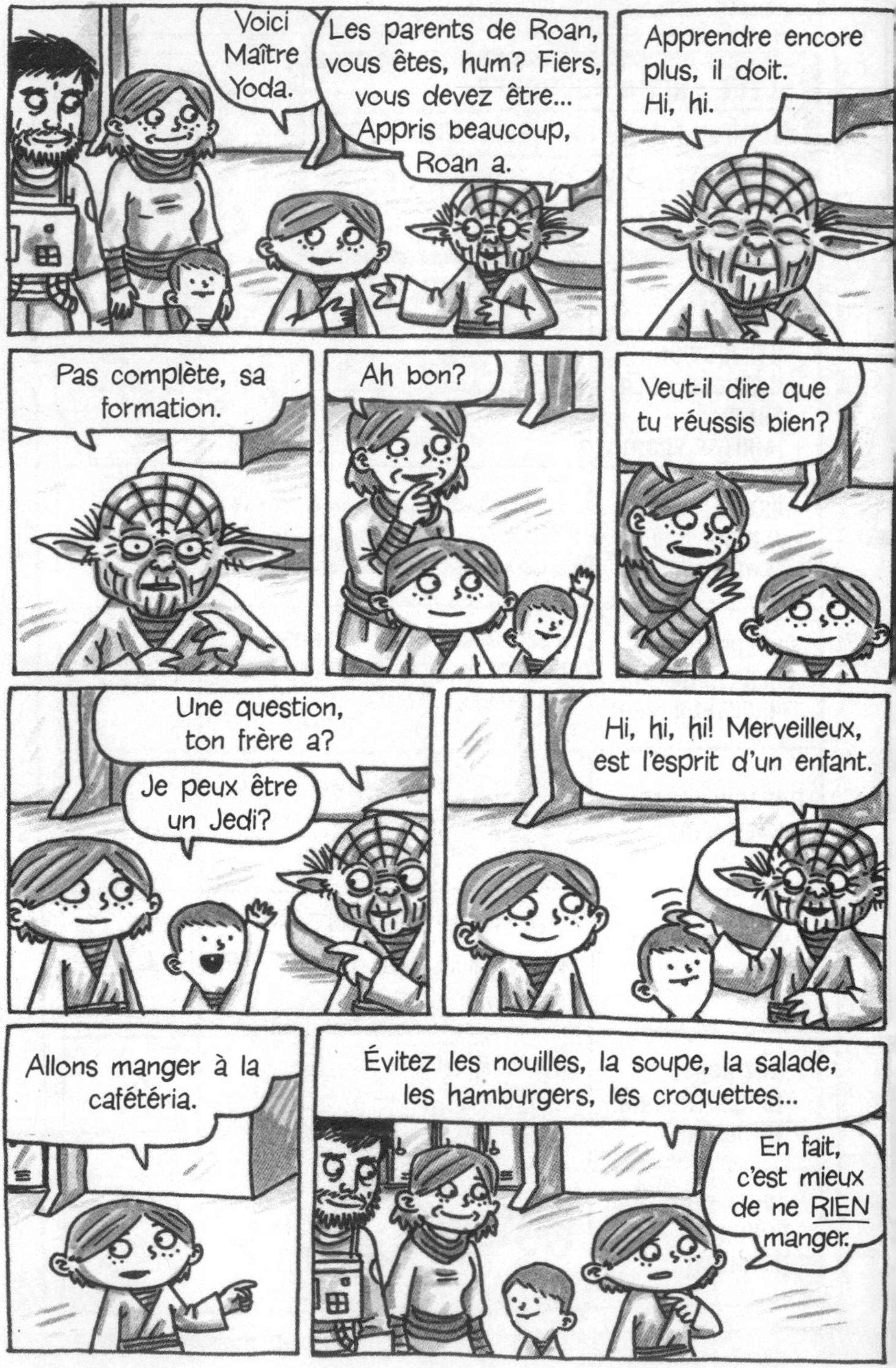
Voici Maître Yoda.
Les parents de Roan, vous êtes, hum? Fiers, vous devez être... Appris beaucoup, Roan a.
Apprendre encore plus, il doit. Hi, hi.
Pas complète, sa formation.
Ah bon?
Veut-il dire que tu réussis bien?
Une question, ton frère a?
Je peux être un Jedi?
Hi, hi, hi! Merveilleux, est l'esprit d'un enfant.
Allons manger à la cafétéria.
Évitez les nouilles, la soupe, la salade, les hamburgers, les croquettes...
En fait, c'est mieux de ne RIEN manger.

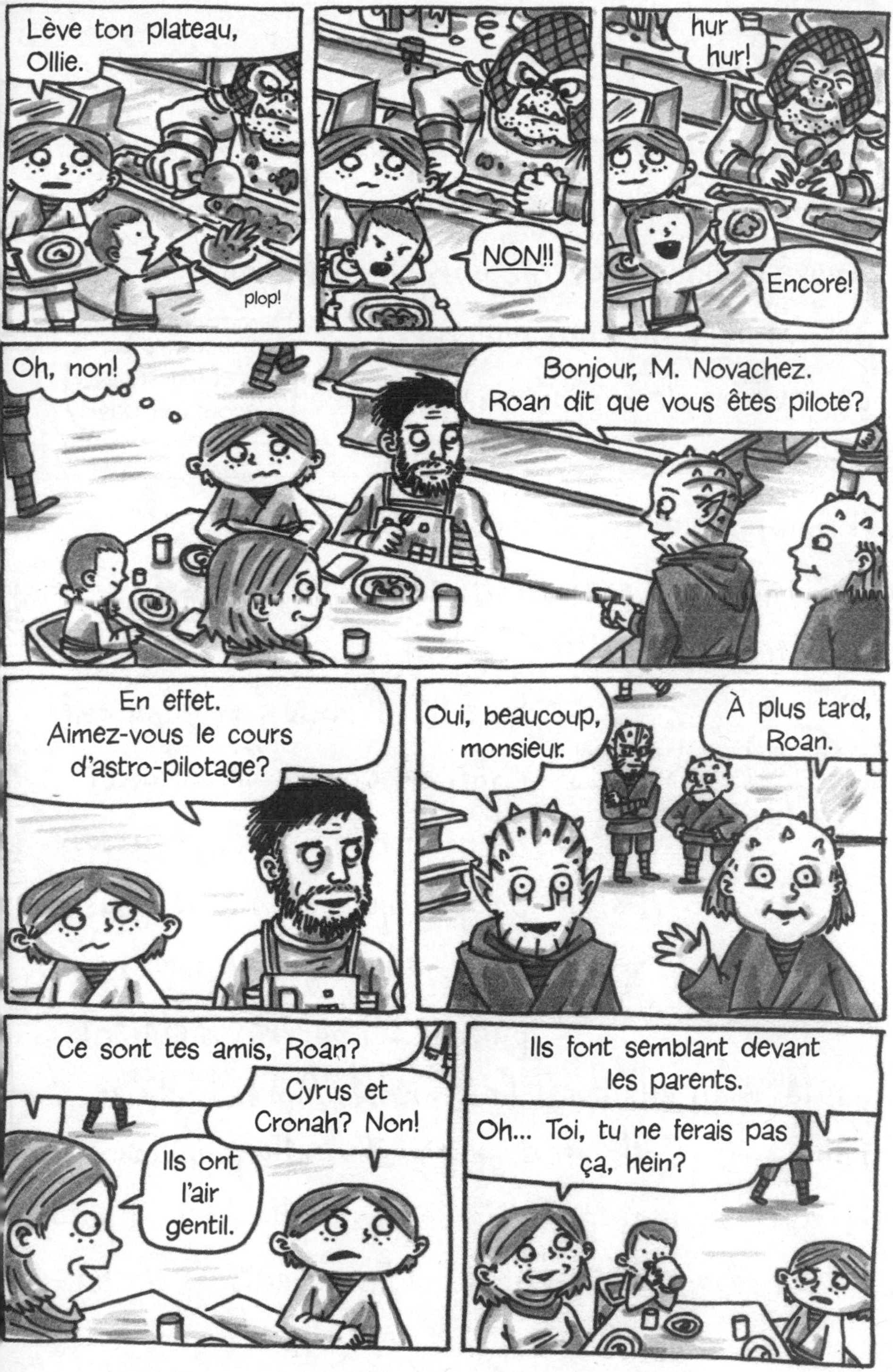
Lève ton plateau, Ollie.
plop!
NON!!
hur hur!
Encore!
Oh, non!
Bonjour, M. Novachez. Roan dit que vous êtes pilote?
En effet. Aimez-vous le cours d'astro-pilotage?
Oui, beaucoup, monsieur.
À plus tard, Roan.
Ce sont tes amis, Roan?
Cyrus et Cronah? Non!
Ils ont l'air gentil.
Ils font semblant devant les parents.
Oh... Toi, tu ne ferais pas ça, hein?

MONODI

La rencontre parents-enseignants n'a pas été un désastre COMPLET. Évidemment, M. Garfield a trouvé le moyen de me donner une mauvaise note. Selon lui, je méritais seulement un « C^{+} ». Je pensais que papa serait (encore) déçu, mais non, il m'a juste donné des conseils.

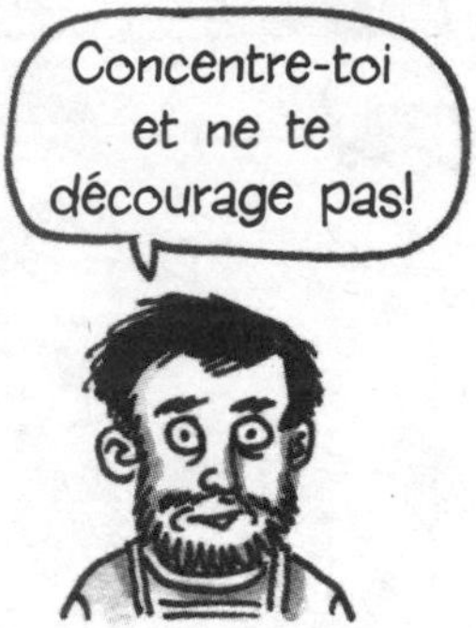
Concentre-toi et ne te décourage pas!

Tout le monde a aimé Ollie. Ils l'ont trouvé adorable, surtout

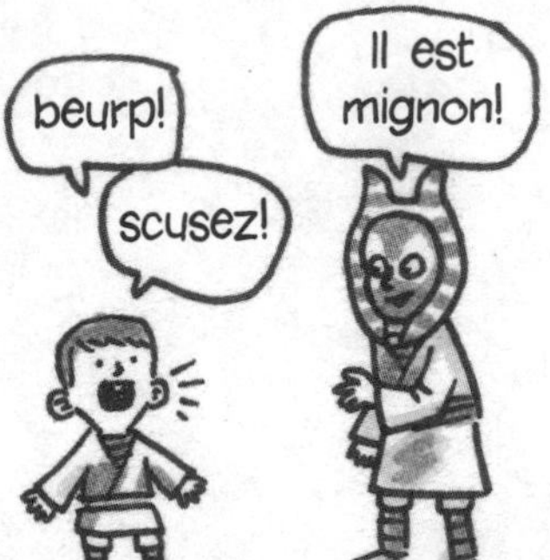
beurp!
scusez!
Il est mignon!

les filles. Maman et papa ont enfin rencontré Gaiana, et maman m'a pincé, je ne sais pas pourquoi. Je pensais que Gaiana mangerait avec nous, puisque ses parents n'étaient pas là, mais elle avait l'air pressé. Après le dîner, j'ai appris qu'elle était partie chez elle pour la relâche. Je me demande pourquoi elle ne m'a pas dit au revoir. J'ai rencontré les parents de Pasha.

Ils sont super gentils! Ils m'ont invité à passer la semaine de relâche chez eux. Papa et maman sont d'accord. Je pourrai donc éviter les corvées à la maison. Tant pis pour Dav! C'est la première fois que je voyage à la relâche, contrairement à Pasha. Il va toujours quelque part, d'habitude. Son père va nous montrer ce qu'il étudie au musée où il travaille. Le plus ÉTRANGE était l'attitude de Cronah et de Cyrus. Ils étaient... gentils avec moi. Peut-être qu'ils se sont aperçus que j'utilise bien la force ET que je suis un bon pilote? Ils étaient là quand ma famille est partie et ont même serré la main de papa. Je croyais qu'ils allaient faire une blague, mais non. Ils n'ont même pas ri quand maman m'a fait super honte avant de monter dans la navette!

À bientôt, mon chéri!

mouah mouah mouah mouah mouah mouah

mouah mouah mouah

COMMENT SE RENDRE CHEZ PASHA

1. Quitter Coruscant par la route commerciale perlémienne en S'ÉLOIGNANT des mondes du Noyau

2. Suivre la voie hydienne sur plusieurs parsecs vers la planète Corsin

3. Tourner à droite

4. Arriver à 120 Obroa-Skai

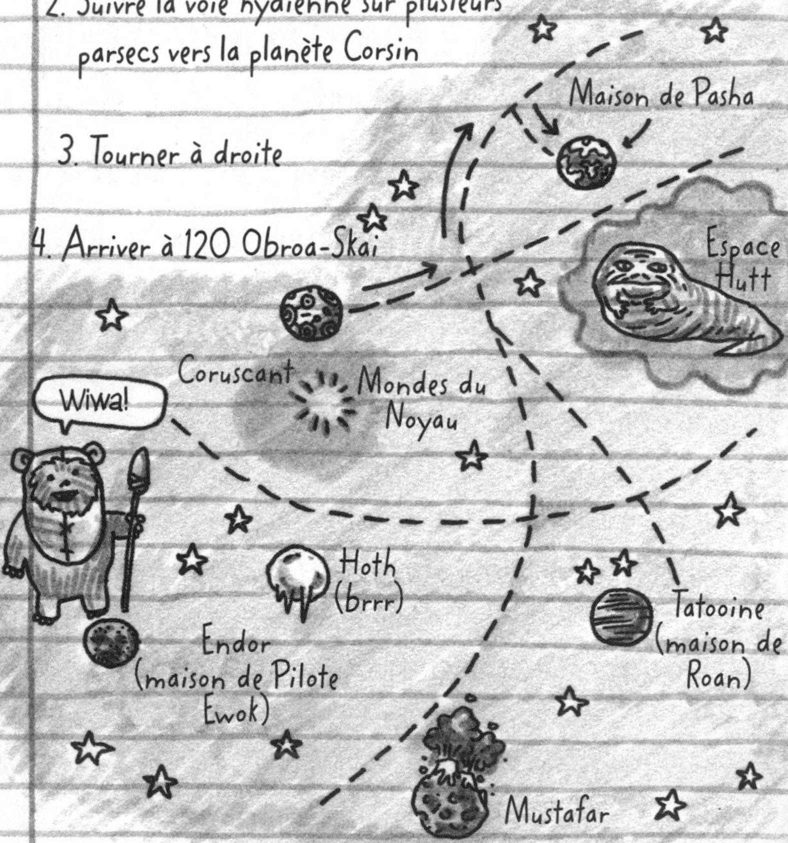
Maison de Pasha
Espace Hutt
Coruscant
Mondes du Noyau
Wiwa!
Hoth (brrr)
Tatooine (maison de Roan)
Endor (maison de Pilote Ewok)
Mustafar

Si tu te retrouves dans l'Espace Hutt, tu as pris la mauvaise direction

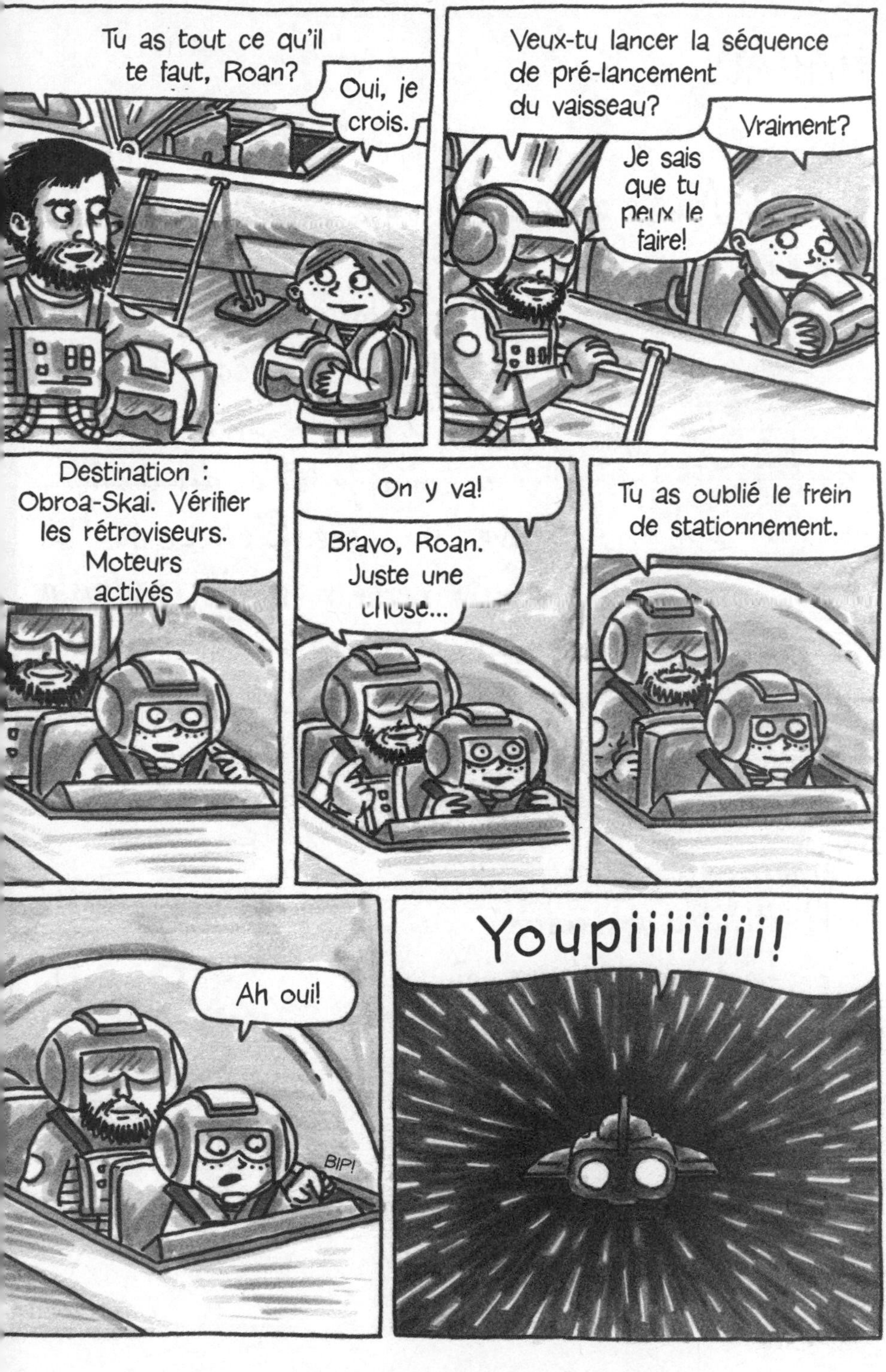
Tu as tout ce qu'il te faut, Roan?
Oui, je crois.
Veux-tu lancer la séquence de pré-lancement du vaisseau?
Vraiment?
Je sais que tu peux le faire!
Destination : Obroa-Skai. Vérifier les rétroviseurs. Moteurs activés
On y va!
Bravo, Roan. Juste une chose...
Tu as oublié le frein de stationnement.
Ah oui!
BIP!
Youpiiiiiiiii!

HEPTADI

Aujourd'hui, je devais aller avec Pasha et son père visiter le Musée de la photonique appliquée, mais il y a eu un problème. Le gardien de sécurité n'a pas

NON.

méchant!!

voulu me laisser entrer. J'ai dû attendre à la cafétéria. Pasha a proposé de rester avec moi, mais je lui ai dit d'aller avec son père. C'est ce qu'il a fait, même si je m'attendais à ce qu'il insiste pour rester! Le père de Pasha avait juste besoin de prendre deux ou trois trucs, alors je croyais que ce ne serait pas long. Mais ça leur a pris environ trois heures.

Demain, on a prévu d'aller à l'Institut d'a~~rquéologie~~ d'archéologie d'Obroa, où travaille le père de Pasha. Je n'aurai probablement pas le droit d'entrer, alors je vais apporter mon carnet à dessin.

ce que je ferai sûrement demain aussi

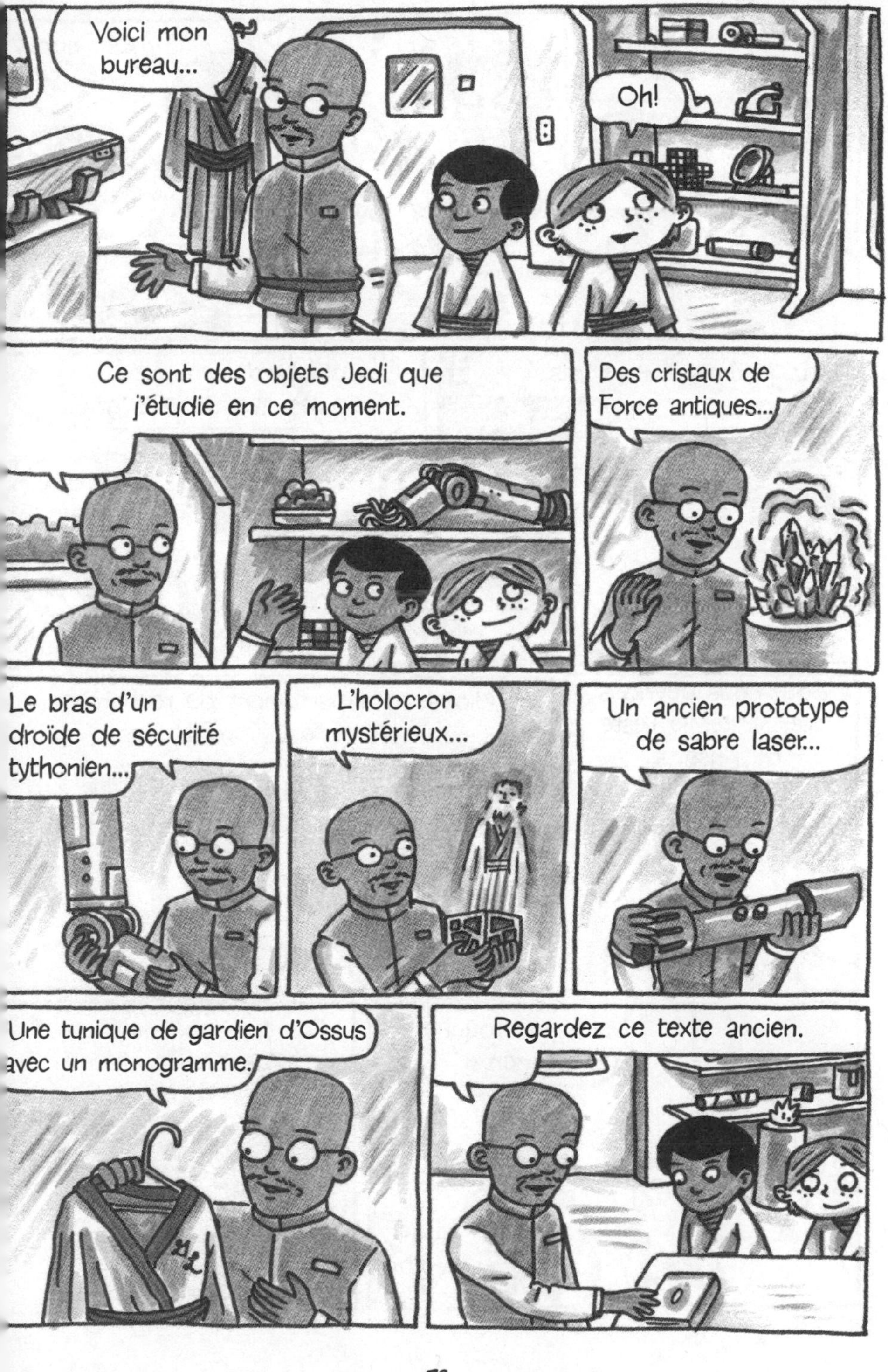
Voici mon bureau...
Oh!
Ce sont des objets Jedi que j'étudie en ce moment.
Des cristaux de Force antiques...
Le bras d'un droïde de sécurité tythonien...
L'holocron mystérieux...
Un ancien prototype de sabre laser...
Une tunique de gardien d'Ossus avec un monogramme.
Regardez ce texte ancien.

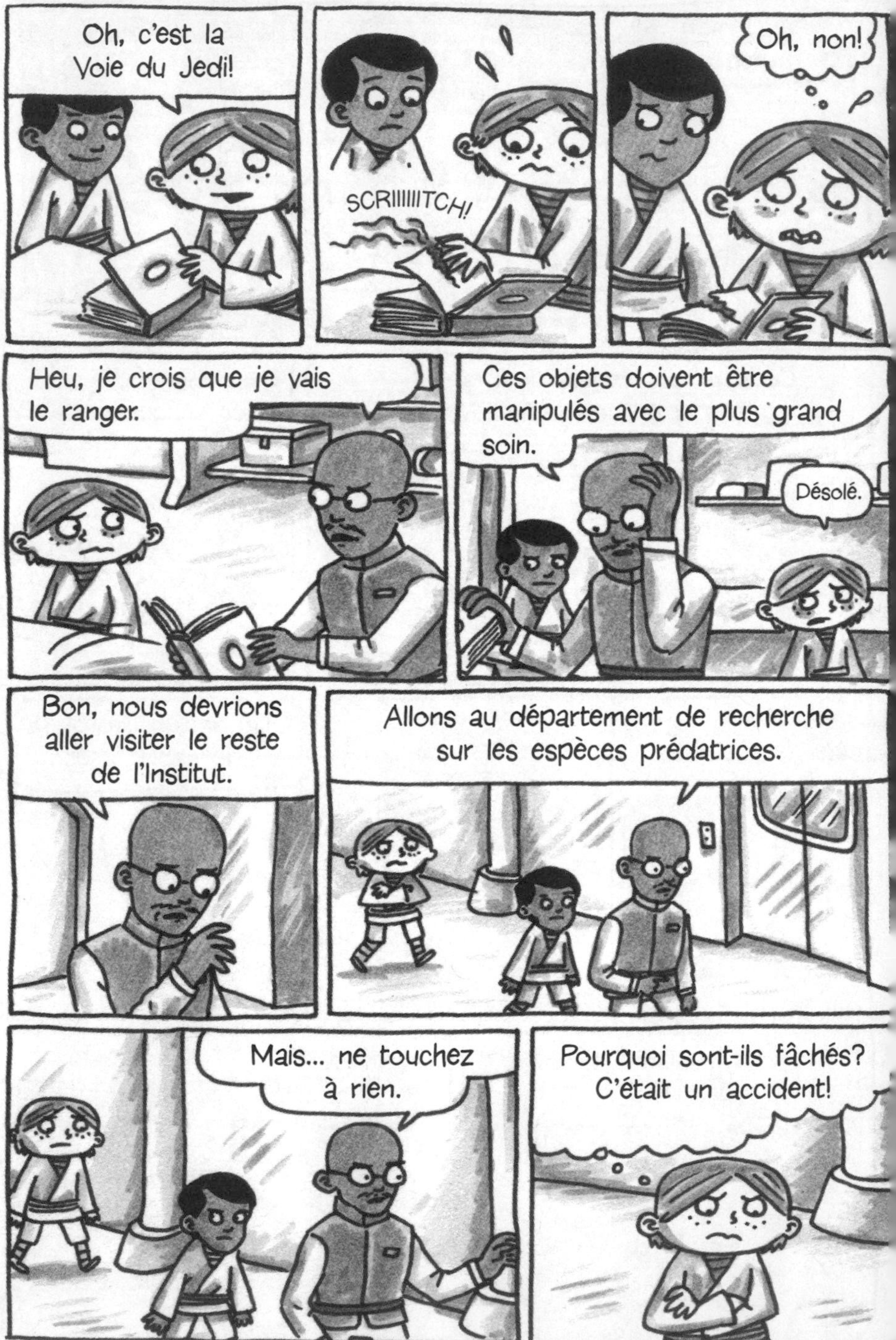

Oh, c'est la Voie du Jedi!
SCRIIIIIITCH!
Oh, non!
Heu, je crois que je vais le ranger.
Ces objets doivent être manipulés avec le plus grand soin.
Désolé.
Bon, nous devrions aller visiter le reste de l'Institut.
Allons au département de recherche sur les espèces prédatrices.
Mais... ne touchez à rien.
Pourquoi sont-ils fâchés? C'était un accident!

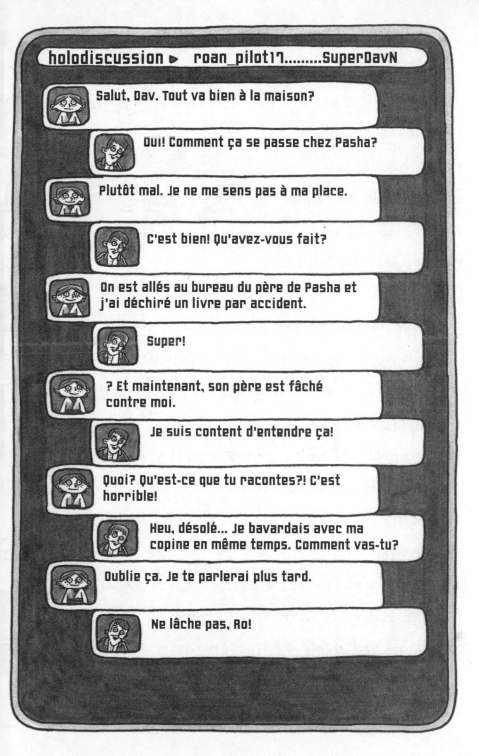

holodiscussion ▶ roan_pilot17.........SuperDavN

Salut, Dav. Tout va bien à la maison?

Oui! Comment ça se passe chez Pasha?

Plutôt mal. Je ne me sens pas à ma place.

C'est bien! Qu'avez-vous fait?

On est allés au bureau du père de Pasha et j'ai déchiré un livre par accident.

Super!

? Et maintenant, son père est fâché contre moi.

Je suis content d'entendre ça!

Quoi? Qu'est-ce que tu racontes?! C'est horrible!

Heu, désolé... Je bavardais avec ma copine en même temps. Comment vas-tu?

Oublie ça. Je te parlerai plus tard.

Ne lâche pas, Ro!

PENTADI

Aujourd'hui, j'ai rencontré des amis de Pasha. Ils ont une poignée de main secrète. Pasha va me l'apprendre plus tard, car il dit que

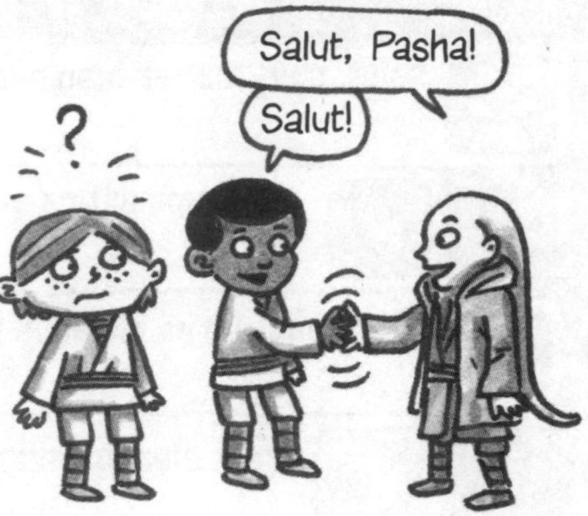

Salut, Pasha!
Salut!
?

c'est plutôt compliqué. Ils ont parlé de l'académie Jedi, mais je ne connaissais aucun des profs qu'ils nommaient. J'ai mentionné les Archives, et ils m'ont regardé avec un air perplexe. Pasha a ri en comprenant que j'ignorais qu'il y avait une autre académie Jedi sur Obroa-Skai, spécialisée en recherches Jedi. C'est là où vont ses amis. Autrement dit, je me suis couvert de ridicule. Ses amis nous ont invités à passer l'après-midi avec eux, alors je suis resté planté là comme un idiot, surtout quand ils ont parlé de leur émission d'holotélé préférée. Je ne sais même pas comment ça s'appelle, car on ne la reçoit pas sur Tatooine.

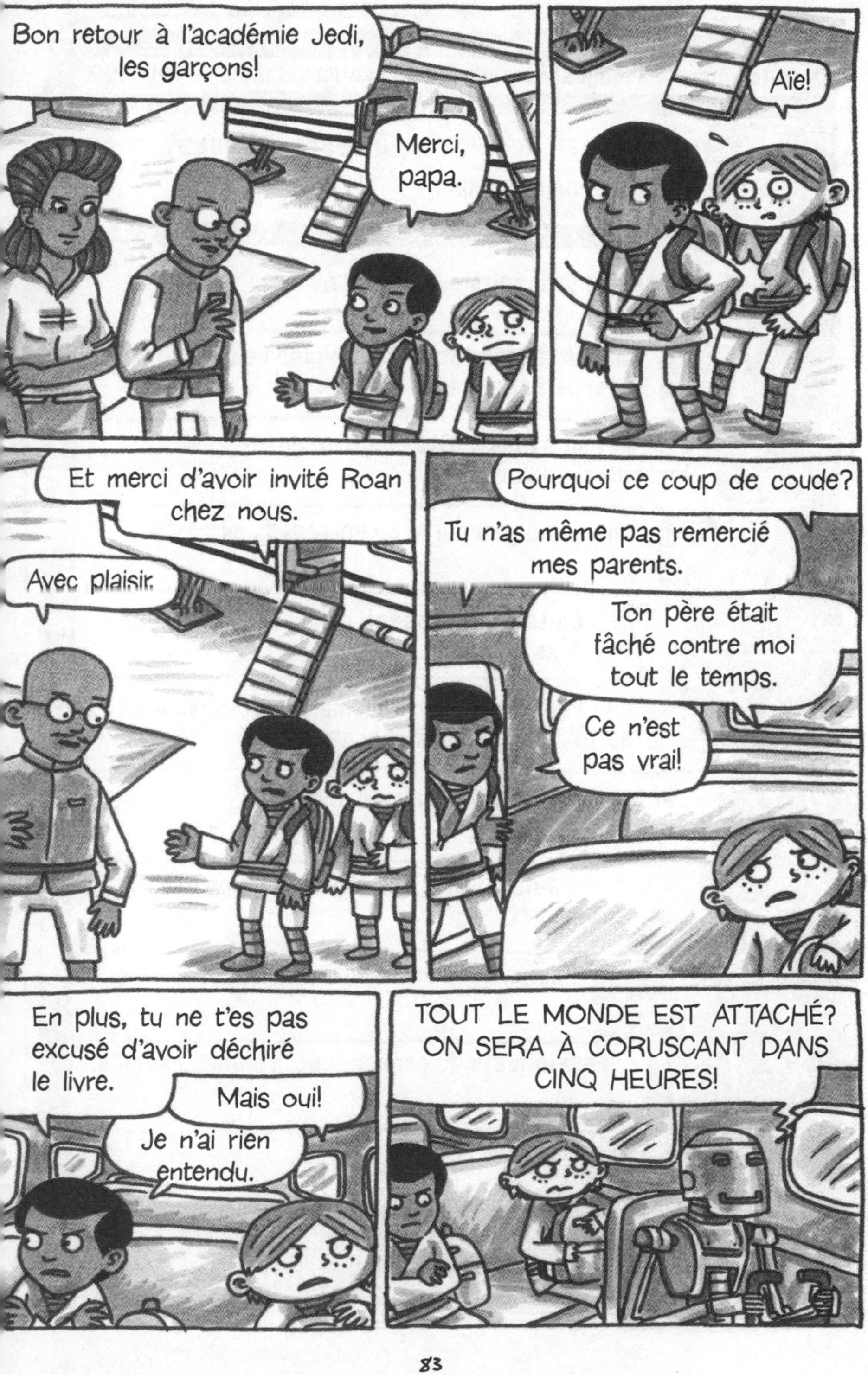
Bon retour à l'académie Jedi, les garçons!
Merci, papa.
Aïe!
Et merci d'avoir invité Roan chez nous.
Avec plaisir.
Pourquoi ce coup de coude?
Tu n'as même pas remercié mes parents.
Ton père était fâché contre moi tout le temps.
Ce n'est pas vrai!
En plus, tu ne t'es pas excusé d'avoir déchiré le livre.
Mais oui!
Je n'ai rien entendu.
TOUT LE MONDE EST ATTACHÉ? ON SERA À CORUSCANT DANS CINQ HEURES!

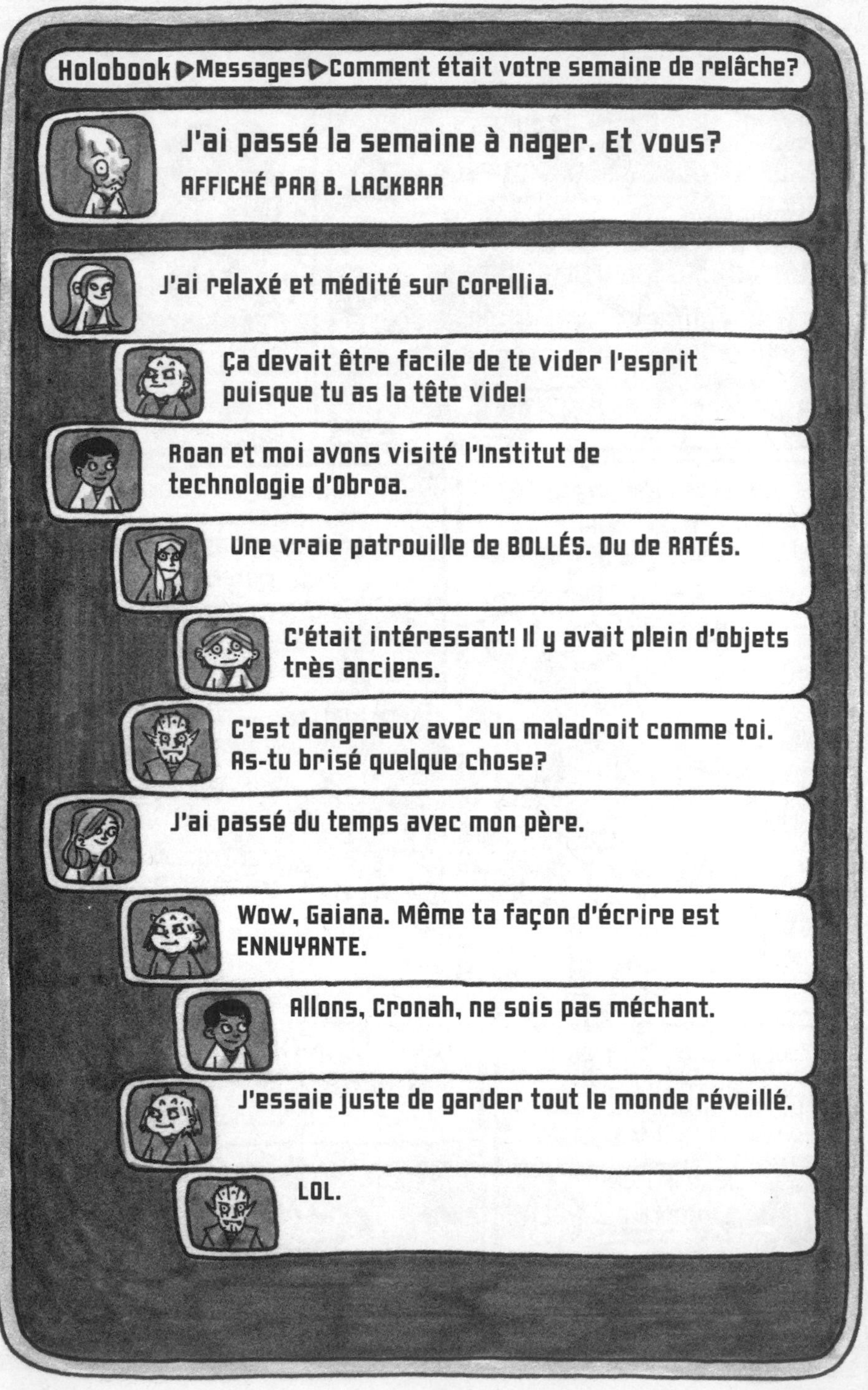
Holobook ▷Messages ▷Comment était votre semaine de relâche?
J'ai passé la semaine à nager. Et vous?
AFFICHÉ PAR B. LACKBAR
J'ai relaxé et médité sur Corellia.
Ça devait être facile de te vider l'esprit puisque tu as la tête vide!
Roan et moi avons visité l'Institut de technologie d'Obroa.
Une vraie patrouille de BOLLÉS. Ou de RATÉS.
C'était intéressant! Il y avait plein d'objets très anciens.
C'est dangereux avec un maladroit comme toi. As-tu brisé quelque chose?
J'ai passé du temps avec mon père.
Wow, Gaiana. Même ta façon d'écrire est ENNUYANTE.
Allons, Cronah, ne sois pas méchant.
J'essaie juste de garder tout le monde réveillé.
LOL.

ÉLÈVE : ROAN NOVACHEZ	
NIVEAU : PADAWAN	SEMESTRE : QUATRE
PROF. TITULAIRE : MAÎTRE YODA	
HORAIRE	

07:00-08:50 : RÉUTILISATION DE LA FORCE

MAÎTRE YODA ENSEIGNERA AUX ÉLÈVES DES TECHNIQUES DE LA FORCE OUBLIÉES DEPUIS LONGTEMPS. *si elles sont oubliées, comment les connaît-IL?*

09:00-09:50 : ART DE LA PHYSIQUE

MME PILTON ET LA BIBLIOTHÉCAIRE LACKBAR FERONT APPEL À DE CÉLÈBRES ŒUVRES D'ART POUR EXPLIQUER LA PHYSIQUE.

10:00-10:50 : DUEL AU SABRE LASER

M. GARFIELD AIGUISERA LES RÉFLEXES DES ÉLÈVES DANS CE COURS AUX MÉTHODES DE POINTE. *Nous montrera-t-il comment il taille sa moustache?*

11:00-11:50 : ÉCONOMIE FAMILIALE

GAMMY APPRENDRA AUX ÉLÈVES À SE NOURRIR GRÂCE À UNE CUISINE COMESTIBLE.

12:00-13:00 : PAUSE DU ~~MIDI~~ *champignons*

13:00-13:50 : VOL SPATIAL 102

LES ÉLÈVES CONTINUERONT LEUR APPRENTISSAGE DU PILOTAGE AVEC M. GARFIELD. *Au moins, ça, ce sera amusant!*

14:00-14:50 : INTRODUCTION À LA CONSTRUCTION DE DROÏDES

LE DIRECTEUR MAR AIDERA LES ÉLÈVES À CONSTRUIRE LEURS PROPRES DROÏDES.

15:00-15:50 : ÉDUCATION PHYSIQUE

KITMUM GUIDERA SA CLASSE DANS DIVERSES COMPÉTITIONS SPORTIVES. *en grognant.*

DE NOUVEAUX SIMULATEURS DE VOL À L'ACADÉMIE JEDI

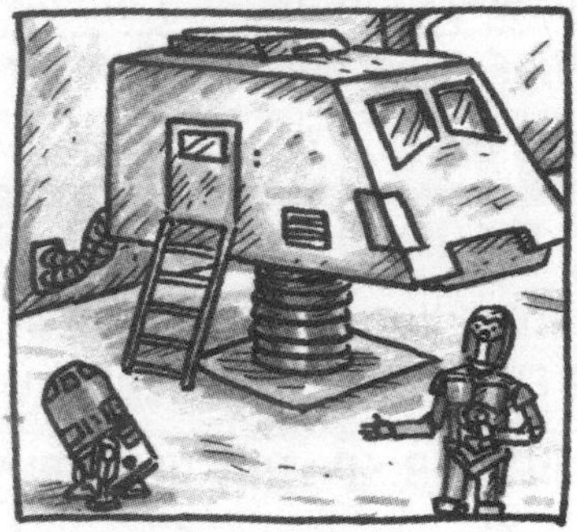

Juste à temps pour le nouveau semestre, l'académie Jedi a reçu de nouveaux simulateurs de vol améliorés, dont la technologie avancée fournira aux élèves une expérience plus réaliste. M. Garfield affirme que les anciens simulateurs étaient

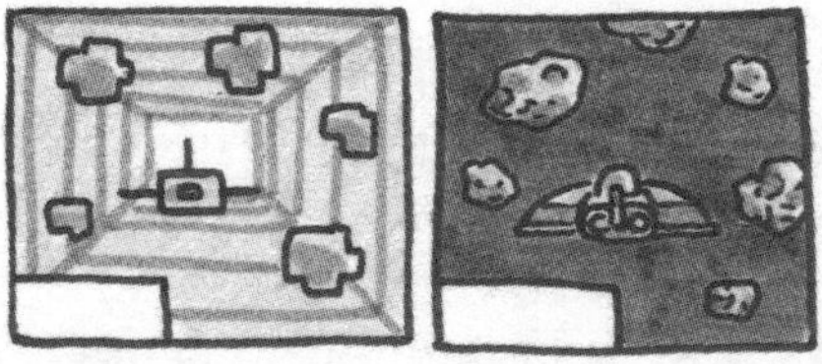

« adéquats » et que la seule raison de leur remplacement était « politique ».

PILOTE EWOK par Roan Novachez

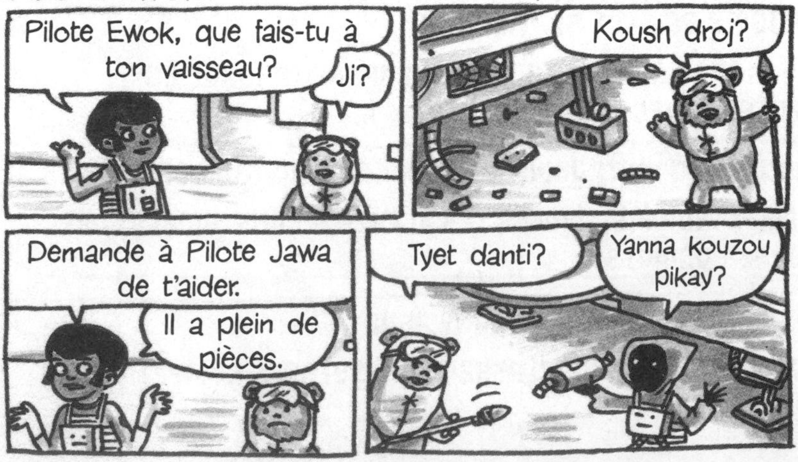

Pilote Ewok, que fais-tu à ton vaisseau?
Ji?
Koush droj?
Demande à Pilote Jawa de t'aider.
Il a plein de pièces.
Tyet danti?
Yanna kouzou pikay?

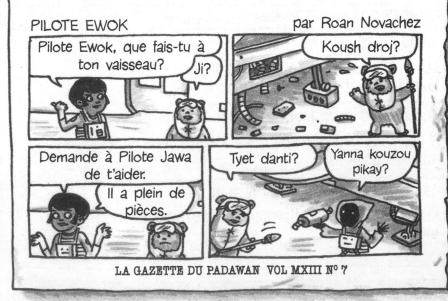

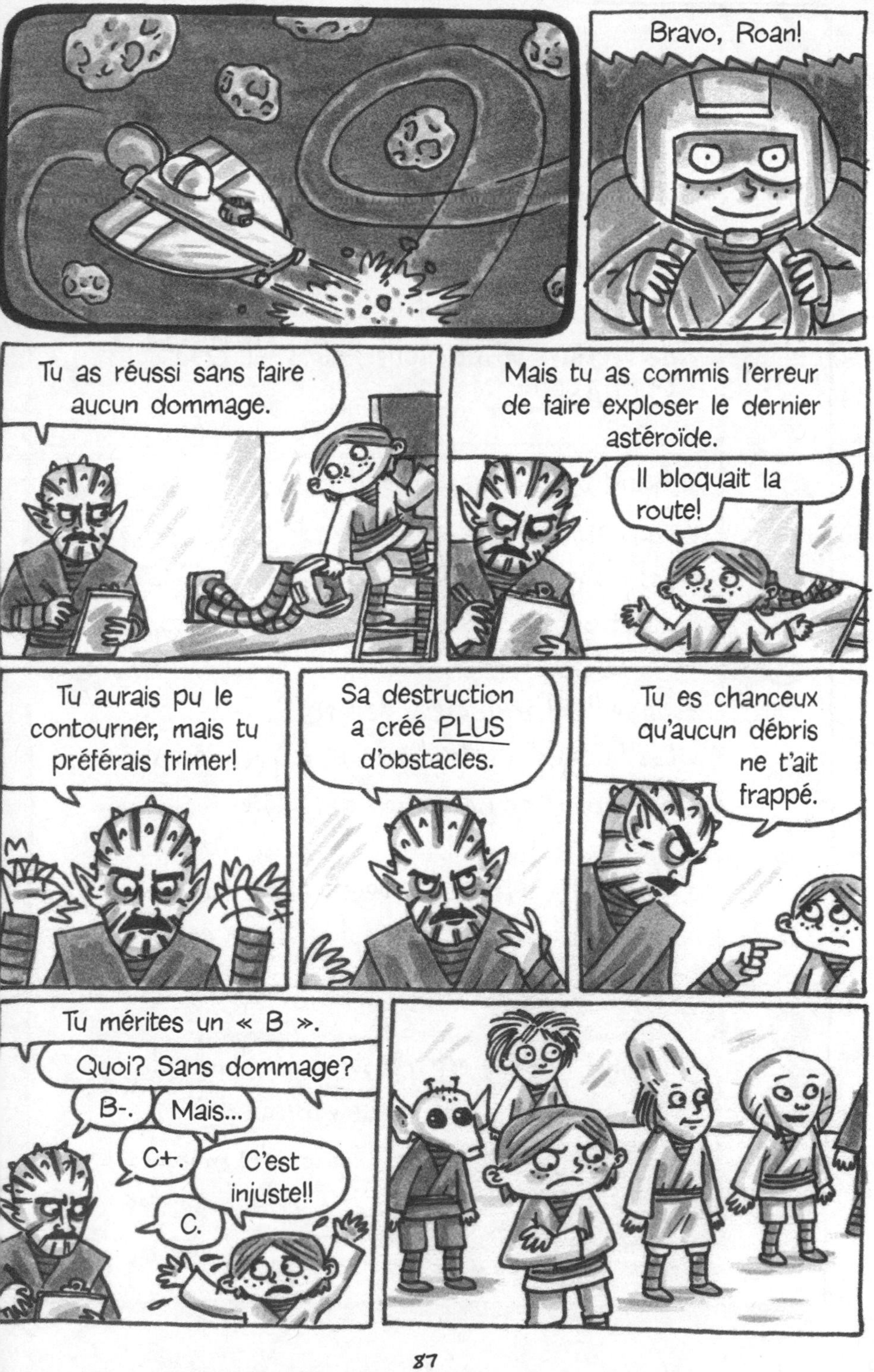
Bravo, Roan!
Tu as réussi sans faire aucun dommage.
Mais tu as commis l'erreur de faire exploser le dernier astéroïde.
Il bloquait la route!
Tu aurais pu le contourner, mais tu préférais frimer!
Sa destruction a créé PLUS d'obstacles.
Tu es chanceux qu'aucun débris ne t'ait frappé.
Tu mérites un « B ».
Quoi? Sans dommage?
B-.
Mais...
C+.
C'est injuste!!
C.

NOTES DU COURS DE VOL SPATIAL

Éviter les obstacles

- Pour aller plus vite, détourner la puissance des boucliers vers les moteurs. Il est plus dangereux de s'écraser sans bouclier, alors NE PAS S'ÉCRASER.

- Avant d'éviter un obstacle en tournant, vérifier qu'il n'y a pas d'autre obstacle dans cette direction.

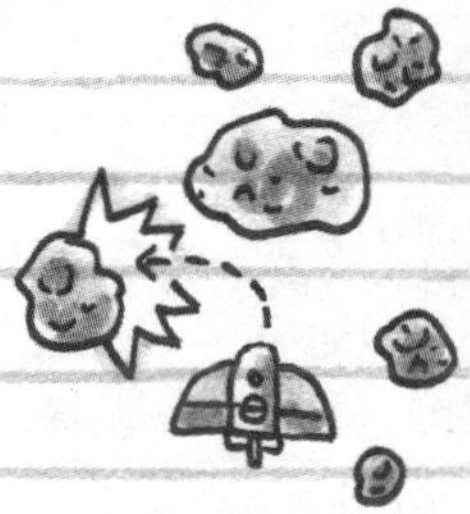

- Surveiller l'ordinateur de bord. Les fautes d'inattention sont la première cause des erreurs de navigation des pilotes.

- Utiliser les rétroviseurs pour s'assurer qu'on se dirige À L'OPPOSÉ des planètes en entrant dans l'hyperespace.

- Comme l'espace est très sombre, allumer les lumières. Le vaisseau doit être équipé des marques réfléchissantes adéquates.

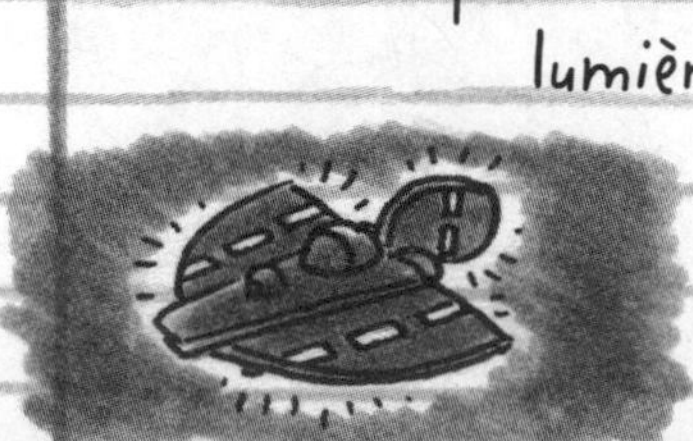

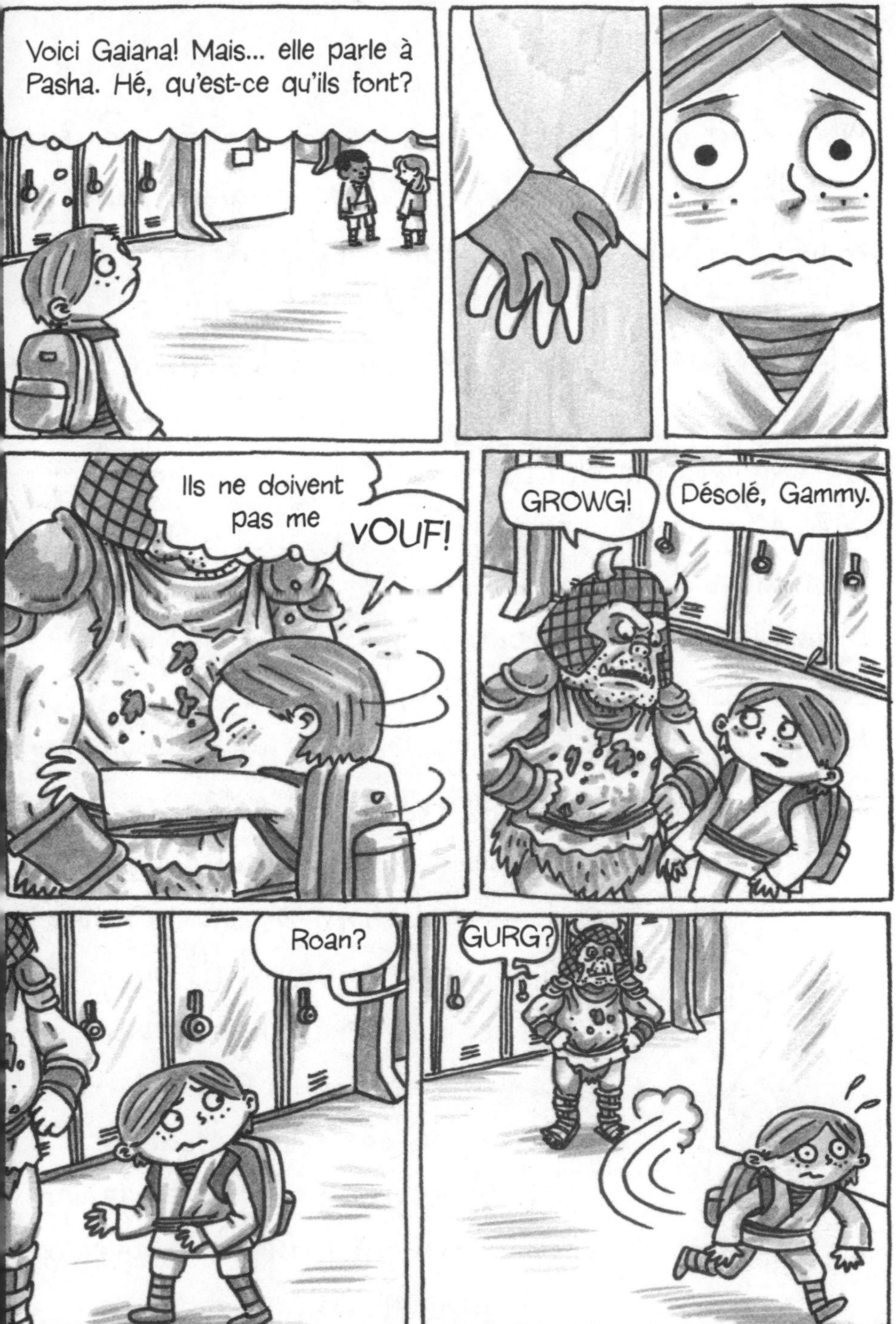
Voici Gaiana! Mais... elle parle à Pasha. Hé, qu'est-ce qu'ils font?
Ils ne doivent pas me
VOUF!
GROWG!
Désolé, Gammy.
Roan?
GURG?

HEXADI

Ma vie est un ÉCHEC. Après les cours, j'ai vu Pasha et Gaiana dans le couloir, et ils se tenaient par la main! Si Pasha aime Gaiana, c'est peut-être pour ça qu'il est bizarre avec moi depuis la relâche. Quel sale type. Je ne leur parlerai plus tant qu'ils ne se seront pas expliqués.

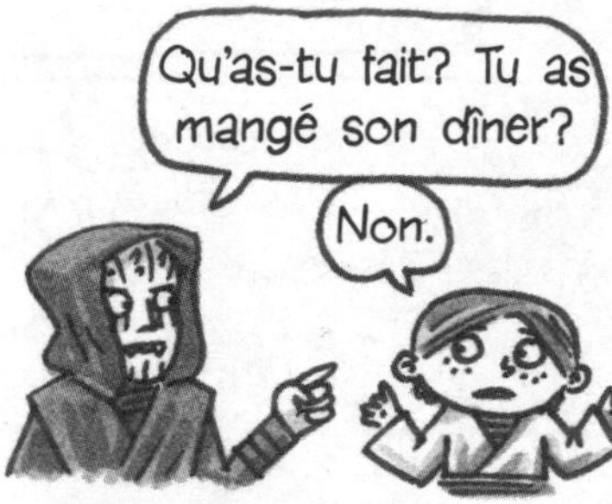
Qu'as-tu fait? Tu as mangé son dîner?
Non.

M. Garfield me DÉTESTE. Même Cyrus et Cronah pensent qu'il m'en veut. Il trouve toujours une excuse pour baisser ma note.

Même si je fais tout à la perfection, ma note va être PIRE qu'au dernier semestre. Le seul côté positif, c'est qu'on a enfin utilisé les nouveaux simulateurs de vol. Ils sont beaucoup mieux que les anciens! Ils bougent et donnent l'impression qu'on vole vraiment. Heureusement qu'on porte un casque!

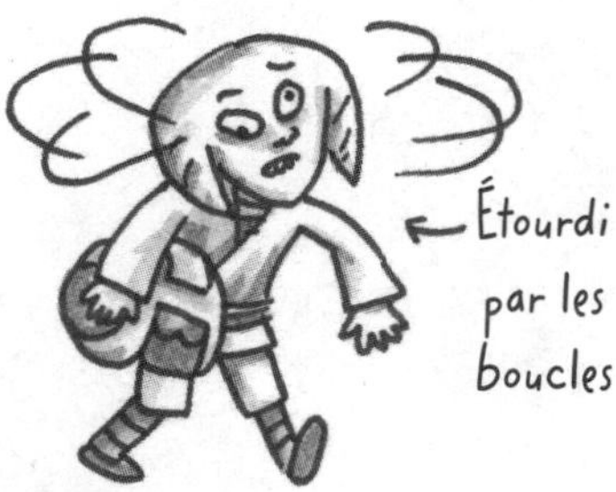
Étourdi par les boucles

Avec ma malchance, je vais sûrement briser les nouveaux simulateurs...

CE QU'A DIT GAMMY

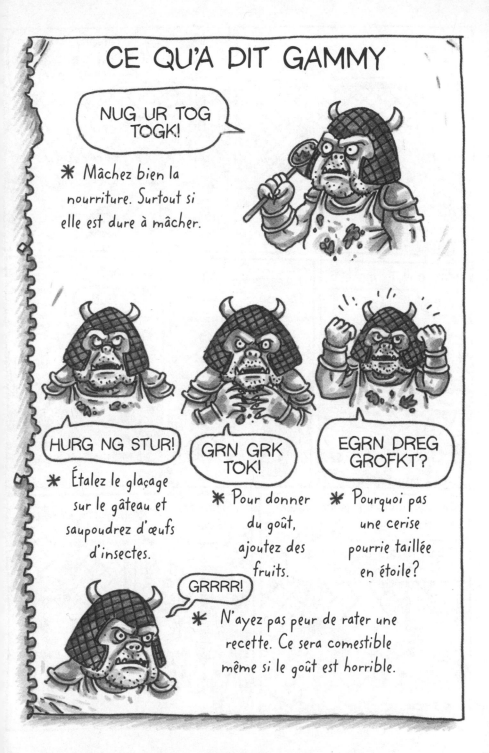

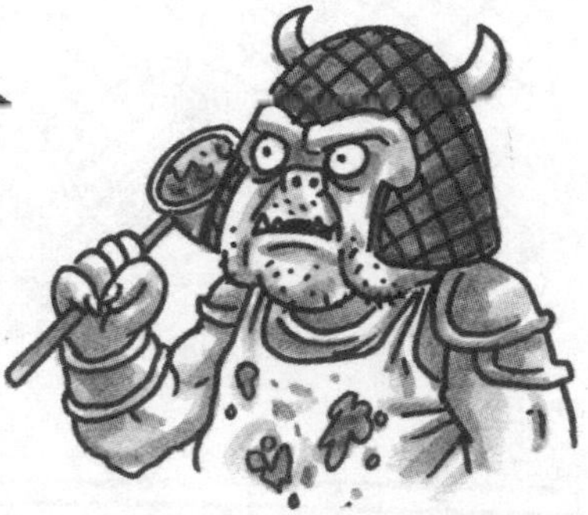
NUG UR TOG TOGK!

* Mâchez bien la nourriture. Surtout si elle est dure à mâcher.

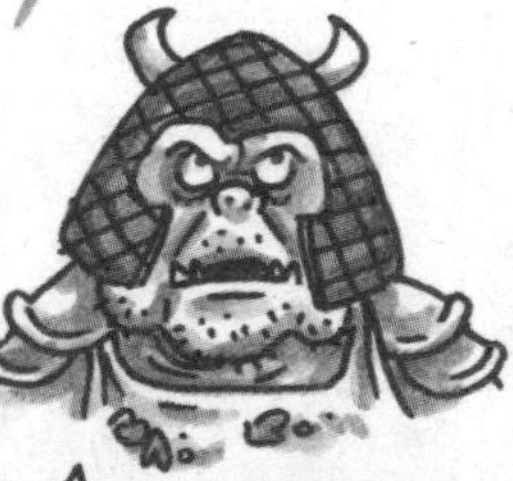
HURG NG STUR!

* Étalez le glaçage sur le gâteau et saupoudrez d'œufs d'insectes.

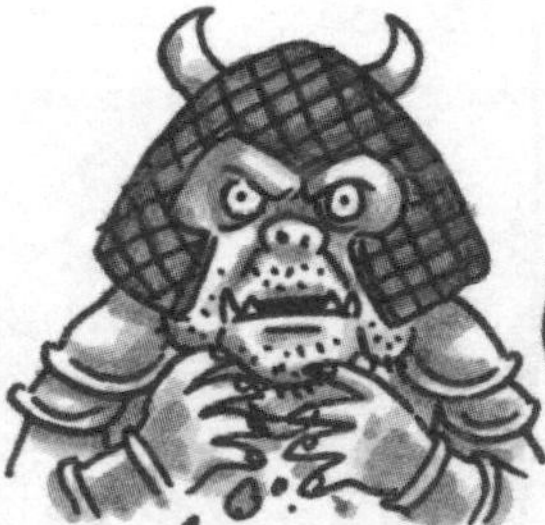
GRN GRK TOK!

* Pour donner du goût, ajoutez des fruits.

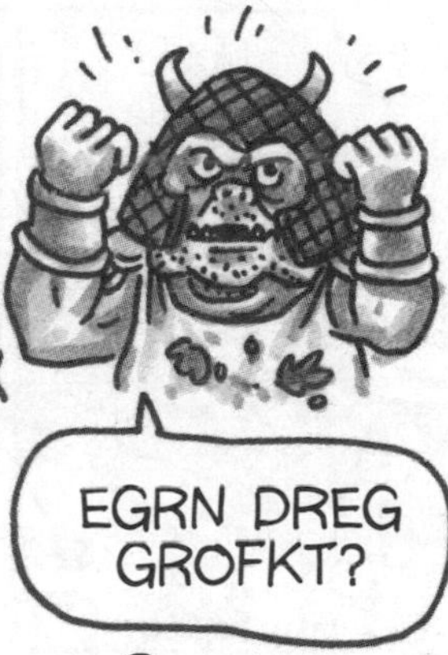
EGRN DREG GROFKT?

* Pourquoi pas une cerise pourrie taillée en étoile?

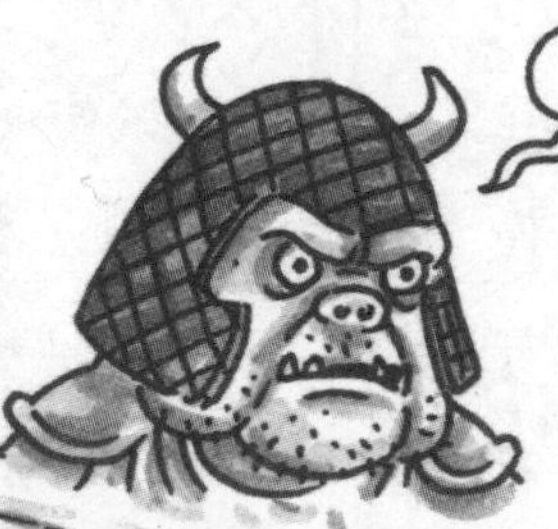
GRRRR!

* N'ayez pas peur de rater une recette. Ce sera comestible même si le goût est horrible.

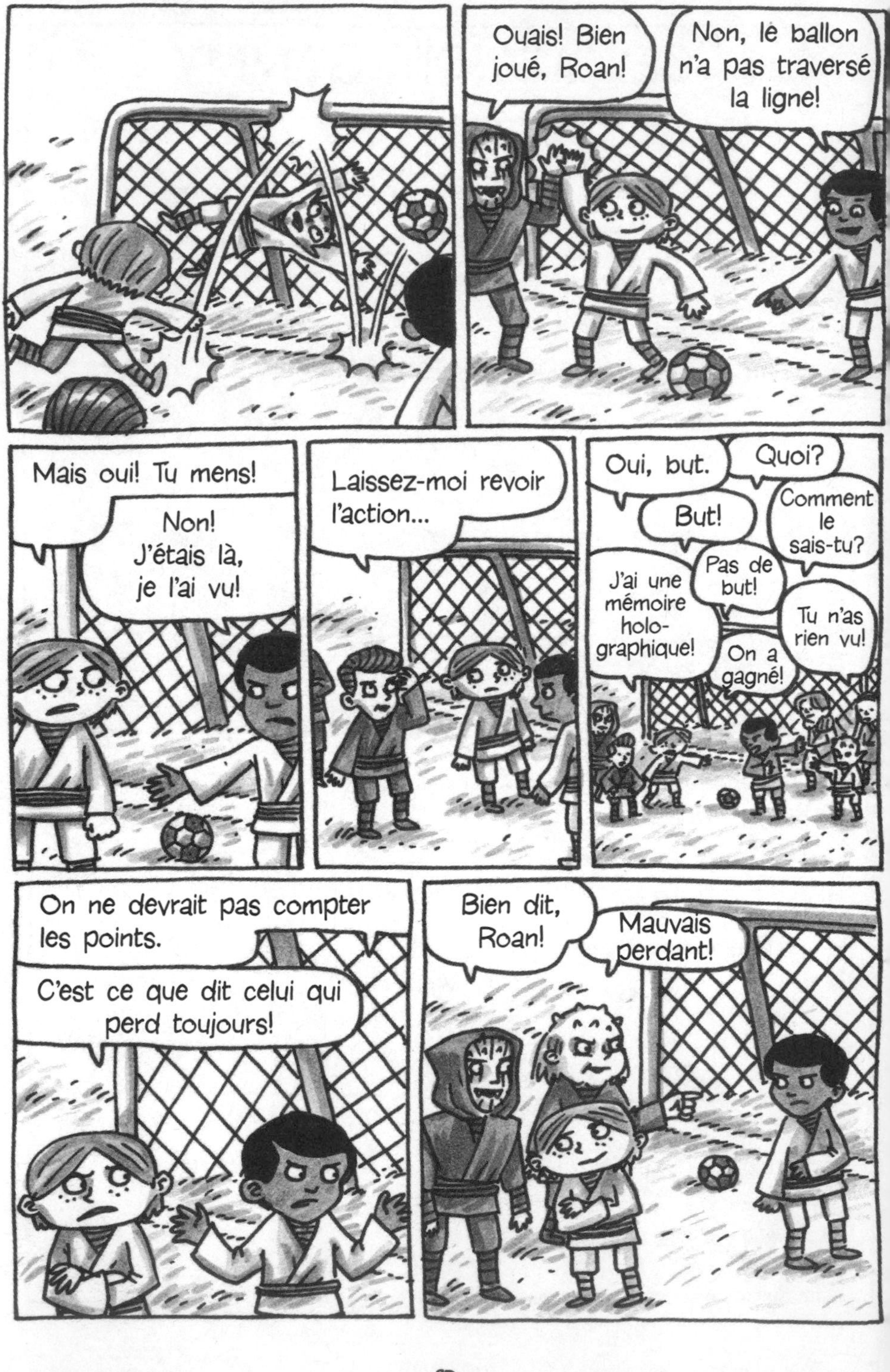
Ouais! Bien joué, Roan!
Non, le ballon n'a pas traversé la ligne!
Mais oui! Tu mens!
Non! J'étais là, je l'ai vu!
Laissez-moi revoir l'action...
Oui, but.
Quoi?
But!
Comment le sais-tu?
J'ai une mémoire holo-graphique!
Pas de but!
Tu n'as rien vu!
On a gagné!
On ne devrait pas compter les points.
C'est ce que dit celui qui perd toujours!
Bien dit, Roan!
Mauvais perdant!

INTRODUCTION À LA CONSTRUCTION DE DROÏDES

DIRECTEUR MAR

TRAVAIL D'ÉQUIPE

Les élèves travailleront en groupes de cinq pour construire leurs propres droïdes opérationnels. Vous devrez travailler en équipe en partageant les responsabilités. Les membres de chaque équipe recevront la même note.

- Les droïdes ne sont pas obligés de communiquer, mais des points supplémentaires seront accordés aux droïdes multifonctions.
- Les droïdes doivent avoir au moins une fonction primaire spécialisée (exemple : balayer et aspirer la poussière).
- PAS D'ARME. Tout droïde muni d'un laser vous vaudra un échec.
- Les droïdes seront jugés selon les critères suivant : fonction, conception, fiabilité, originalité et l'impression que le droïde a ce petit « je-ne-sais-quoi ».

QUATRODI

Apparemment, les équipes de construction de droïdes ont été choisies au ~~hasart~~ hasard par holordi, mais je pense que l'holordi se moque de moi. Non seulement Cronah est dans mon équipe, mais aucun de mes vrais amis n'en fait partie...

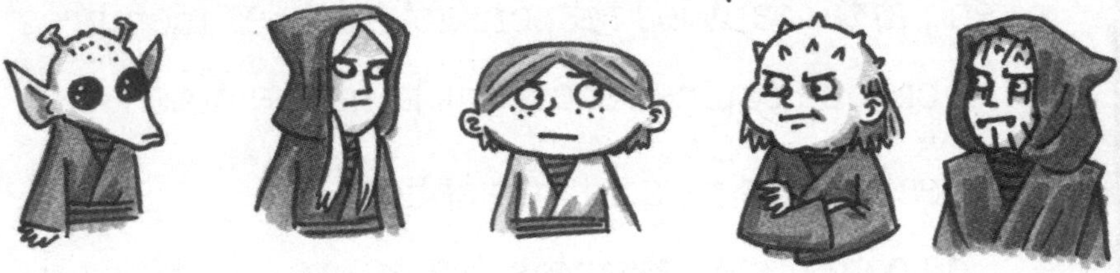

Cyrus est aussi avec nous. Au moins, il est gentil avec moi, en ce moment. C'est sûrement parce qu'il a rencontré mon père, qui est un vrai astro-pilote plutôt important. Pour ce projet, je vais devoir choisir entre faire ce que les autres veulent ou les obliger à m'écouter, ce qui sera impossible. Ça promet d'être un VRAI DÉSASTRE.

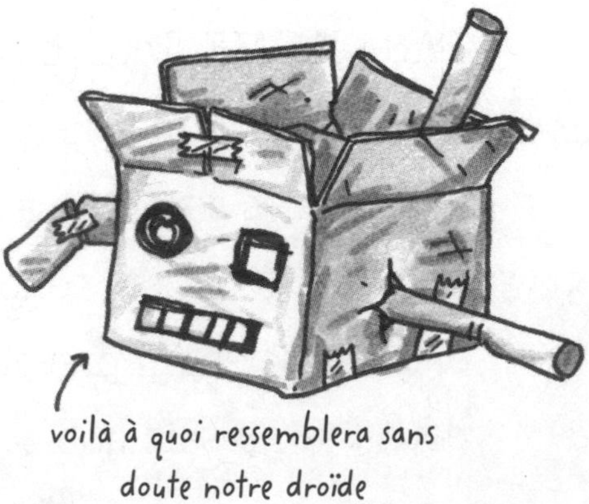

voilà à quoi ressemblera sans doute notre droïde

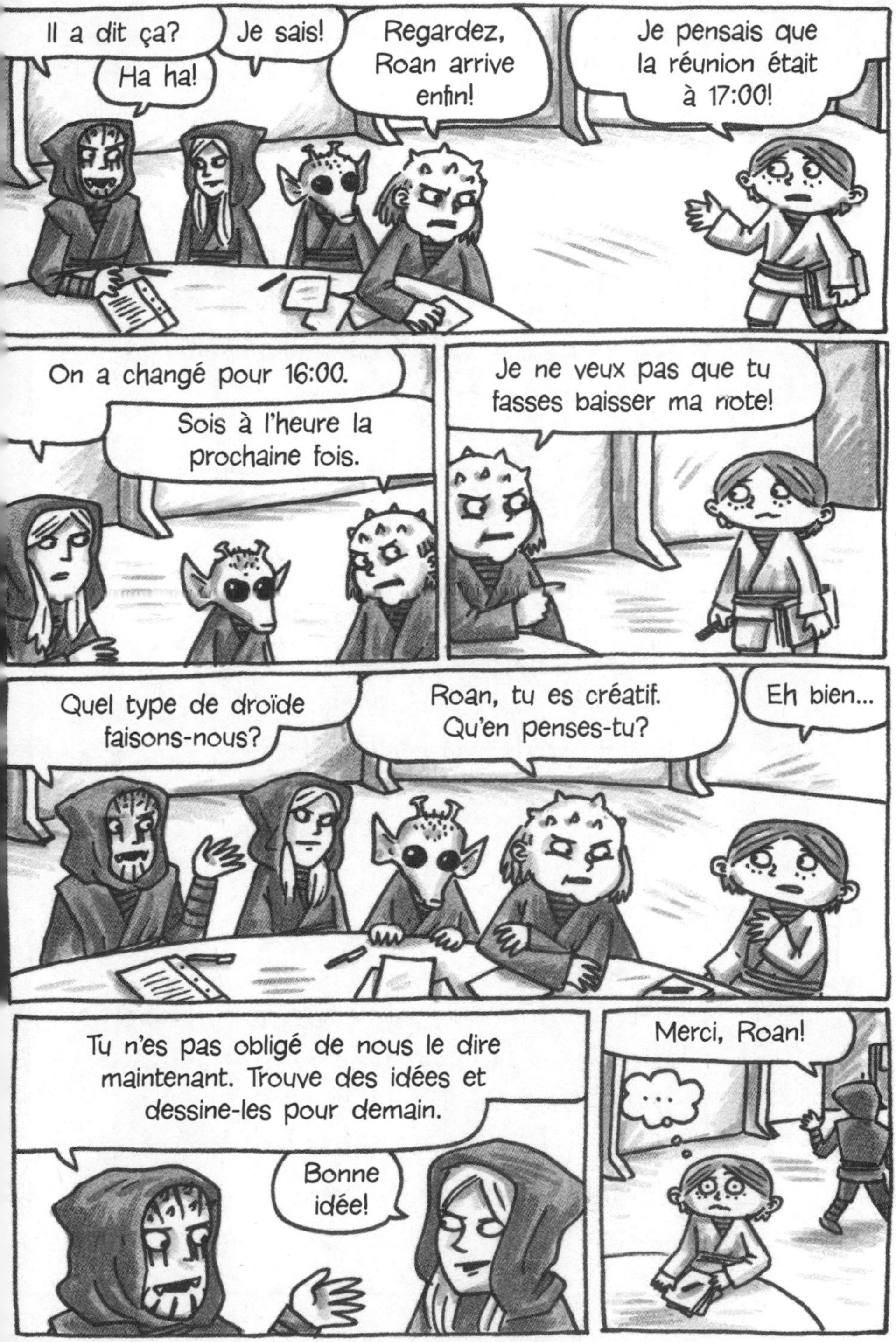

Il a dit ça?
Ha ha!
Je sais!
Regardez, Roan arrive enfin!
Je pensais que la réunion était à 17:00!
On a changé pour 16:00.
Sois à l'heure la prochaine fois.
Je ne veux pas que tu fasses baisser ma note!
Quel type de droïde faisons-nous?
Roan, tu es créatif. Qu'en penses-tu?
Eh bien...
Tu n'es pas obligé de nous le dire maintenant. Trouve des idées et dessine-les pour demain.
Bonne idée!
Merci, Roan!
...

Pentadi

Économie familiale
Gammy

NOTES

Pour savoir si un œuf est prêt, cassez-le. Si un animal en sort et vous attaque, l'œuf aurait dû cuire plus longtemps.

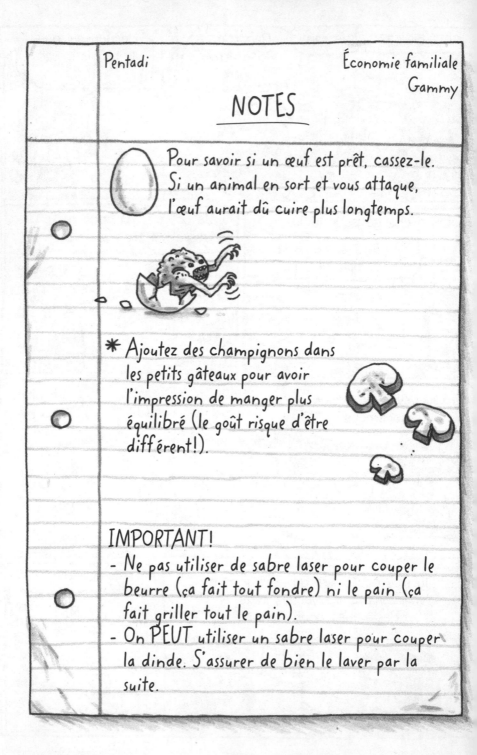

* Ajoutez des champignons dans les petits gâteaux pour avoir l'impression de manger plus équilibré (le goût risque d'être différent!).

IMPORTANT!

- Ne pas utiliser de sabre laser pour couper le beurre (ça fait tout fondre) ni le pain (ça fait griller tout le pain).
- On PEUT utiliser un sabre laser pour couper la dinde. S'assurer de bien le laver par la suite.

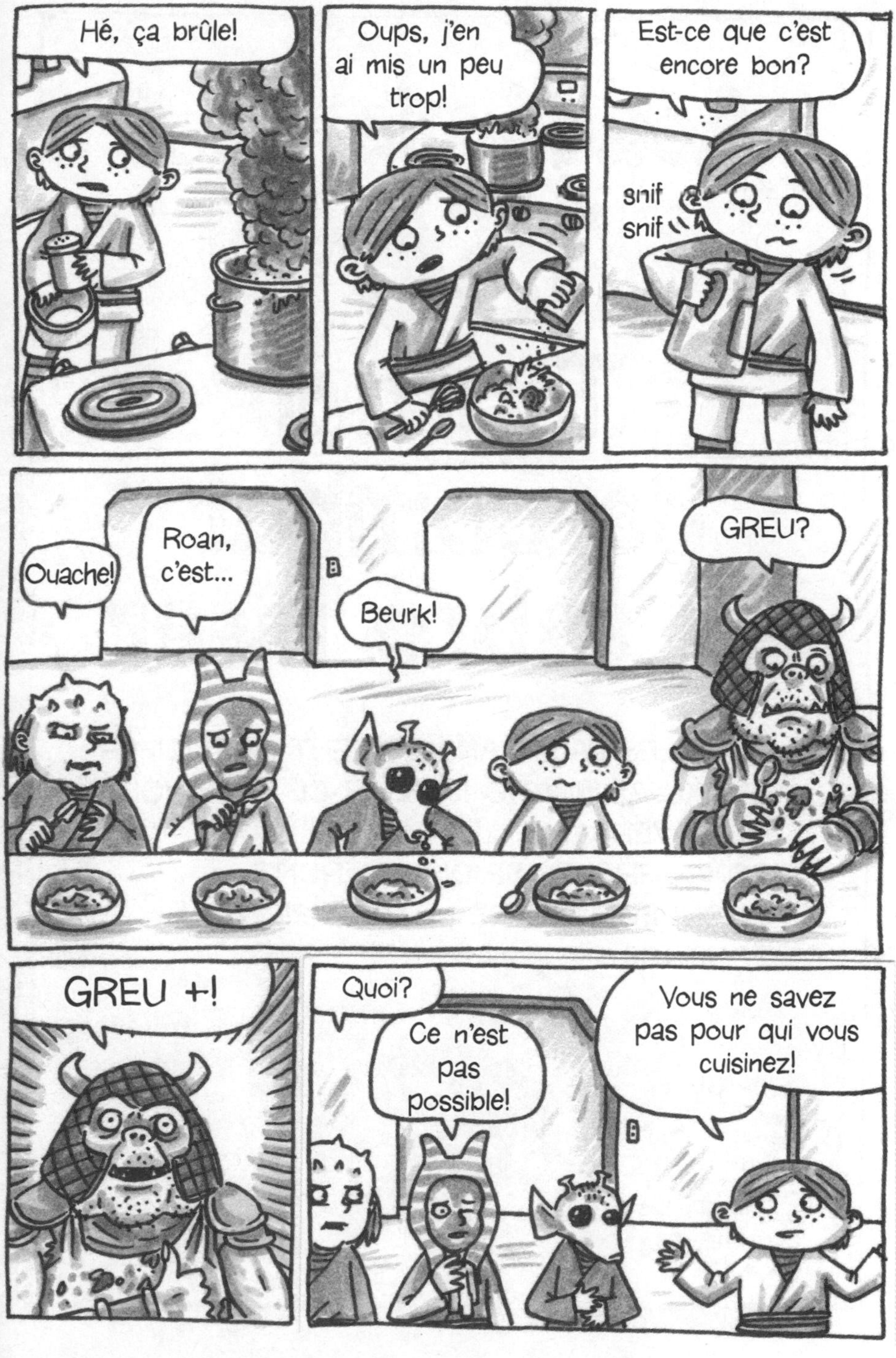
Hé, ça brûle!
Oups, j'en ai mis un peu trop!
Est-ce que c'est encore bon?
snif snif
Ouache!
Roan, c'est...
Beurk!
GREU?
GREU +!
Quoi?
Ce n'est pas possible!
Vous ne savez pas pour qui vous cuisinez!

Académie Jedi

150e Tournoi de combat au sabre laser

TOUS LES PADAWANS DOIVENT PARTICIPER AUX QUALIFICATIONS POUR CE TOURNOI D'ANNIVERSAIRE. LES DIX MEILLEURS CONCURRENTS SE DISPUTERONT L'HONNEUR D'ÊTRE LE CHAMPION DU TOURNOI!

INVITÉ SPÉCIAL : ANCIEN CHAMPION MAÎTRE JEDI M'BA-TEE

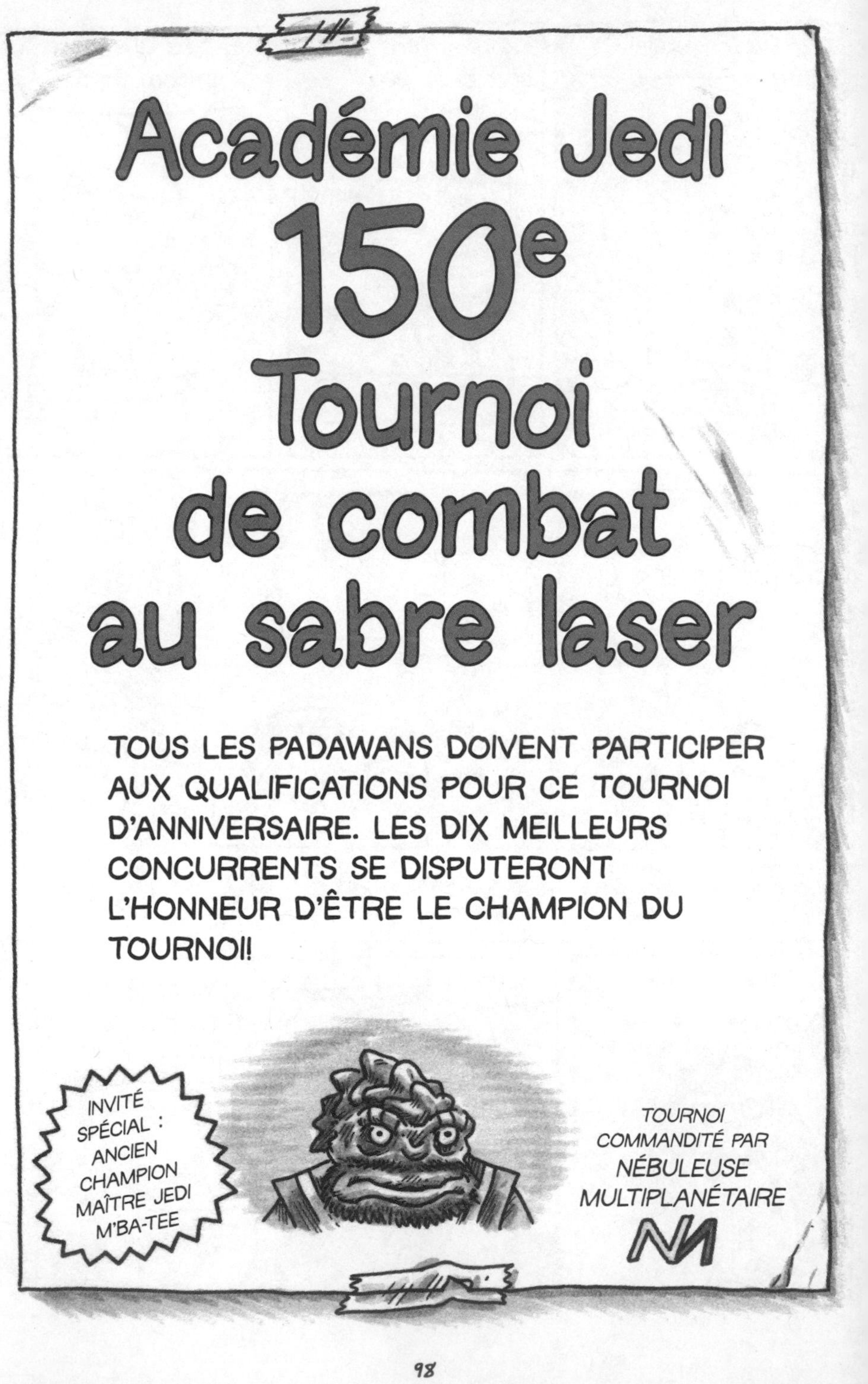

TOURNOI COMMANDITÉ PAR NÉBULEUSE MULTIPLANÉTAIRE

NM

TRIODI

Je vais commencer à m'entraîner au sabre laser.
Si je m'exerce en secret, tout le monde sera surpris
par mon talent au tournoi. Je pourrais peut-être
même gagner? Je voulais trouver quelqu'un avec qui
m'entraîner, mais je ne parle toujours pas à Pasha.
Alors j'ai trouvé une façon de m'entraîner tout
en construisant le droïde avec mon équipe. On va
fabriquer un droïde d'entraînement pour les duels
au sabre laser. Ce n'est pas si mal de travailler avec
Cyrus et Cronah. Ils me laissent être le « gars qui
a les idées ». Ça m'évitera donc le travail ~~fatsidieu~~
fastidieux d'assemblage.

Le seul plan de Pilote Ewok
est d'écraser leur vaisseau entre
deux bûches...

go mob un
lou? M'gasha.

DROÏDE D'ENTRAÎNEMENT AU SABRE LASER

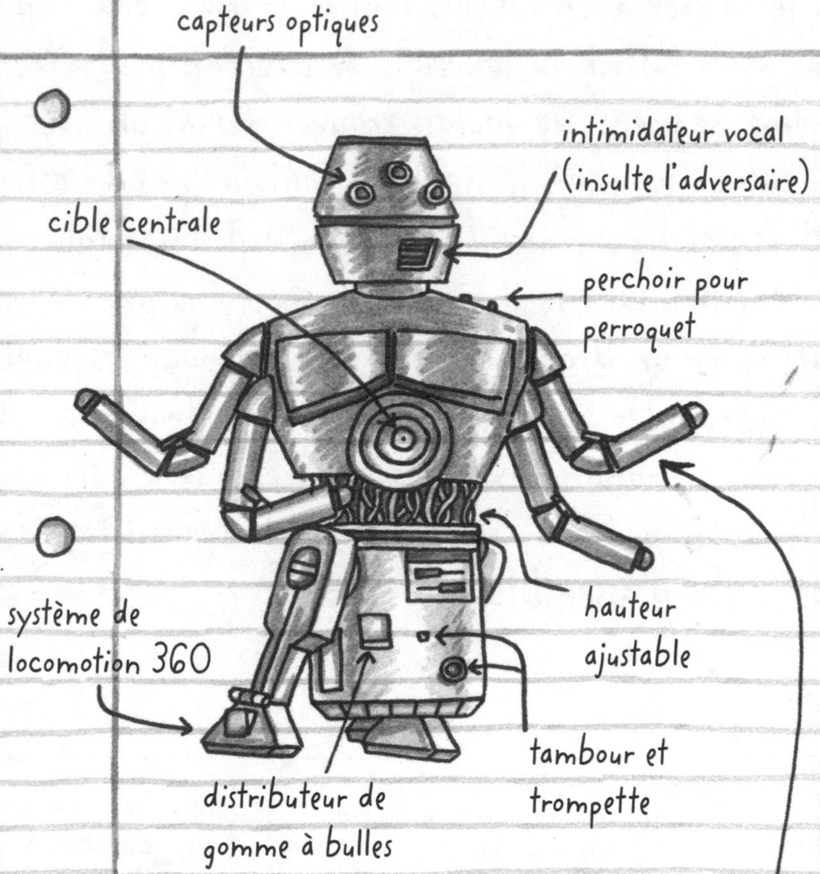
capteurs optiques
intimidateur vocal (insulte l'adversaire)
cible centrale
perchoir pour perroquet
hauteur ajustable
système de locomotion 360
tambour et trompette
distributeur de gomme à bulles
multiples bras articulés avec prise kung-fu

Autres fonctions possibles :

- batteur heavy métal
- brandisseur de drapeau
- lave-vaisseaux?
- lave-vaisselle?
- entraîneur de soccer?

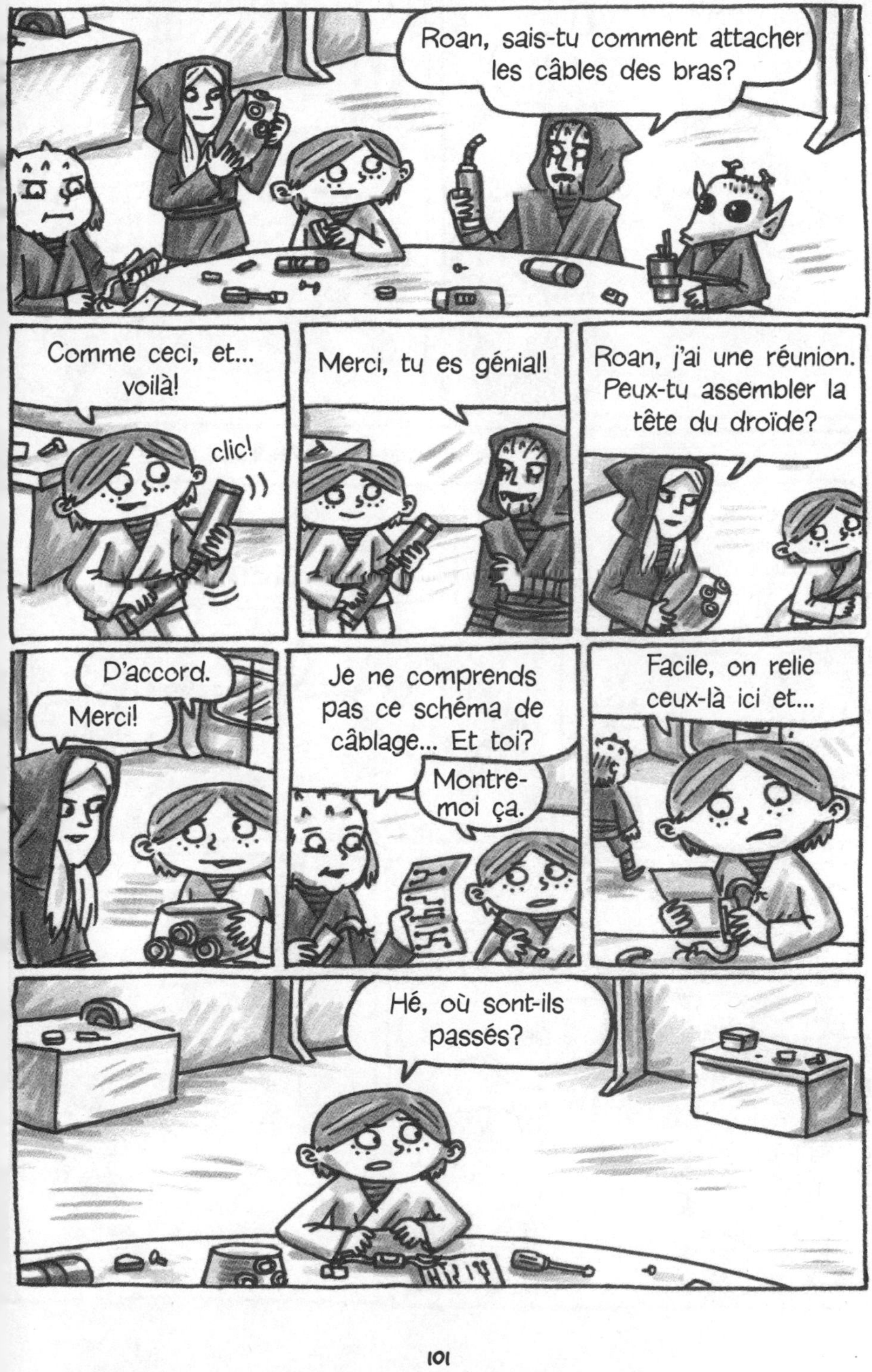
Roan, sais-tu comment attacher les câbles des bras?
Comme ceci, et... voilà!
clic!
Merci, tu es génial!
Roan, j'ai une réunion. Peux-tu assembler la tête du droïde?
D'accord.
Merci!
Je ne comprends pas ce schéma de câblage... Et toi?
Montre-moi ça.
Facile, on relie ceux-là ici et...
Hé, où sont-ils passés?

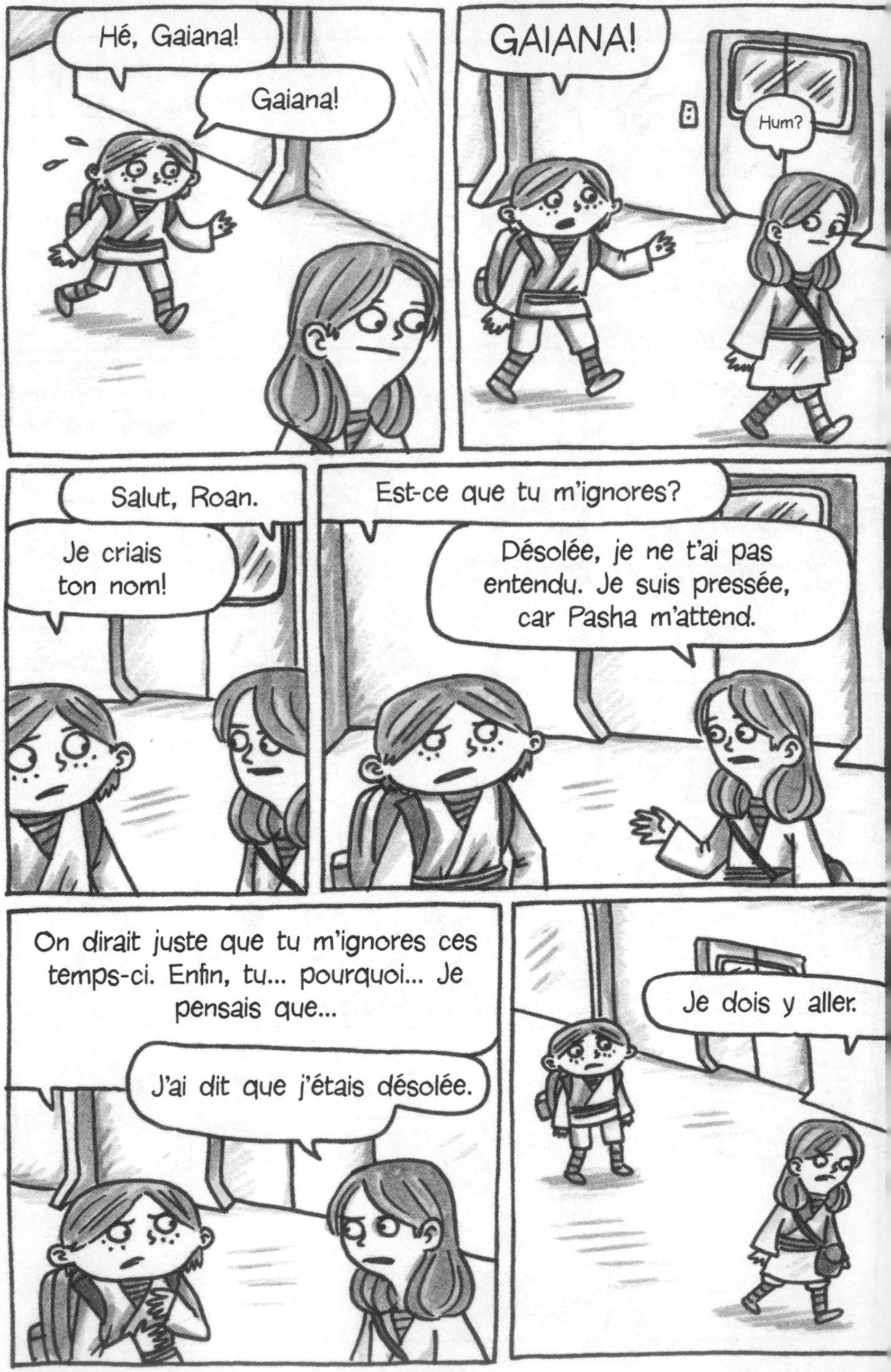

Hé, Gaiana!
Gaiana!
GAIANA!
Hum?
Salut, Roan.
Je criais ton nom!
Est-ce que tu m'ignores?
Désolée, je ne t'ai pas entendu. Je suis pressée, car Pasha m'attend.
On dirait juste que tu m'ignores ces temps-ci. Enfin, tu... pourquoi... Je pensais que...
J'ai dit que j'étais désolée.
Je dois y aller.

PENTADI

Chaque fois que je veux voir Bill ou Egon, ils sont occupés. On devait se retrouver hier, mais j'ai attendu une heure pour rien. Bill dit que c'était un malentendu, mais ça ne m'étonnerait pas si Pasha essayait de les monter contre moi. J'ai à peine parlé à Gaiana ce semestre. Elle passe sûrement tout son temps avec Pasha, qui doit lui dire à quel point je suis horrible. Je voulais demander à Tegan ce que pense Gaiana, mais elle m'a dit de le lui demander moi-même. J'ai essayé, mais c'était un fiasco. Au moins, j'aurai de bonnes notes, car je ne fais qu'étudier, sans voir mes amis.

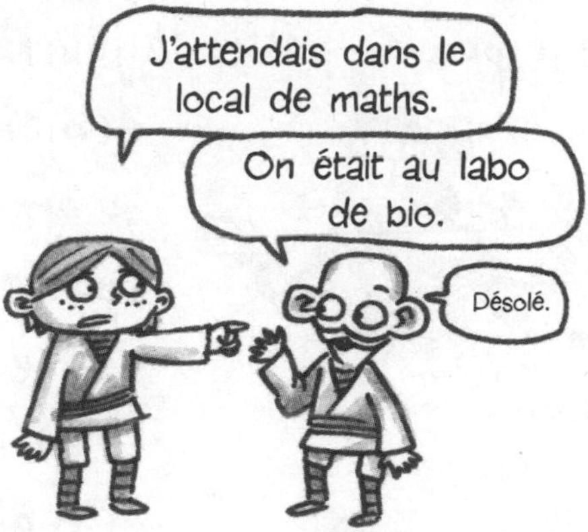
J'attendais dans le local de maths.
On était au labo de bio.
Désolé.

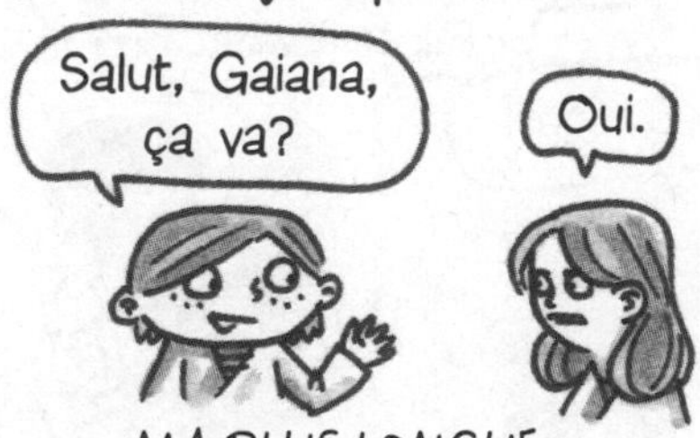
Salut, Gaiana, ça va?
Oui.
MA PLUS LONGUE CONVERSATION AVEC GAIANA CE MOIS-CI.

Je vois souvent Cyrus et Cronah, surtout pour notre projet de droïde. Le droïde est super! Ils m'ont laissé le concevoir au complet. Au début de l'année, je n'aurais jamais imaginé travailler en équipe avec eux, encore moins diriger tout un projet. Cyrus a dit que je pouvais passer la journée avec Cronah et lui,

J'aimerais savoir hausser les épaules comme ça

demain. Je lui ai demandé ce qu'on ferait, et il a haussé les épaules. C'est super. Ils n'ont même pas besoin de planifier ce qu'ils vont faire. Cyrus et moi avons eu une longue conversation sur les ~~mana manœuvres~~ manœuvres des vaisseaux corelliens. Il suffisait de mieux les connaître pour m'apercevoir qu'ils ne sont pas TOUJOURS méchants. On va s'entraîner au sabre laser. Je parie qu'ils m'apprendront de nouvelles techniques.

Je ne sais pas si on peut utiliser cette méthode, Pilote Ewok.

Dangar!

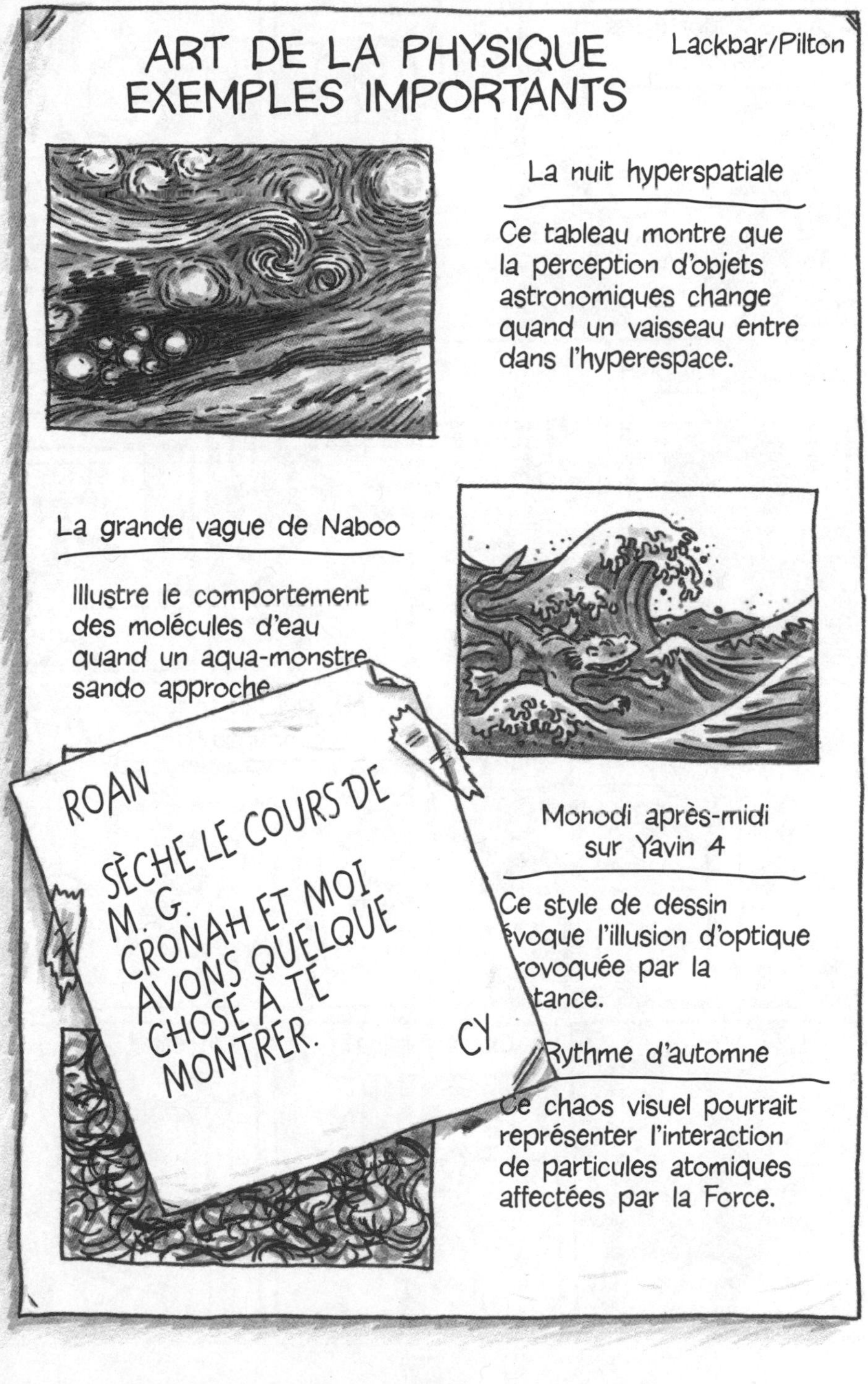
ART DE LA PHYSIQUE
EXEMPLES IMPORTANTS
Lackbar/Pilton
La nuit hyperspatiale
Ce tableau montre que la perception d'objets astronomiques change quand un vaisseau entre dans l'hyperespace.
La grande vague de Naboo
Illustre le comportement des molécules d'eau quand un aqua-monstre sando approche
Monodi après-midi sur Yavin 4
Ce style de dessin évoque l'illusion d'optique provoquée par la distance.
Rythme d'automne
Ce chaos visuel pourrait représenter l'interaction de particules atomiques affectées par la Force.
ROAN
SÈCHE LE COURS DE M. G.
CRONAH ET MOI AVONS QUELQUE CHOSE À TE MONTRER.
CY

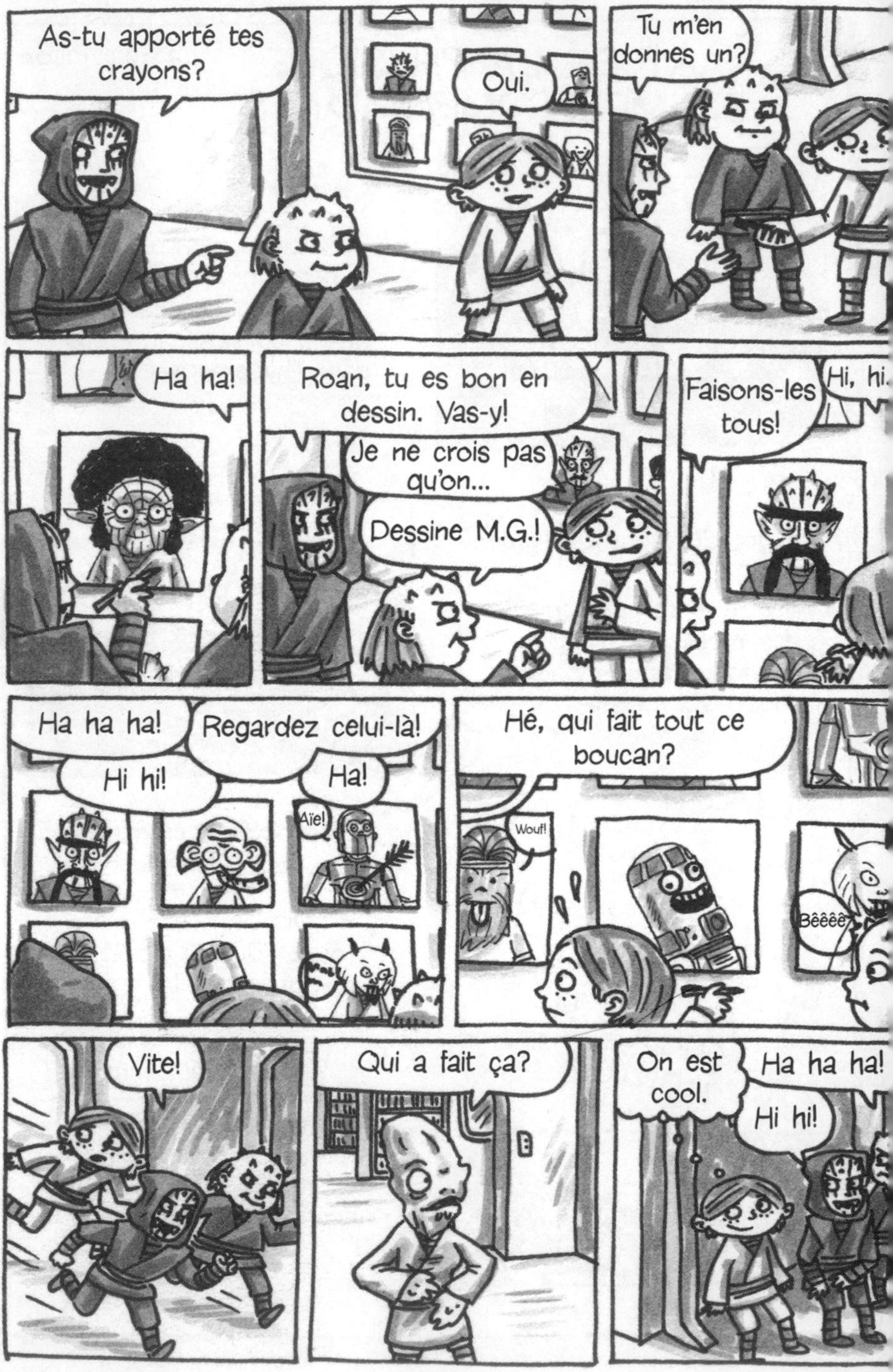
As-tu apporté tes crayons?
Oui.
Tu m'en donnes un?
Ha ha!
Roan, tu es bon en dessin. Vas-y!
Je ne crois pas qu'on...
Dessine M.G.!
Faisons-les tous!
Hi, hi.
Ha ha ha!
Regardez celui-là!
Hi hi!
Ha!
Aïe!
Hé, qui fait tout ce boucan?
Wouf!
Bêêêê
Vite!
Qui a fait ça?
On est cool.
Ha ha ha!
Hi hi!

TRIODI

Demain, on va présenter nos projets de droïdes. Je vais vérifier le nôtre une dernière fois ce soir. Il est super! On va pouvoir l'utiliser pour s'entraîner en vue du tournoi. Comme les autres membres de l'équipe portent des tuniques sombres, on s'est dit que j'en porterais une pour la présentation. Cyrus a

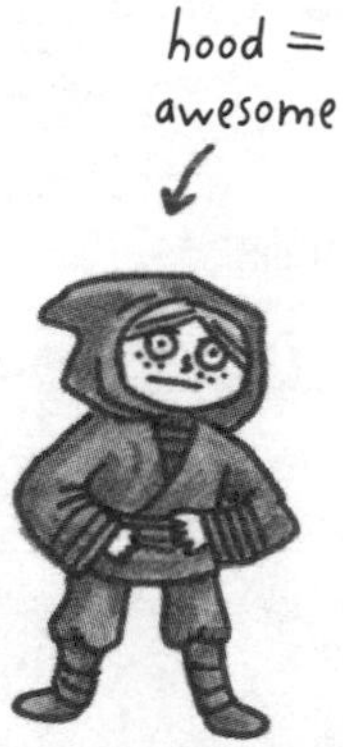
hood = awesome

de vieilles tuniques qui sont trop petites pour lui, et il dit que je peux les garder. C'est gentil de sa part. Je trouve que j'ai l'air cool habillé comme ça. C'est un peu trop grand, mais tout le monde les porte ainsi. Cronah a suggéré que je choisisse le nom du droïde, puisque c'est ma création.

J'ai décidé de l'appeler Entraîneur de Sabre Laser Articulé. On le surnomme E.S.L.A.

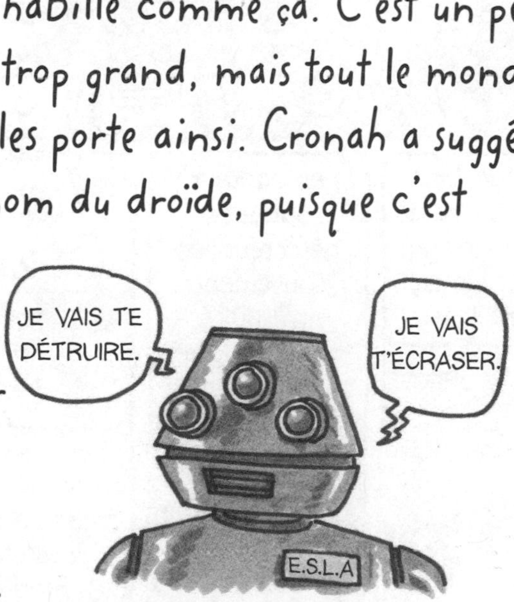
JE VAIS TE DÉTRUIRE.
JE VAIS T'ÉCRASER.
E.S.L.A

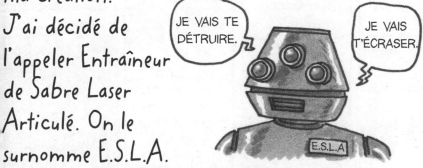

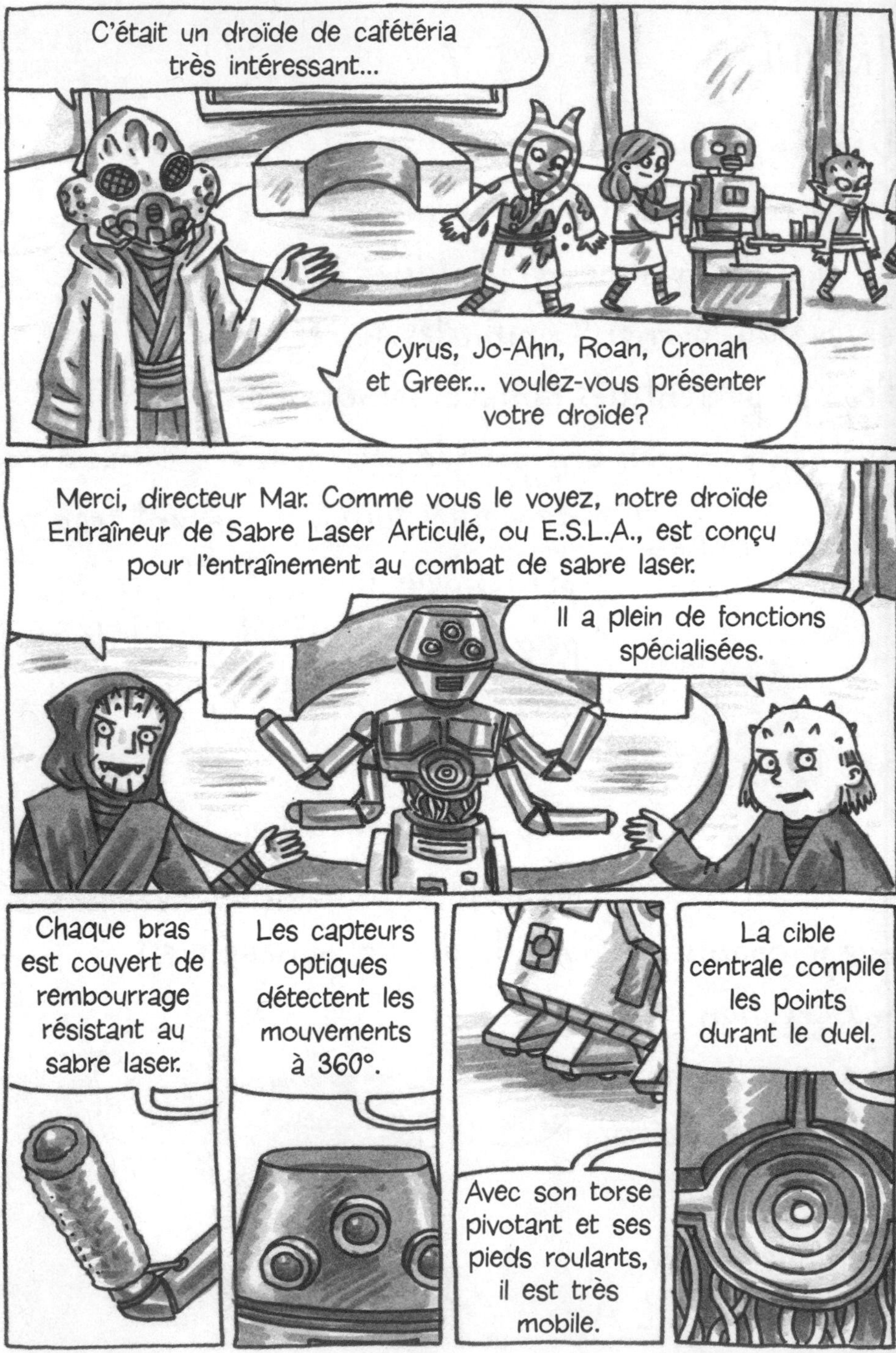

C'était un droïde de cafétéria très intéressant...
Cyrus, Jo-Ahn, Roan, Cronah et Greer... voulez-vous présenter votre droïde?
Merci, directeur Mar. Comme vous le voyez, notre droïde Entraîneur de Sabre Laser Articulé, ou E.S.L.A., est conçu pour l'entraînement au combat de sabre laser.
Il a plein de fonctions spécialisées.
Chaque bras est couvert de rembourrage résistant au sabre laser.
Les capteurs optiques détectent les mouvements à 360°.
Avec son torse pivotant et ses pieds roulants, il est très mobile.
La cible centrale compile les points durant le duel.

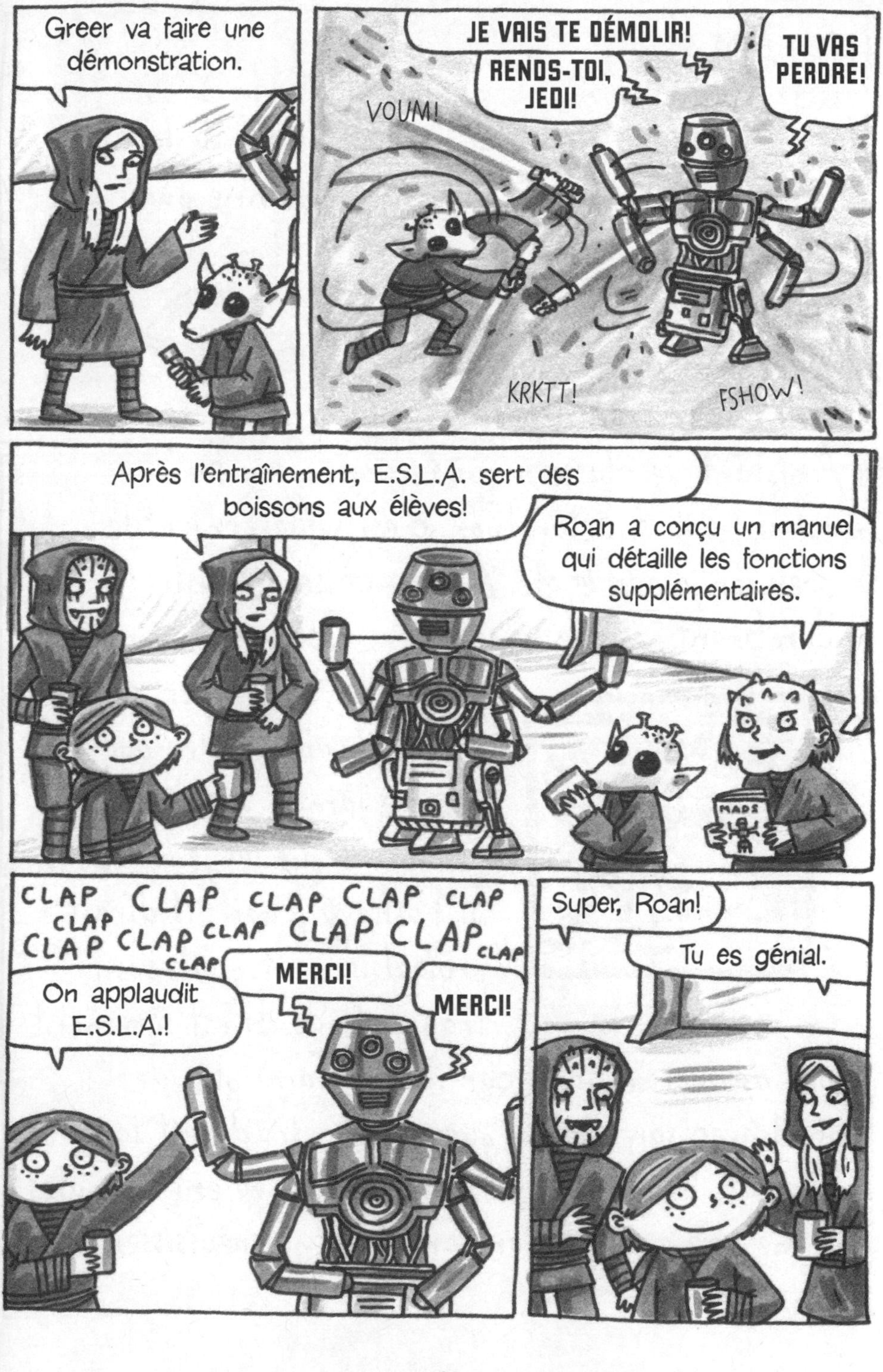
Greer va faire une démonstration.
JE VAIS TE DÉMOLIR!
RENDS-TOI, JEDI!
TU VAS PERDRE!
VOUM!
KRKTT!
FSHOW!
Après l'entraînement, E.S.L.A. sert des boissons aux élèves!
Roan a conçu un manuel qui détaille les fonctions supplémentaires.
MADS
CLAP CLAP CLAP CLAP CLAP CLAP CLAP CLAP CLAP CLAP CLAP CLAP CLAP
MERCI!
On applaudit E.S.L.A.!
MERCI!
Super, Roan!
Tu es génial.

HEPTADI

Notre droïde a obtenu la meilleure note de la classe. Le directeur Mar avait l'air impressionné par notre travail. Évidemment, les autres droïdes étaient plutôt ordinaires. Pasha et Bill ont fait un droïde

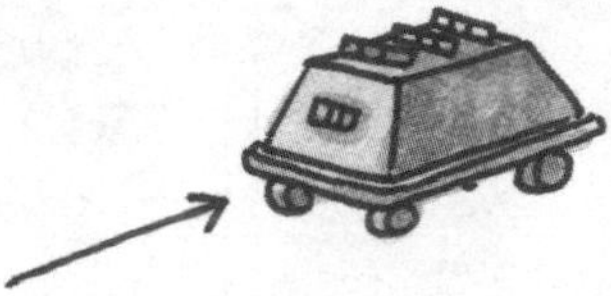

« Assistant de classe » qui te conduit à ton prochain cours. Selon moi, c'est seulement utile le premier jour d'école. Après, ce serait juste encombrant. Je me suis bien amusé avec Cronah et

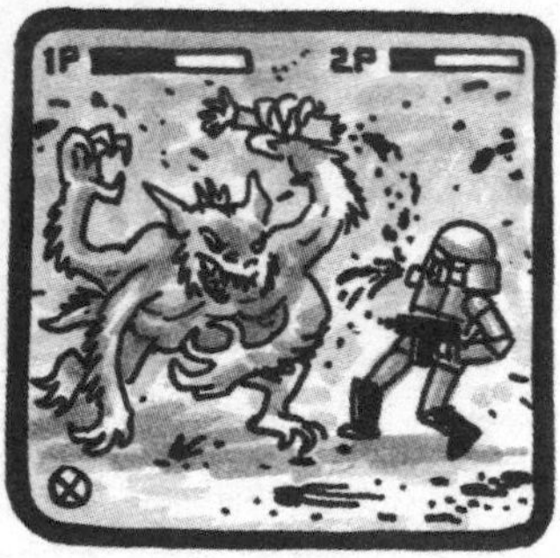
1P
2P

Cyrus. Ils sont super, et ont même des jeux vidéo que je n'avais jamais vus. Bien plus amusants que les jeux d'Egon. Si Pasha y jouait, il dirait probablement qu'ils sont trop violents. Il est sûrement jaloux de mon équipe, car il a dû faire plus de travail avec son groupe quand leur droïde est tombé en panne. D'après Cyrus, les seuls qui voient les notes comme une compétition sont ceux qui réussissent moins bien.

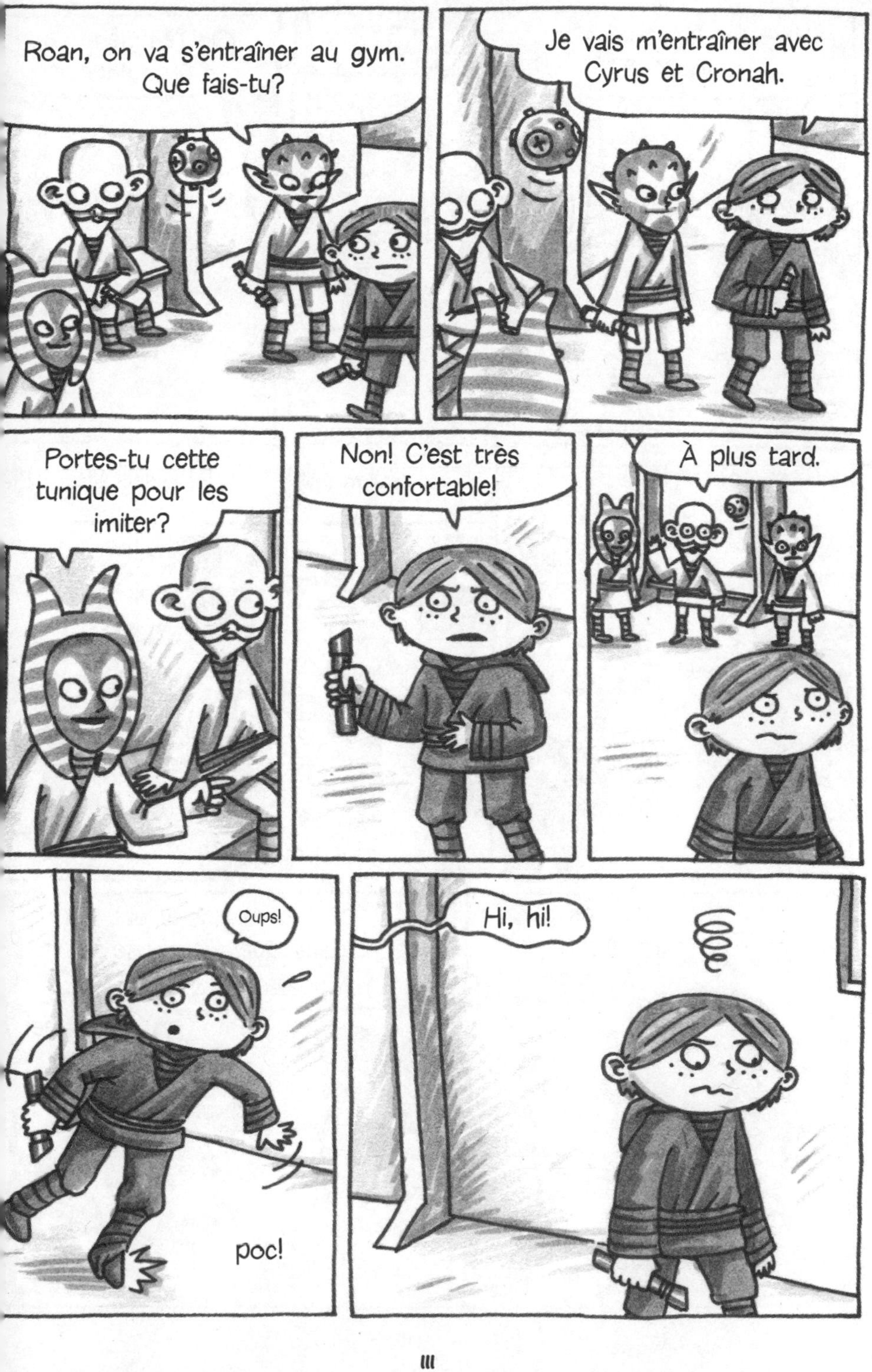
Roan, on va s'entraîner au gym. Que fais-tu?
Je vais m'entraîner avec Cyrus et Cronah.
Portes-tu cette tunique pour les imiter?
Non! C'est très confortable!
À plus tard.
Oups!
poc!
Hi, hi!

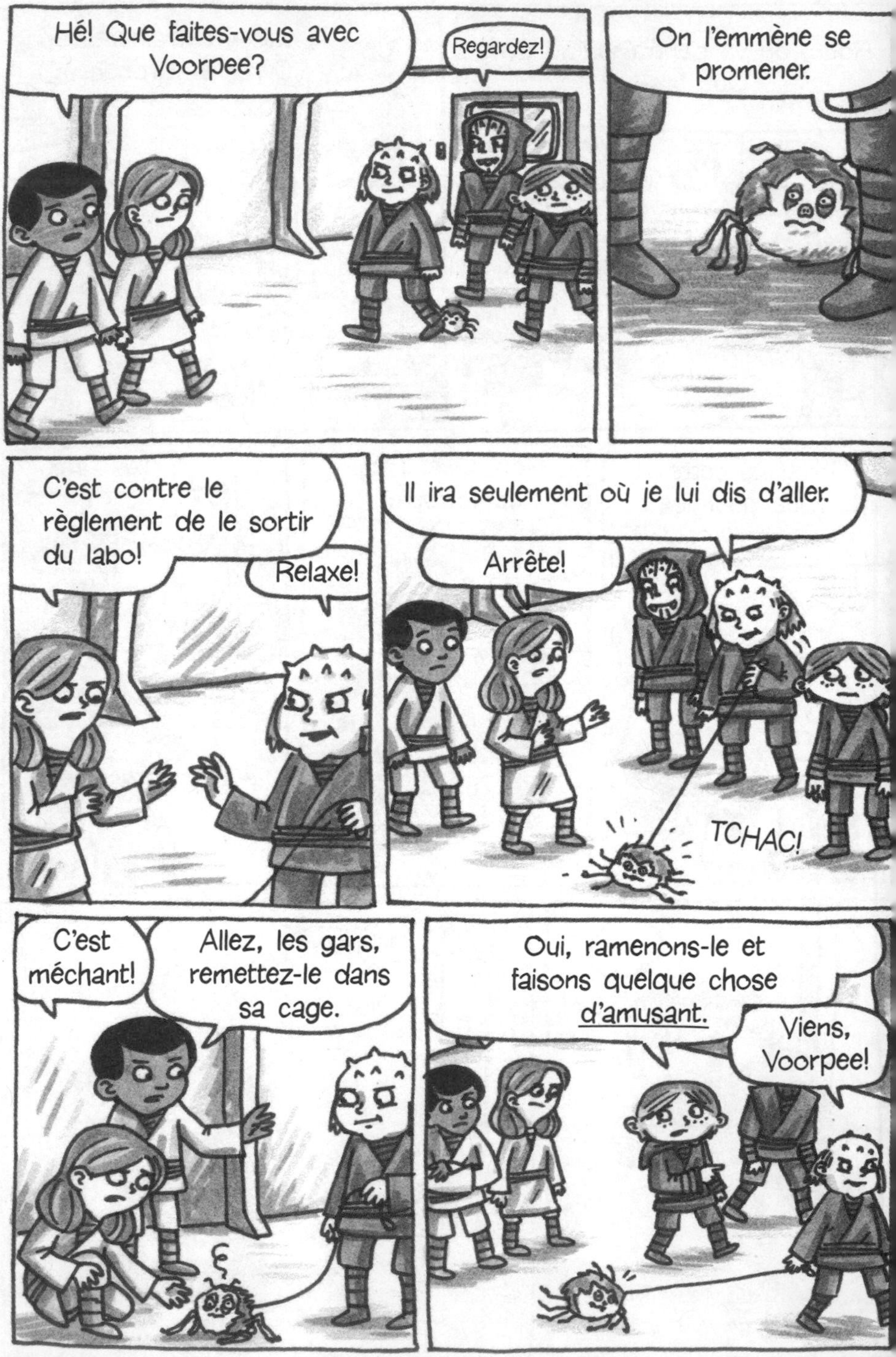

Hé! Que faites-vous avec Voorpee?
Regardez!
On l'emmène se promener.
C'est contre le règlement de le sortir du labo!
Relaxe!
Il ira seulement où je lui dis d'aller.
Arrête!
TCHAC!
C'est méchant!
Allez, les gars, remettez-le dans sa cage.
Oui, ramenons-le et faisons quelque chose d'amusant.
Viens, Voorpee!

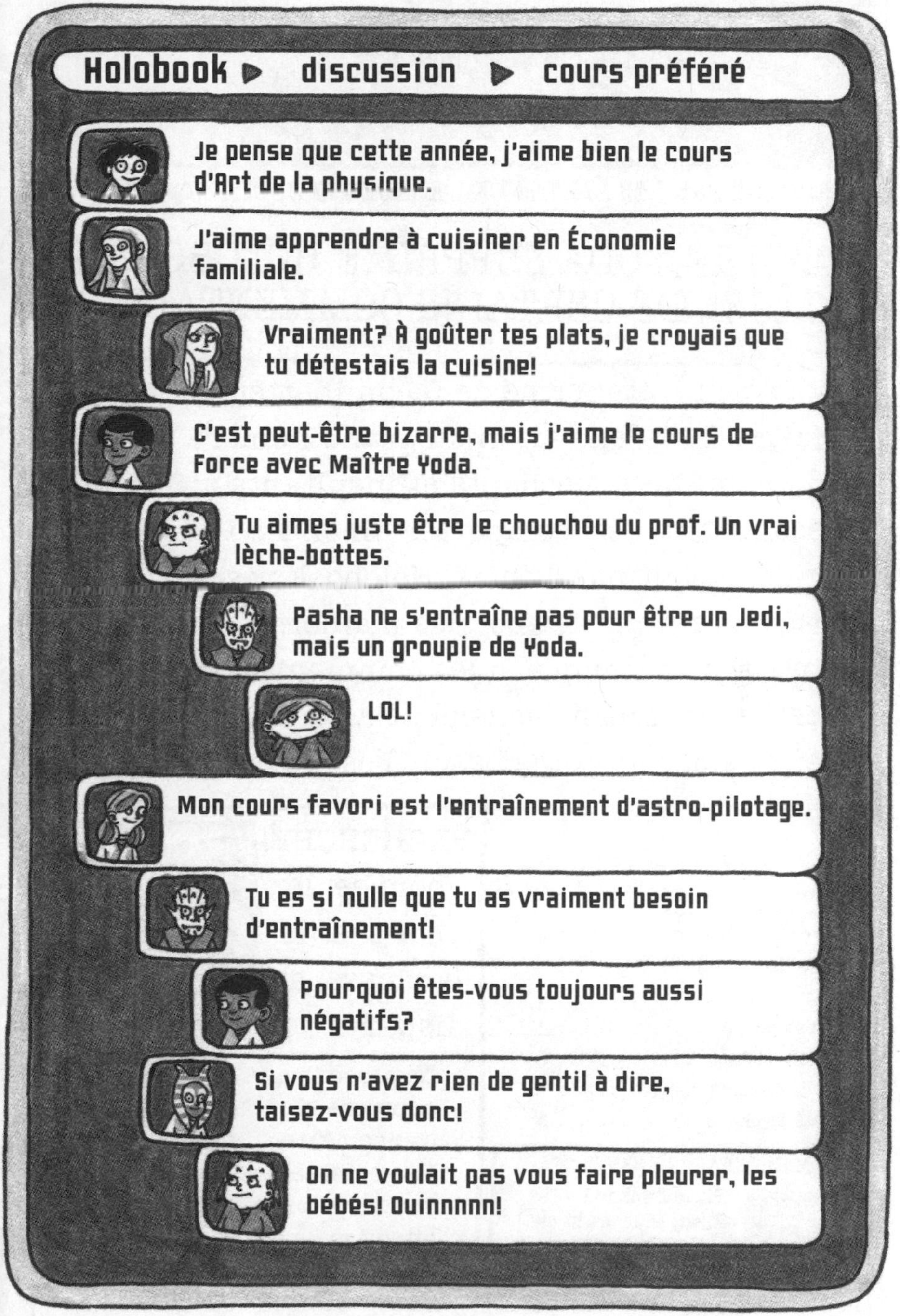
Holobook ▶ discussion ▶ cours préféré
Je pense que cette année, j'aime bien le cours d'Art de la physique.
J'aime apprendre à cuisiner en Économie familiale.
Vraiment? À goûter tes plats, je croyais que tu détestais la cuisine!
C'est peut-être bizarre, mais j'aime le cours de Force avec Maître Yoda.
Tu aimes juste être le chouchou du prof. Un vrai lèche-bottes.
Pasha ne s'entraîne pas pour être un Jedi, mais un groupie de Yoda.
LOL!
Mon cours favori est l'entraînement d'astro-pilotage.
Tu es si nulle que tu as vraiment besoin d'entraînement!
Pourquoi êtes-vous toujours aussi négatifs?
Si vous n'avez rien de gentil à dire, taisez-vous donc!
On ne voulait pas vous faire pleurer, les bébés! Ouinnnnn!

La Gazette du Padawan

PUBLIÉE PAR LES ÉLÈVES DE L'ACADÉMIE JEDI   VOL MXIII Nº 8

MAÎTRE YODA SUPPRIME HOLOBOOK À CAUSE DE CERTAINS COMMENTAIRES

Holobook a été fermé de façon inattendue par Maître Yoda, en raison du grand nombre de commentaires méchants et insultants affichés récemment. « Se comporter ainsi, les Padawans ne devraient pas. Fermé, Holobook restera, jusqu'au retour des bonnes manières. » Maître Yoda a prévenu que si les commentaires hostiles viennent facilement à certains, cela peut mener au côté obscur. Les élèves peuvent encore utiliser l'holocourrier.

CONTENU

MAINTENANT EN VENTE :

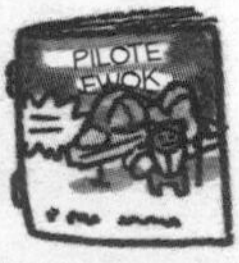

PILOTE EWOK

Pilote Ewok nº 1
Envoyer un crédit au bureau de La Gazette du Padawan. Livraison en 6 à 8 semaines.

RECHERCHÉ!

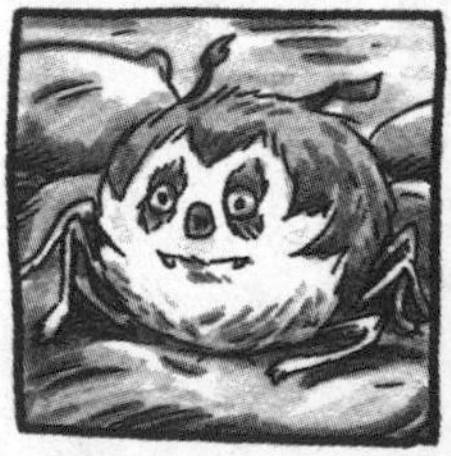

Voorpee, le voorpak de la classe, a disparu!

- Ne répond pas à son nom, mais approche si on fait de petits couinements.
- Ressemble à une boule de poussière ou de charpie, alors attention de ne pas le balayer!
- Aidez-nous à trouver Voorpee!
- Et regardez où vous marchez!

HEXADI

Voorpee a disparu, mais ce n'est pas ma faute, comme le pensent certains. Il paraît que Pasha a dit à Gaiana que quelqu'un aurait affirmé que j'ai fait une blague sur la disparition de Voorpee. Juste parce que j'étais avec Cronah et Cyrus quand ils ont sorti Voorpee de sa cage ne veut pas dire que c'est moi qui l'ai perdu! Je sais que Gaiana ne l'a pas pris, mais pourquoi personne ne l'accuse, puisqu'ELLE aime tellement ce voorpak? En plus, elle est bizarre ce semestre, surtout avec moi. Mais je m'en fiche. Avant, ça me dérangeait, mais plus maintenant. Pas vraiment. Enfin je crois.

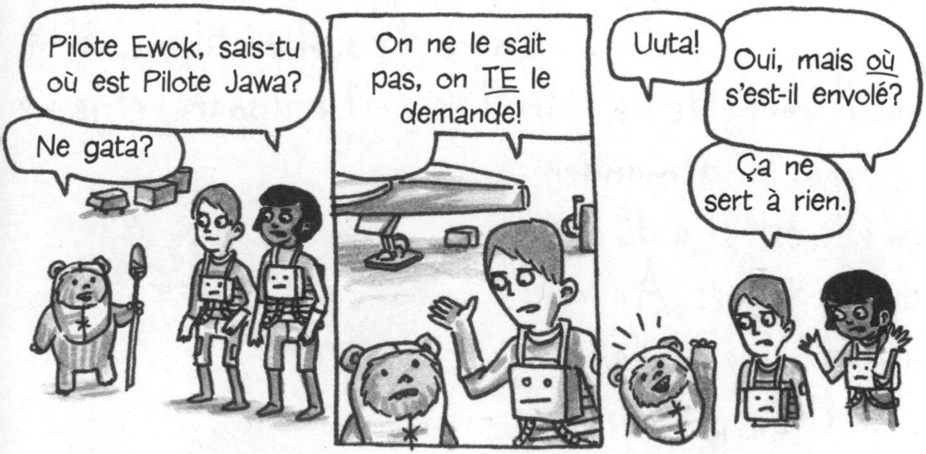
Pilote Ewok, sais-tu où est Pilote Jawa?
Ne gata?
On ne le sait pas, on TE le demande!
Uuta!
Oui, mais où s'est-il envolé?
Ça ne sert à rien.

L'autre nouvelle, c'est que Maître Yoda a fermé Holobook parce que les commentaires étaient trop méchants. Bon, c'est peut-être allé un peu trop loin, mais je pense que certaines personnes n'ont vraiment pas le sens de l'humour. Pasha aussi a été méchant avec moi, pas sur Holobook, mais dans la VRAIE VIE. Il ne m'a toujours rien dit à propos de Gaiana. Quand il s'est aperçu que je faisais semblant d'être malade pour éviter de remettre un devoir, il m'a fait un sermon. Et il ne s'est même pas rendu compte que c'était la première fois qu'il me parlait depuis un mois! Je l'ai ignoré. Le seul problème, c'est que la manette de notre Tireur-H a disparu, et je ne peux pas lui demander où elle est. Il a dû la cacher exprès. À moins que Voorpee ne l'ait prise (PEU probable)...

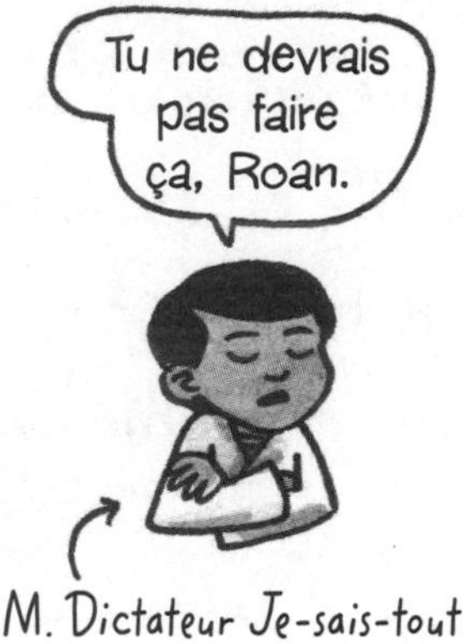
Tu ne devrais pas faire ça, Roan.
M. Dictateur Je-sais-tout

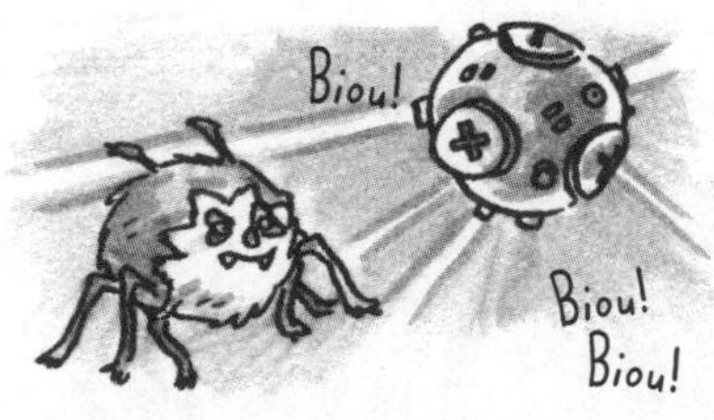
Biou!
Biou! Biou!

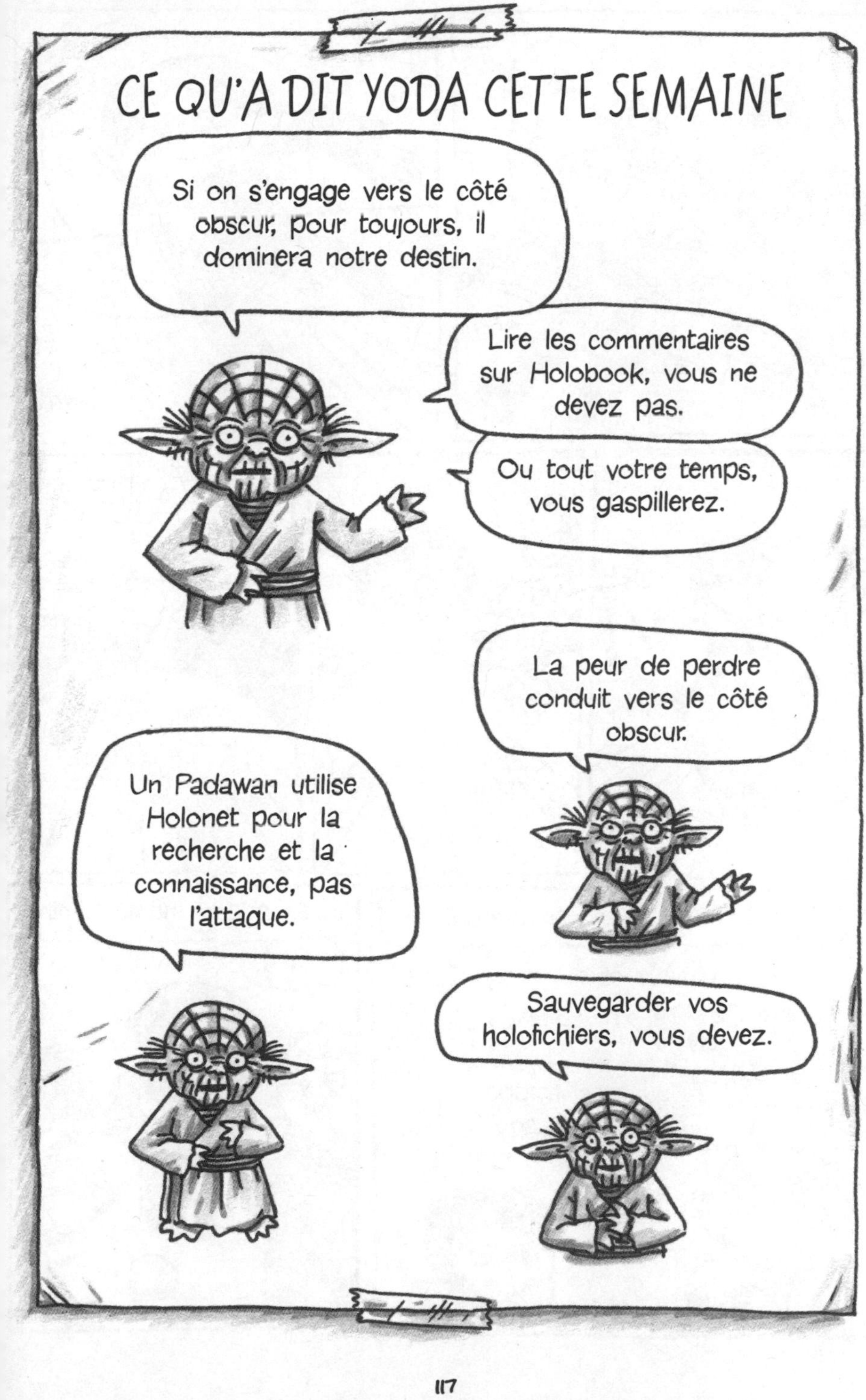
CE QU'A DIT YODA CETTE SEMAINE
Si on s'engage vers le côté obscur, pour toujours, il dominera notre destin.
Lire les commentaires sur Holobook, vous ne devez pas.
Ou tout votre temps, vous gaspillerez.
La peur de perdre conduit vers le côté obscur.
Un Padawan utilise Holonet pour la recherche et la connaissance, pas l'attaque.
Sauvegarder vos holofichiers, vous devez.

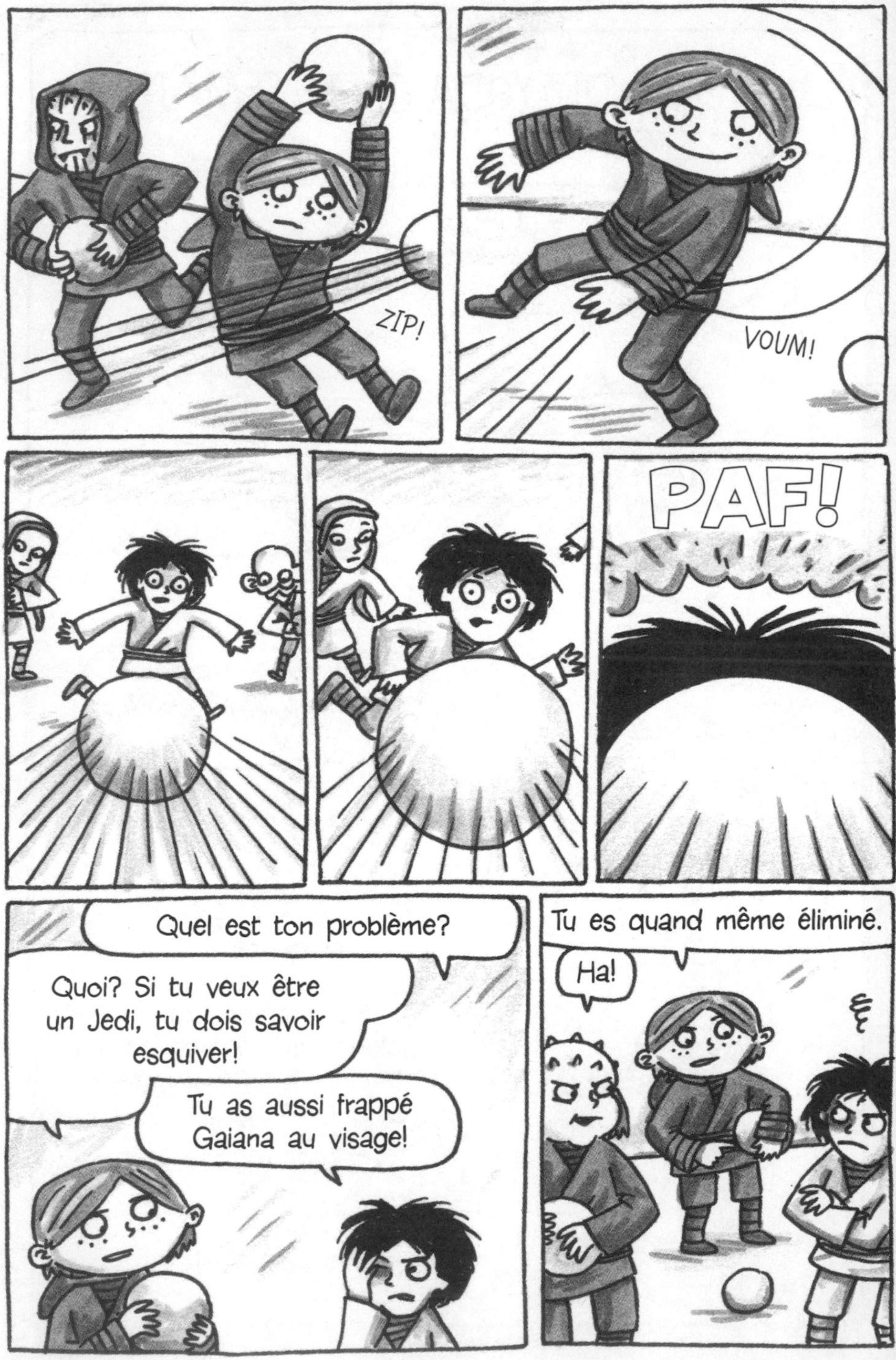
ZIP!
VOUM!
PAF!
Quel est ton problème?
Quoi? Si tu veux être un Jedi, tu dois savoir esquiver!
Tu as aussi frappé Gaiana au visage!
Tu es quand même éliminé.
Ha!

CONNAISSANCE DU SABRE LASER
TEST MAISON

(B)

Élève : _Roan Novachez_

Enseignant : _M. Garfield._

1. Dessine le mouvement manquant dans les formes de base du sabre laser.

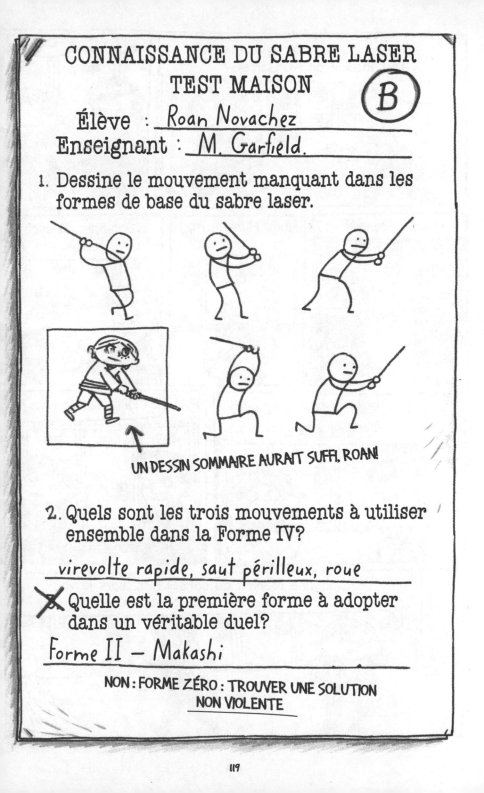

UN DESSIN SOMMAIRE AURAIT SUFFI, ROAN!

2. Quels sont les trois mouvements à utiliser ensemble dans la Forme IV?

virevolte rapide, saut périlleux, roue

✗ Quelle est la première forme à adopter dans un véritable duel?

Forme II — Makashi

NON : FORME ZÉRO : TROUVER UNE SOLUTION
NON VIOLENTE

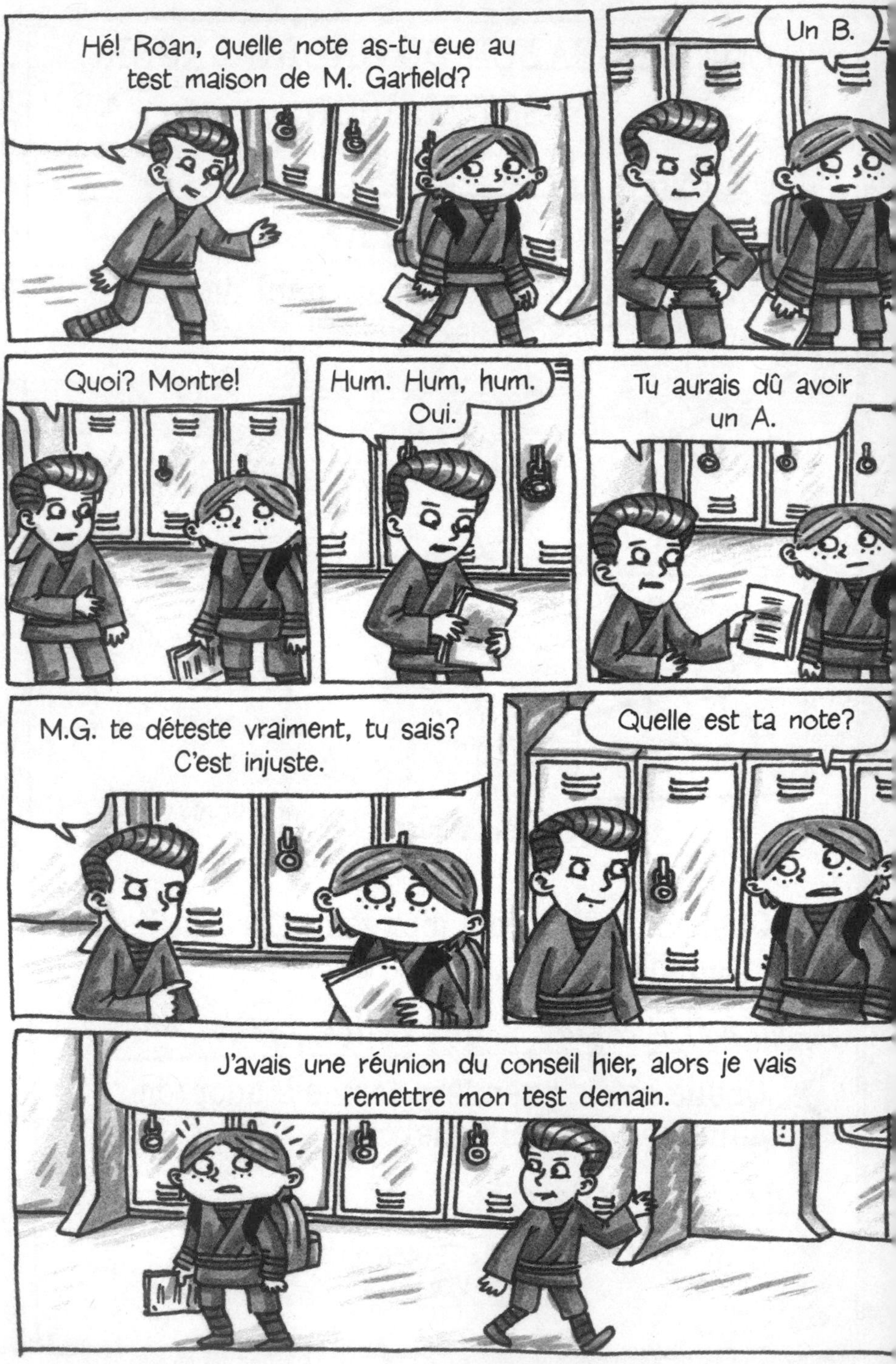
Hé! Roan, quelle note as-tu eue au test maison de M. Garfield?
Un B.
Quoi? Montre!
Hum. Hum, hum. Oui.
Tu aurais dû avoir un A.
M.G. te déteste vraiment, tu sais? C'est injuste.
Quelle est ta note?
J'avais une réunion du conseil hier, alors je vais remettre mon test demain.

DUODI

Je me suis beaucoup entraîné au sabre laser, grâce à E.S.L.A., Cyrus et Cronah. L'autre jour, ils ont invité Ronald à s'exercer avec nous, ce qui m'a énervé. Ils ont l'air de l'aimer, mais il triche tout le temps et est trop ~~hipocrite~~ hypocrite. Cronah dit que Ronald a de bonnes idées de stratégie, mais je ne veux pas l'écouter juste pour gagner un tournoi de sabre laser. Heureusement, on a eu un problème et la taille d'E.S.L.A. ne s'ajustait plus. On a dû le réparer et il ne restait plus de temps pour s'entraîner avec Ronald. Malheureusement, je n'ai pas pu déverrouiller le placard où on range E.S.L.A., et j'ai dû le garder dans ma chambre la nuit dernière. Je ne pouvais pas dormir, car il m'a fixé toute la nuit!

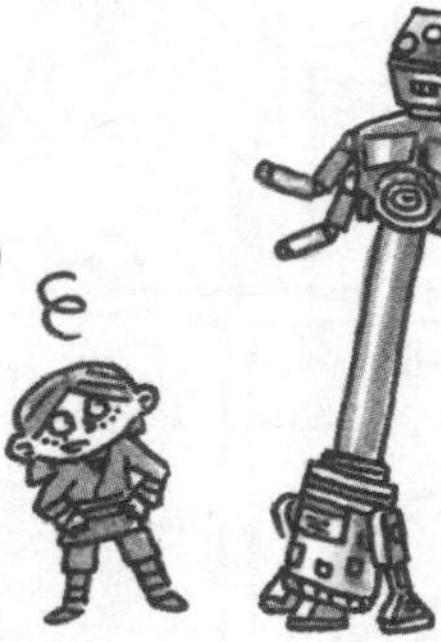

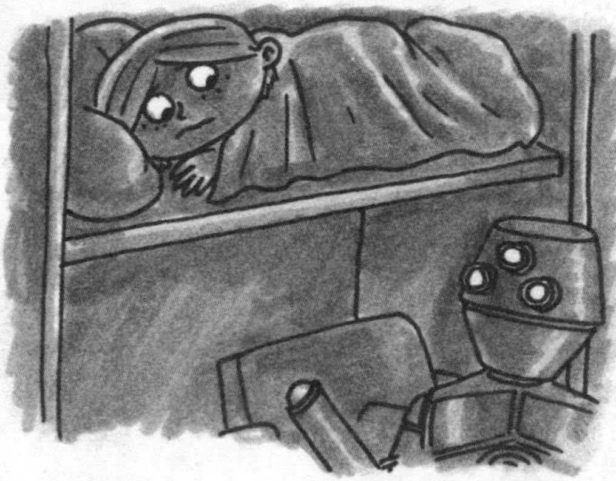

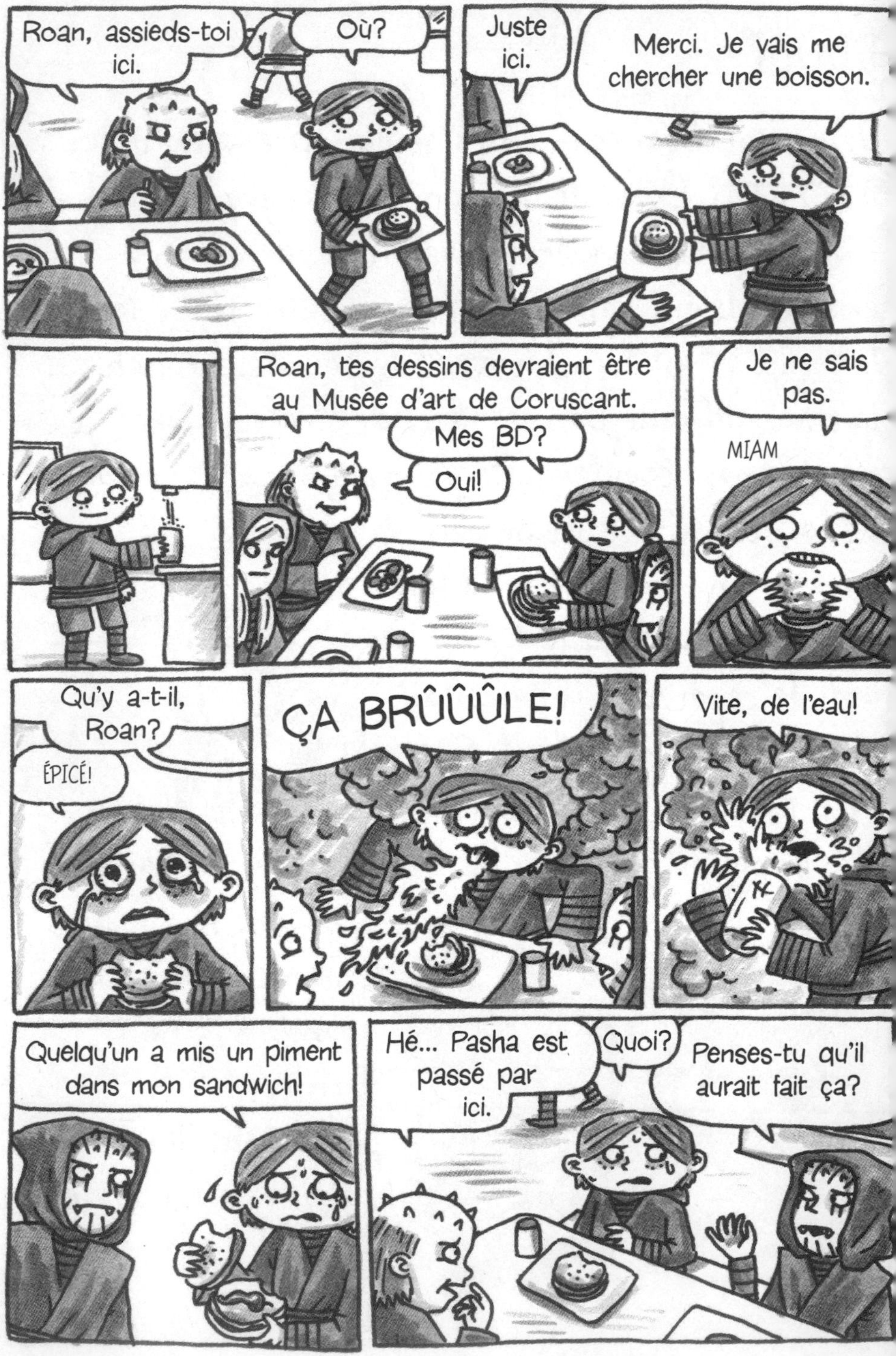
Roan, assieds-toi ici.
Où?
Juste ici.
Merci. Je vais me chercher une boisson.
Roan, tes dessins devraient être au Musée d'art de Coruscant.
Mes BD?
Oui!
Je ne sais pas.
MIAM
Qu'y a-t-il, Roan?
ÉPICÉ!
ÇA BRÛÛÛLE!
Vite, de l'eau!
Quelqu'un a mis un piment dans mon sandwich!
Hé... Pasha est passé par ici.
Quoi?
Penses-tu qu'il aurait fait ça?

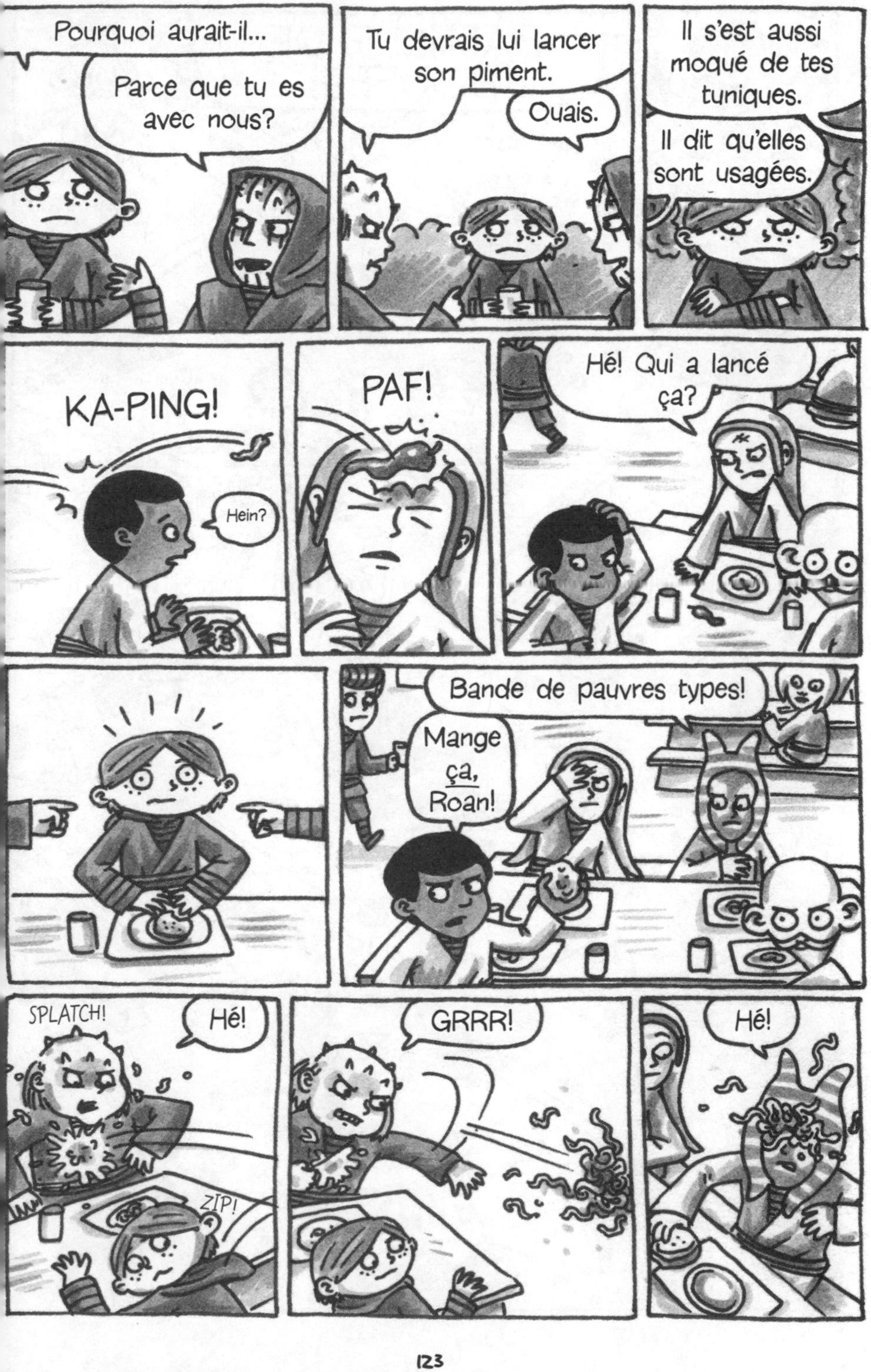
Pourquoi aurait-il...
Parce que tu es avec nous?
Tu devrais lui lancer son piment.
Ouais.
Il s'est aussi moqué de tes tuniques.
Il dit qu'elles sont usagées.
KA-PING!
Hein?
PAF!
Hé! Qui a lancé ça?
Bande de pauvres types!
Mange ça, Roan!
SPLATCH!
Hé!
ZIP!
GRRR!
Hé!

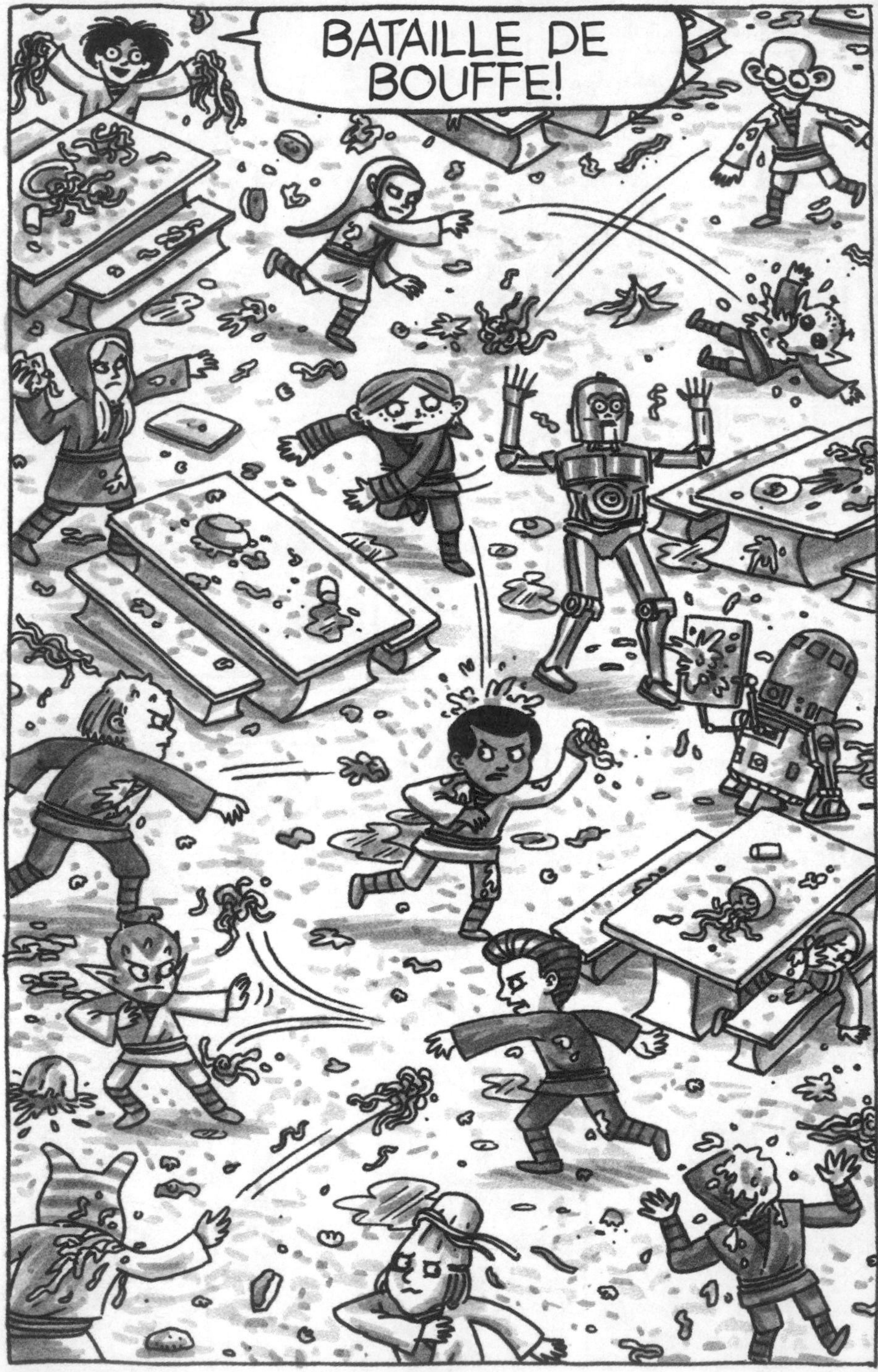
BATAILLE DE BOUFFE!

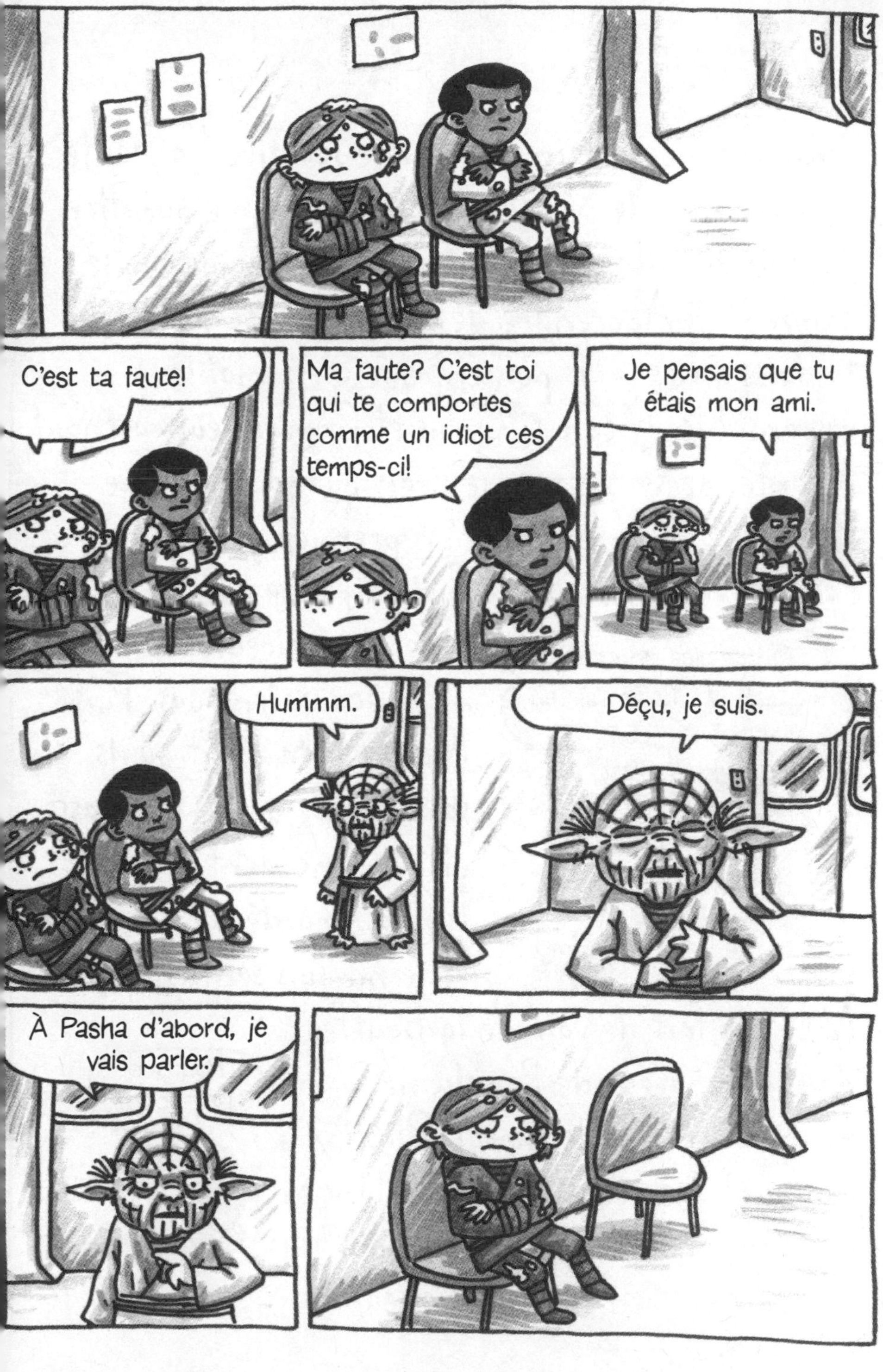
C'est ta faute!
Ma faute? C'est toi qui te comportes comme un idiot ces temps-ci!
Je pensais que tu étais mon ami.
Hummm.
Déçu, je suis.
À Pasha d'abord, je vais parler.

QUATRODI

Yoda m'oblige à faire une sortie scolaire barbante pour observer le Sénat galactique comme punition pour la bataille de bouffe. Il a dit quelque chose comme : « Apprendre des solutions pacifiques, tu dois. » Les profs pensent que c'est moi le responsable. Même si Cyrus et Cronah leur ont tout raconté, personne ne me croit quand je dis que Pasha a tout commencé. En premier, je pensais que Pasha mentait, et j'étais furieux parce que Maître Yoda et le directeur Mar ne m'écoutaient pas. Puis Maître Yoda a dit qu'ils savaient ce qui s'était passé et que l'incident était clos. Il m'a regardé d'un air déçu et je me suis senti stupide.

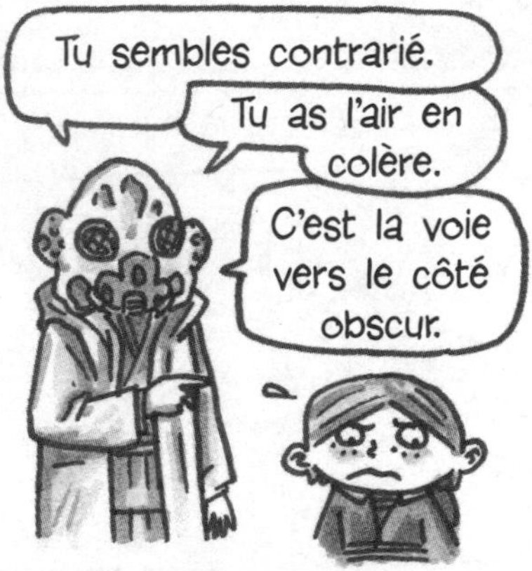
Tu sembles contrarié.
Tu as l'air en colère.
C'est la voie vers le côté obscur.

Même le fait de voir de la bouffe dans les cheveux de Ronald ne m'a pas remonté le moral. Plus j'y pense, plus je regrette d'avoir lancé de la nourriture. Au moins, mes compétences en ballon chasseur m'ont servi.

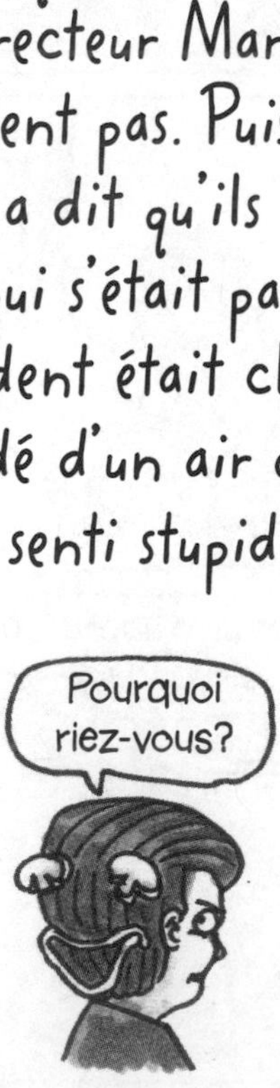
Pourquoi riez-vous?

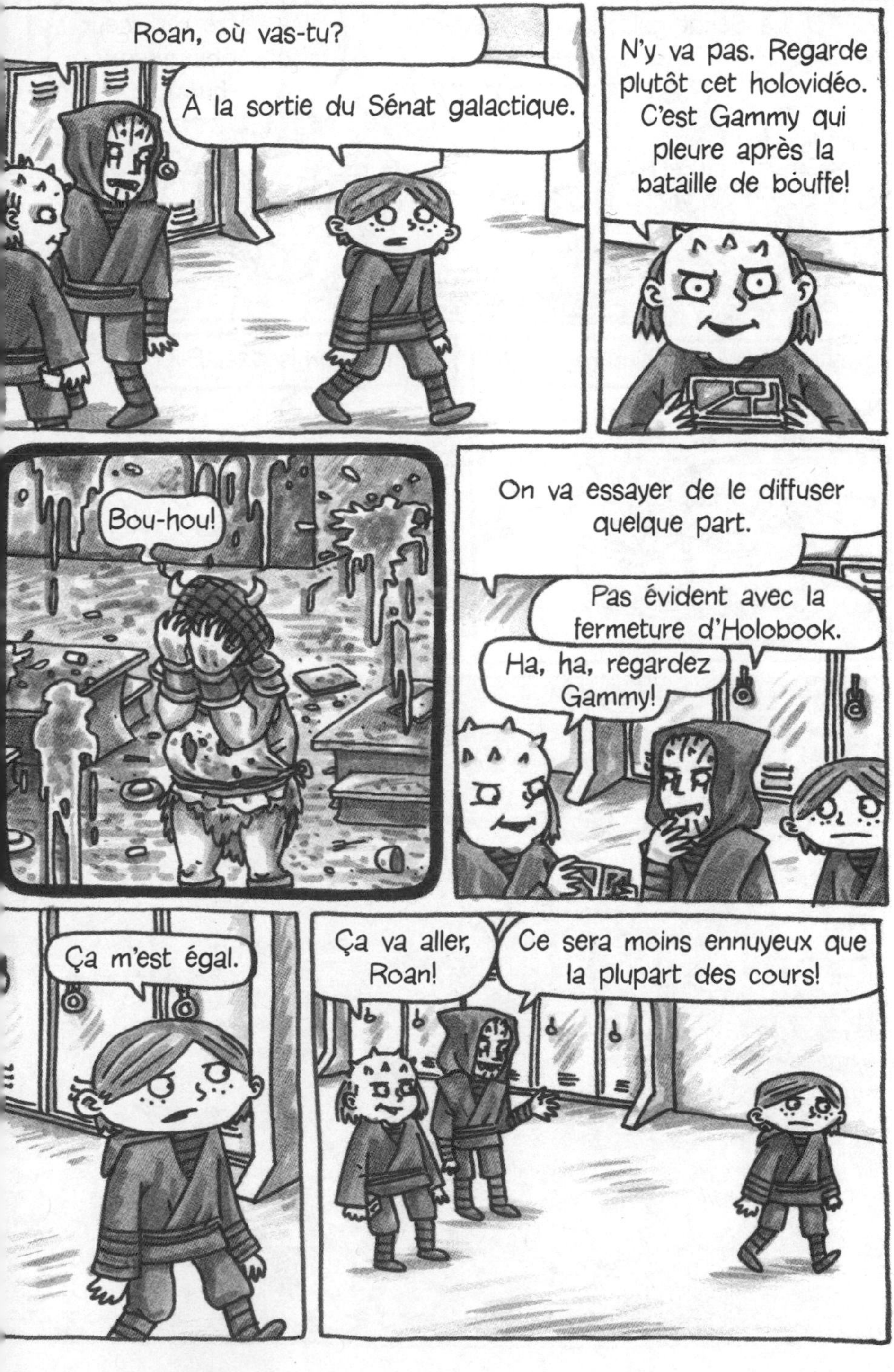
Roan, où vas-tu?
À la sortie du Sénat galactique.
N'y va pas. Regarde plutôt cet holovidéo. C'est Gammy qui pleure après la bataille de bouffe!
Bou-hou!
On va essayer de le diffuser quelque part.
Pas évident avec la fermeture d'Holobook.
Ha, ha, regardez Gammy!
Ça m'est égal.
Ça va aller, Roan!
Ce sera moins ennuyeux que la plupart des cours!

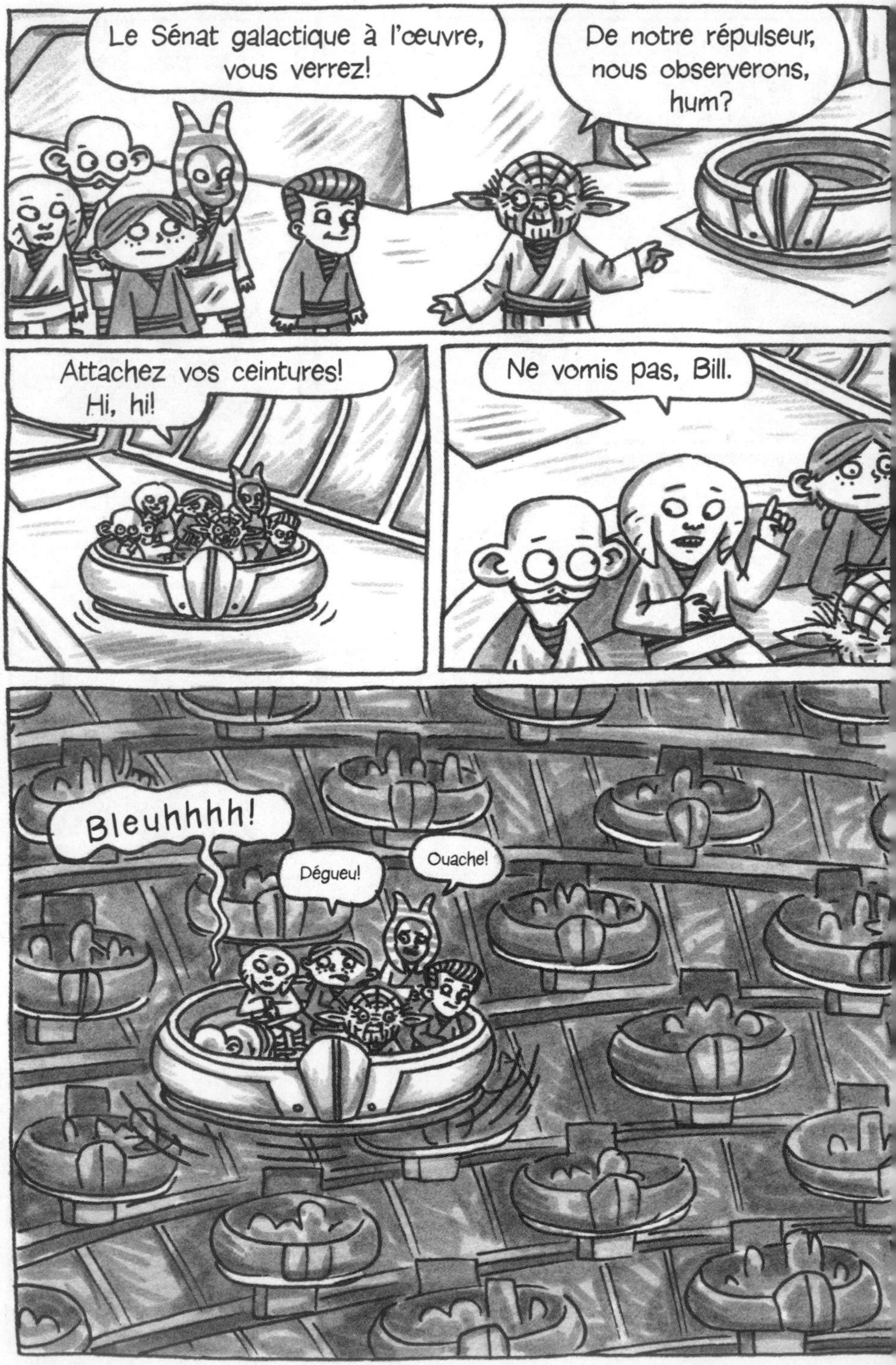
Le Sénat galactique à l'œuvre, vous verrez!
De notre répulseur, nous observerons, hum?
Attachez vos ceintures! Hi, hi!
Ne vomis pas, Bill.
Bleuhhhh!
Dégueu!
Ouache!

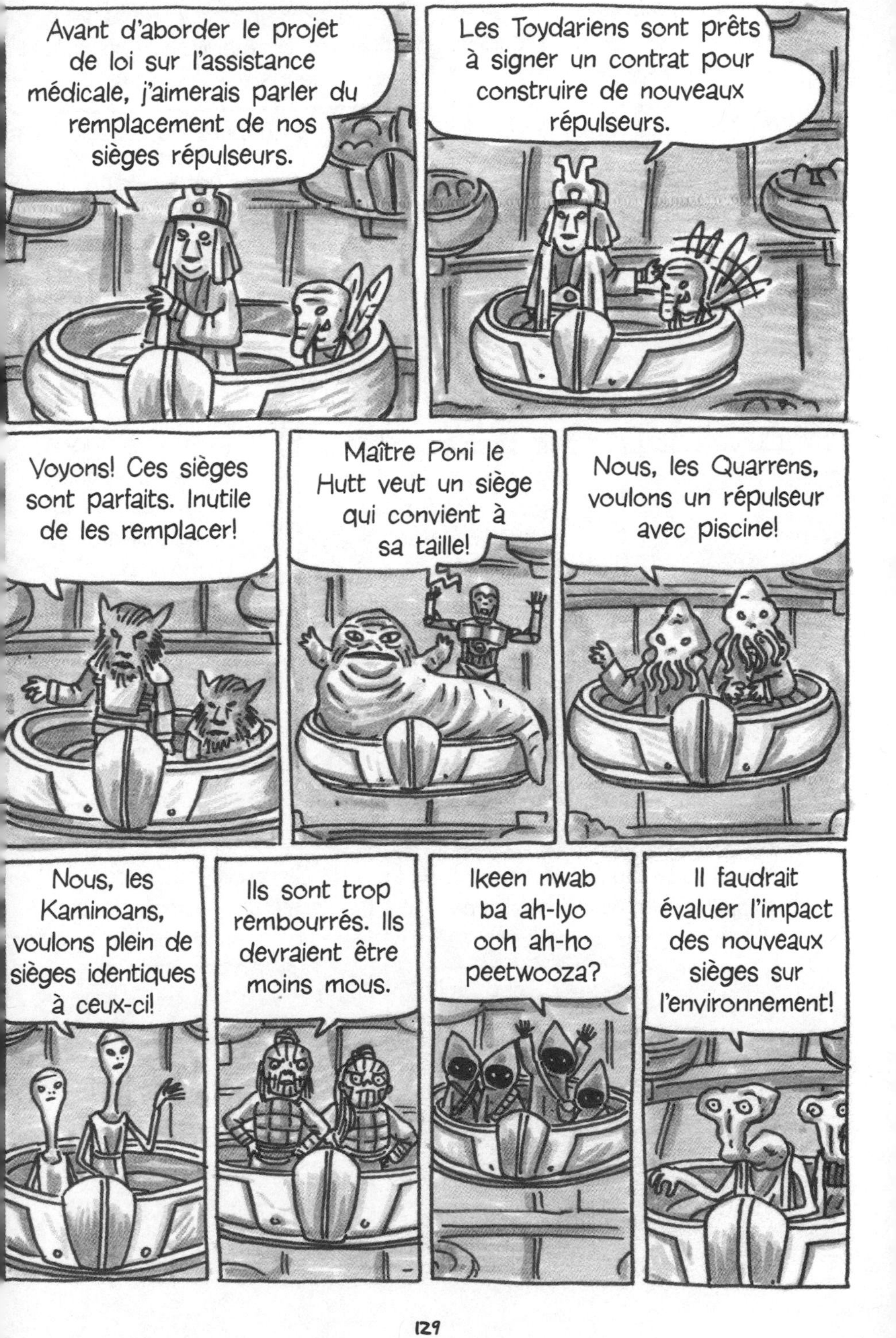
Avant d'aborder le projet de loi sur l'assistance médicale, j'aimerais parler du remplacement de nos sièges répulseurs.
Les Toydariens sont prêts à signer un contrat pour construire de nouveaux répulseurs.
Voyons! Ces sièges sont parfaits. Inutile de les remplacer!
Maître Poni le Hutt veut un siège qui convient à sa taille!
Nous, les Quarrens, voulons un répulseur avec piscine!
Nous, les Kaminoans, voulons plein de sièges identiques à ceux-ci!
Ils sont trop rembourrés. Ils devraient être moins mous.
Ikeen nwab ba ah-lyo ooh ah-ho peetwooza?
Il faudrait évaluer l'impact des nouveaux sièges sur l'environnement!

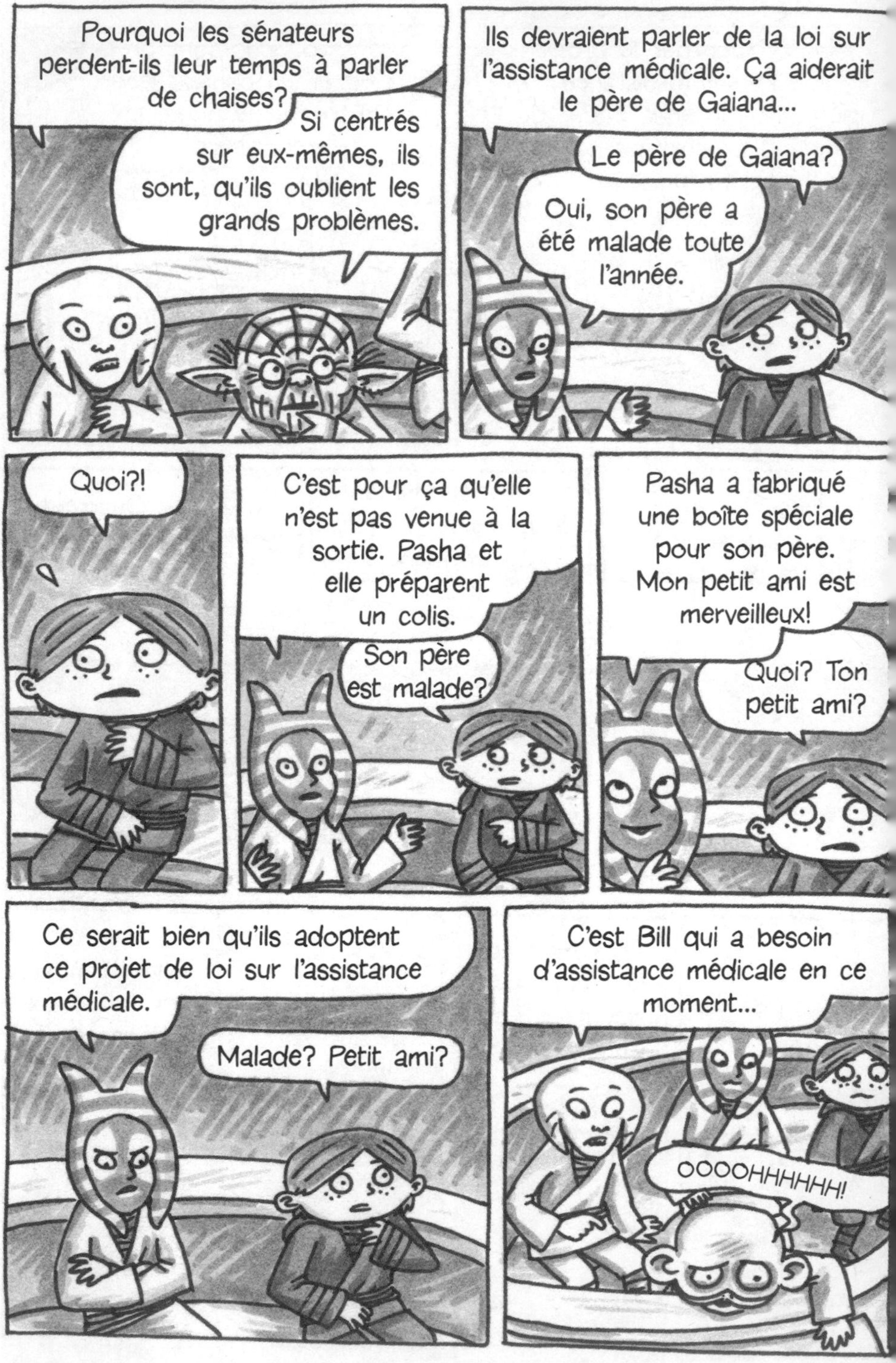
Pourquoi les sénateurs perdent-ils leur temps à parler de chaises?
Si centrés sur eux-mêmes, ils sont, qu'ils oublient les grands problèmes.
Ils devraient parler de la loi sur l'assistance médicale. Ça aiderait le père de Gaiana...
Le père de Gaiana?
Oui, son père a été malade toute l'année.
Quoi?!
C'est pour ça qu'elle n'est pas venue à la sortie. Pasha et elle préparent un colis.
Son père est malade?
Pasha a fabriqué une boîte spéciale pour son père. Mon petit ami est merveilleux!
Quoi? Ton petit ami?
Ce serait bien qu'ils adoptent ce projet de loi sur l'assistance médicale.
Malade? Petit ami?
C'est Bill qui a besoin d'assistance médicale en ce moment...
OOOOHHHHHH!

SÉNAT GALACTIQUE
NOTES

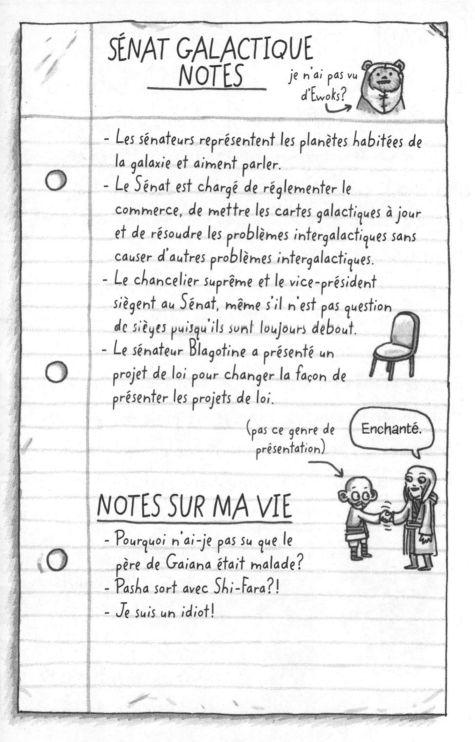

je n'ai pas vu d'Ewoks?

- Les sénateurs représentent les planètes habitées de la galaxie et aiment parler.
- Le Sénat est chargé de réglementer le commerce, de mettre les cartes galactiques à jour et de résoudre les problèmes intergalactiques sans causer d'autres problèmes intergalactiques.
- Le chancelier suprême et le vice-président siègent au Sénat, même s'il n'est pas question de sièges puisqu'ils sont toujours debout.
- Le sénateur Blagotine a présenté un projet de loi pour changer la façon de présenter les projets de loi.

(pas ce genre de présentation)

Enchanté.

NOTES SUR MA VIE

- Pourquoi n'ai-je pas su que le père de Gaiana était malade?
- Pasha sort avec Shi-Fara?!
- Je suis un idiot!

HEPTADI

Donc, je suis un idiot. Et un sale type. Enfin, pas un VRAI DE VRAI, mais je me suis comporté comme un sale type. Pendant tout le semestre, je trouvais que Gaiana était bizarre, mais c'était parce que son père est malade. Et maintenant, elle ne veut plus me parler, Pasha non plus, d'ailleurs. Je pensais qu'il voulait sortir avec Gaiana, mais il l'aidait simplement. C'est ce que j'aurais dû faire. Quand Shi-Fara m'a dit ce que Pasha avait fait, j'ai presque vomi comme Bill. Je dois trouver un moyen d'arranger les choses, mais je ne peux me confier à personne. Les seuls qui veulent me parler sont Cyrus et Cronah, mais j'ai l'impression qu'ils s'en fichent.

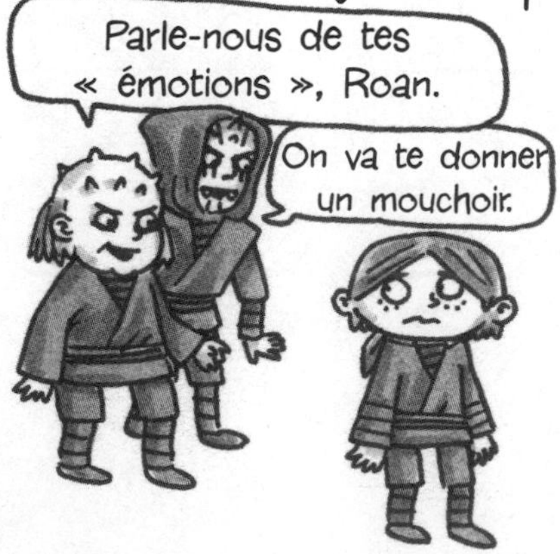
Parle-nous de tes « émotions », Roan.
On va te donner un mouchoir.

Ils riraient de moi si je leur disais ce que je pense. Surtout qu'ils ne peuvent attaquer personne sur Holobook en ce moment. Peut-être que si je demandais à Pasha, il pourrait tout expliquer à Gaiana? Si je me retrouve dans leur équipe lors du tournoi, j'aurai l'occasion de leur parler. Mais ce serait trop facile. C'est comme pour les sénateurs : ils ont une chance de se parler, et ils ne font que se disputer. C'était ~~frustant~~ frustrant de les regarder. Après, j'ai discuté avec Maître Yoda, et il a réagi comme si je parlais de moi et pas des sénateurs...

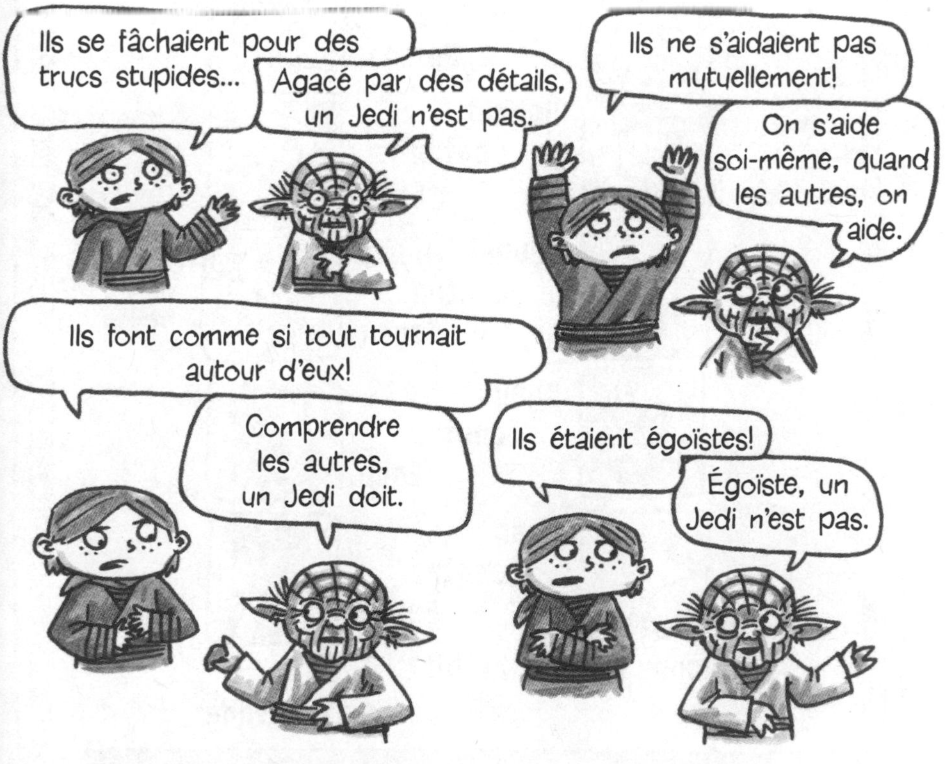

Ils se fâchaient pour des trucs stupides...
Agacé par des détails, un Jedi n'est pas.
Ils ne s'aidaient pas mutuellement!
On s'aide soi-même, quand les autres, on aide.
Ils font comme si tout tournait autour d'eux!
Comprendre les autres, un Jedi doit.
Ils étaient égoïstes!
Égoïste, un Jedi n'est pas.

Holocourrier

DE : Maître_yoda_642
À : Groupe Padawan
OBJET : 150e tournoi de combat au sabre laser

CHOIX
- RÉPONDRE
- TRANSFÉRER
- IMPRIMER
- AFFICHER SUR HOLOBOOK

CHER GROUPE PADAWAN,

Le 150e tournoi de combat au sabre laser, cette année a lieu. Par notre invité spécial Maître Jedi M'ba-Tee, les duels ont été choisis :

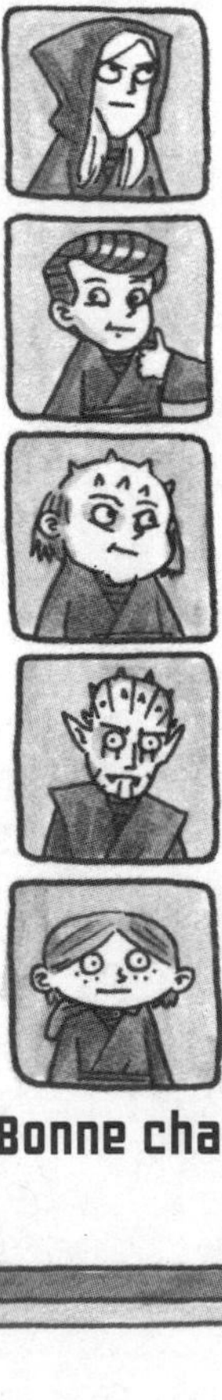

Jo-Ahn contre Gaiana

Ronald contre Silva

Cronah contre Tegan

Cyrus contre Egon

Roan contre Pasha

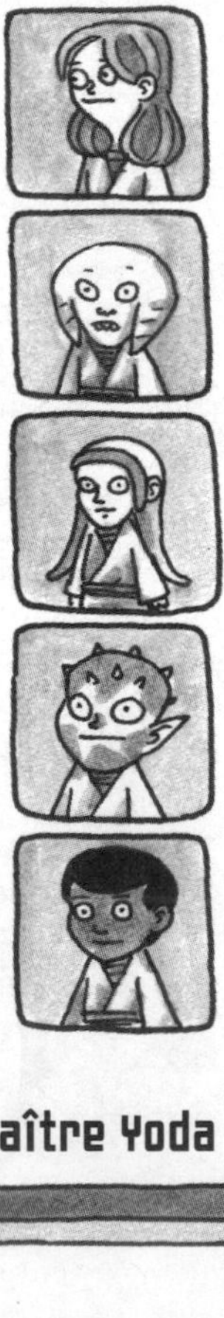

Bonne chance, hi, hi!

– Maître Yoda

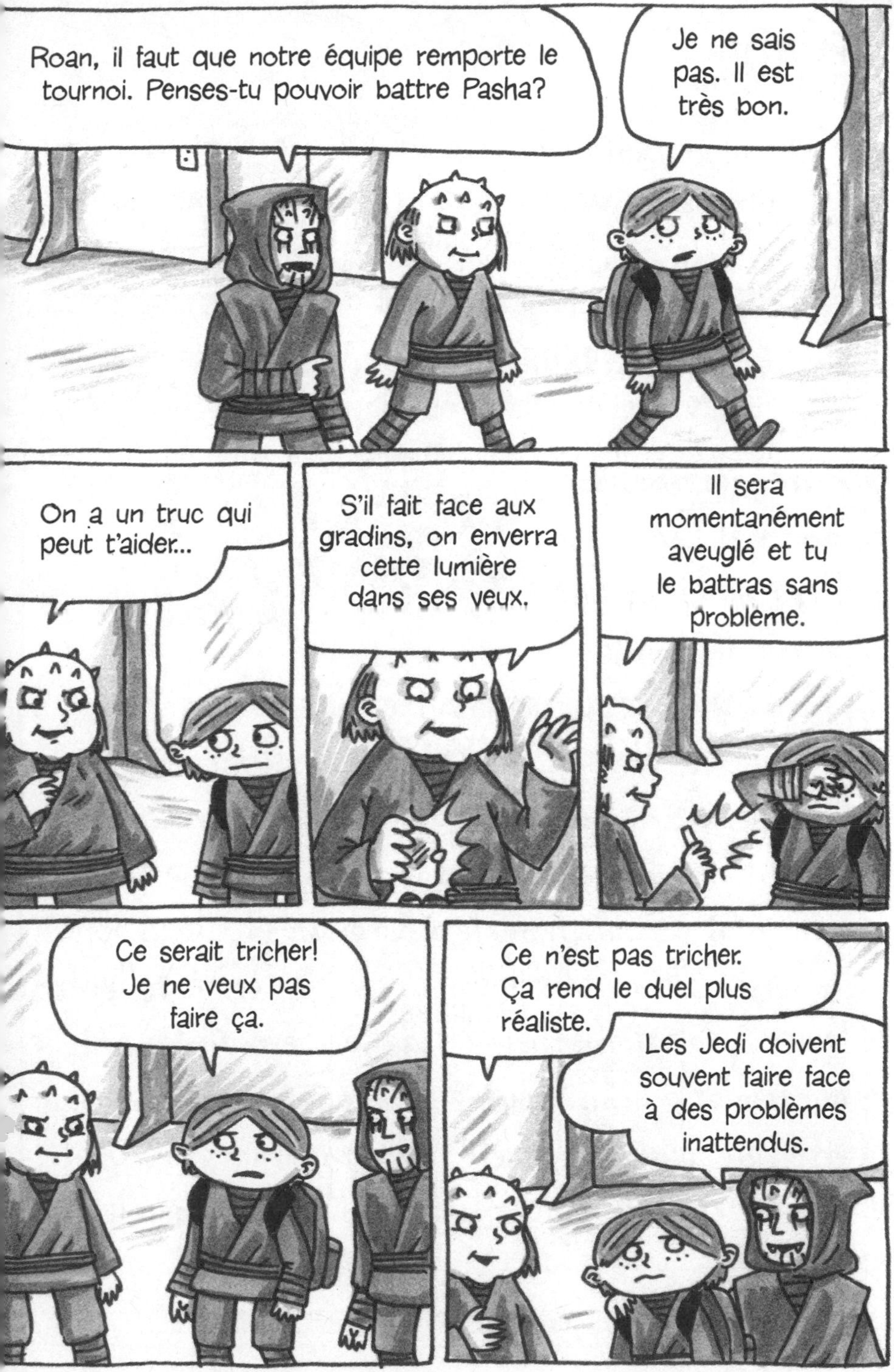

Roan, il faut que notre équipe remporte le tournoi. Penses-tu pouvoir battre Pasha?
Je ne sais pas. Il est très bon.
On a un truc qui peut t'aider...
S'il fait face aux gradins, on enverra cette lumière dans ses yeux.
Il sera momentanément aveuglé et tu le battras sans problème.
Ce serait tricher! Je ne veux pas faire ça.
Ce n'est pas tricher. Ça rend le duel plus réaliste.
Les Jedi doivent souvent faire face à des problèmes inattendus.

HEXADI

Le tournoi de sabre laser a lieu demain et s'annonce déjà comme un désastre. Tout d'abord, j'affronte Pasha. Comment puis-je me réconcilier avec lui si je dois le combattre? Pour empirer les choses, Cronah et Cyrus veulent que je triche. J'ai refusé, mais

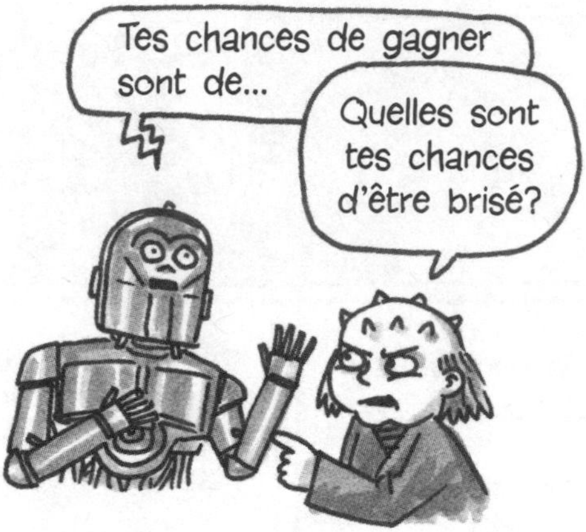

Tes chances de gagner sont de...
Quelles sont tes chances d'être brisé?

ils menacent de dire à Maître Yoda que j'ai pris Voorpee, alors que je sais que c'est Cronah le coupable. Je ne peux rien dire, car ça donnerait l'impression que j'étais dans le coup et je me ferais punir. Tout ce qui importe à Cronah et Cyrus, c'est de gagner. Je ne sais pas pourquoi je tenais tellement à leur approbation. Si je les dénonce maintenant, je n'aurai plus d'amis. Peut-être que je ne mérite pas d'en avoir, puisque j'ai été un si mauvais ami. J'ai tout gâché, mais je peux <u>ESSAYER</u> d'arranger les choses.

NÉBULEUSE MULTIPLANÉTAIRE PRÉSENTE LE

150e TOURNOI ANNUEL DE COMBAT AU SABRE LASER DE L'ACADÉMIE JEDI DE CORUSCANT

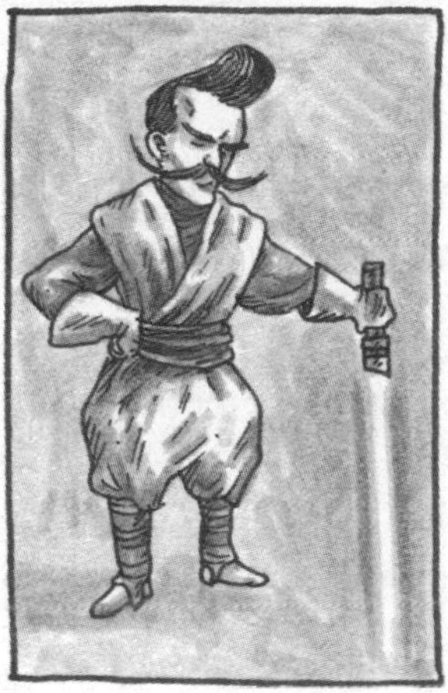

Le Tournoi de combat au sabre laser de l'académie Jedi de Coruscant a débuté quand le Maître Jedi JanMincente s'est mis à défier ses apprentis. Il s'est vite lassé de gagner facilement et a décidé qu'il serait plus logique que les élèves testent leurs habiletés les uns contre les autres. Depuis ce temps, plusieurs célèbres chevaliers Jedi ont participé au tournoi et l'ont remporté. Parmi eux, le Maître Jedi M'ba-Tee, nommé champion du 12e tournoi.

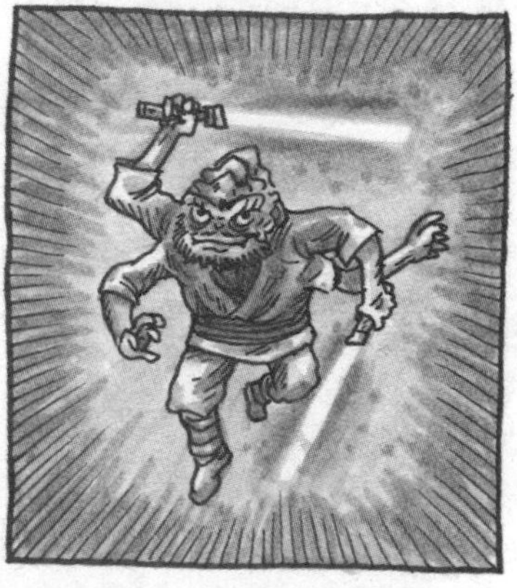

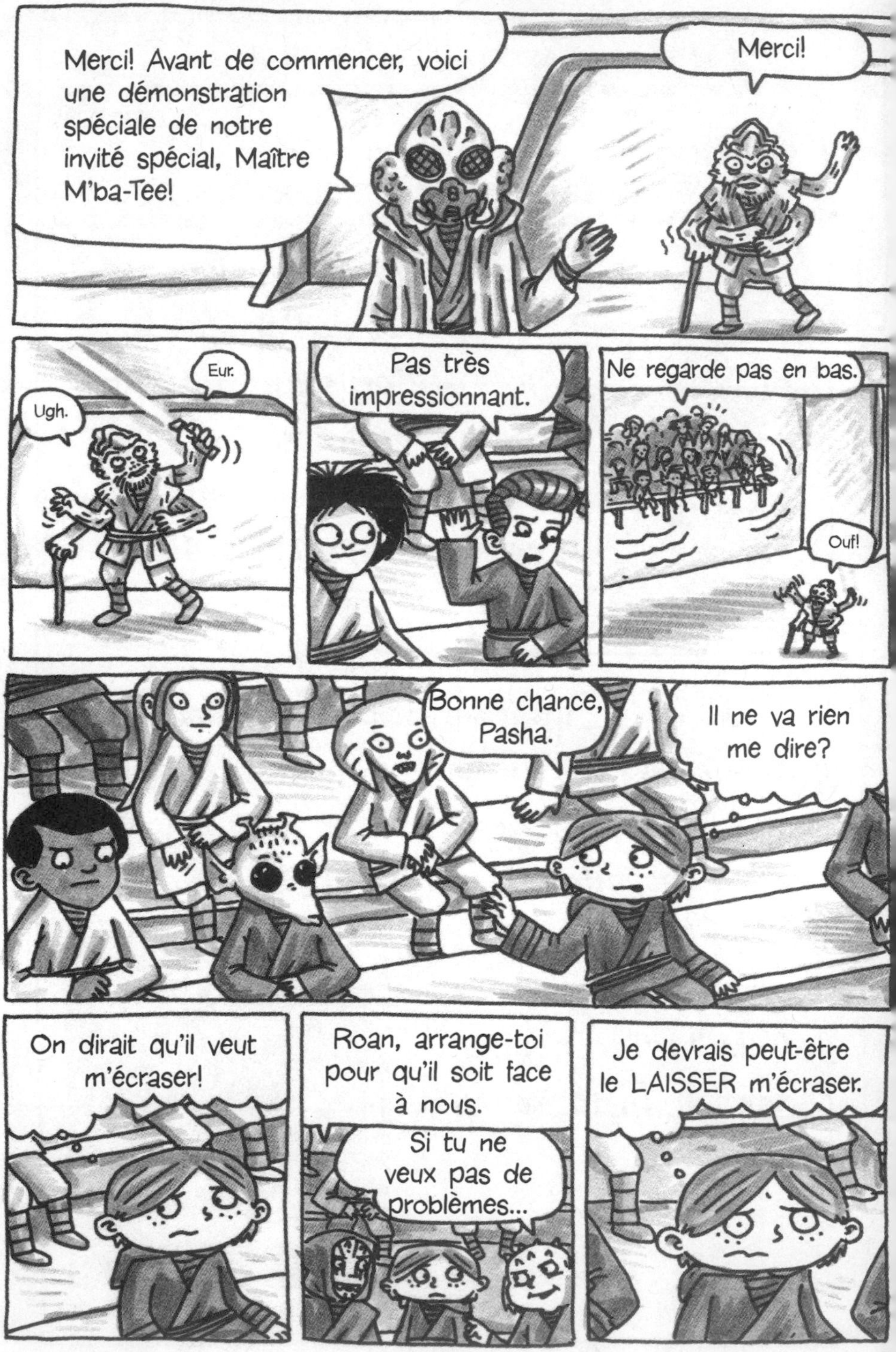

Merci! Avant de commencer, voici une démonstration spéciale de notre invité spécial, Maître M'ba-Tee!
Merci!
Eur.
Ugh.
Pas très impressionnant.
Ne regarde pas en bas.
Ouf!
Bonne chance, Pasha.
Il ne va rien me dire?
On dirait qu'il veut m'écraser!
Roan, arrange-toi pour qu'il soit face à nous.
Si tu ne veux pas de problèmes...
Je devrais peut-être le LAISSER m'écraser.

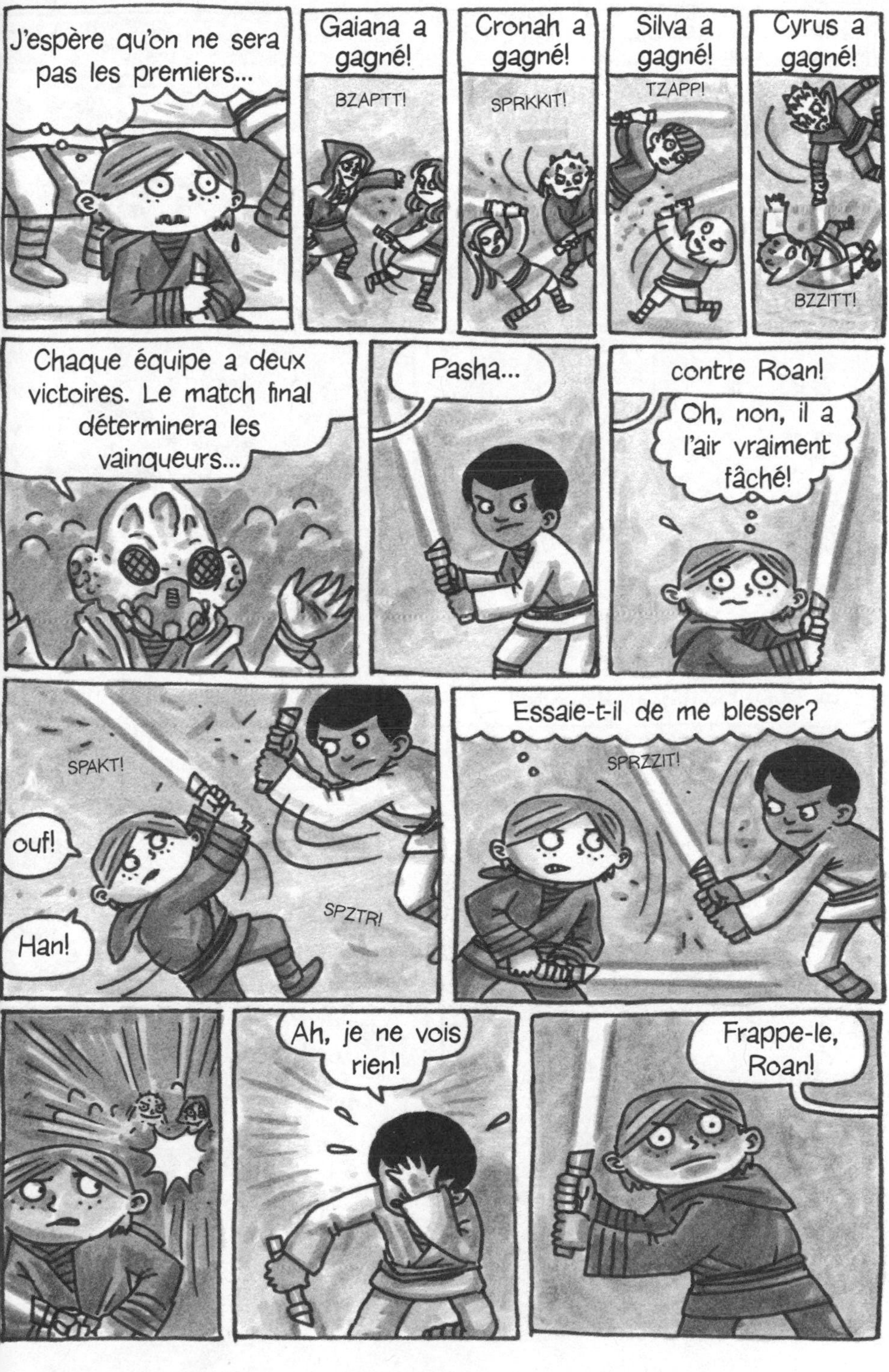
J'espère qu'on ne sera pas les premiers...
Gaiana a gagné!
BZAPTT!
Cronah a gagné!
SPRKKIT!
Silva a gagné!
TZAPP!
Cyrus a gagné!
BZZITT!
Chaque équipe a deux victoires. Le match final déterminera les vainqueurs...
Pasha...
contre Roan!
Oh, non, il a l'air vraiment fâché!
SPAKT!
ouf!
Han!
SPZTR!
Essaie-t-il de me blesser?
SPRZZIT!
Ah, je ne vois rien!
Frappe-le, Roan!

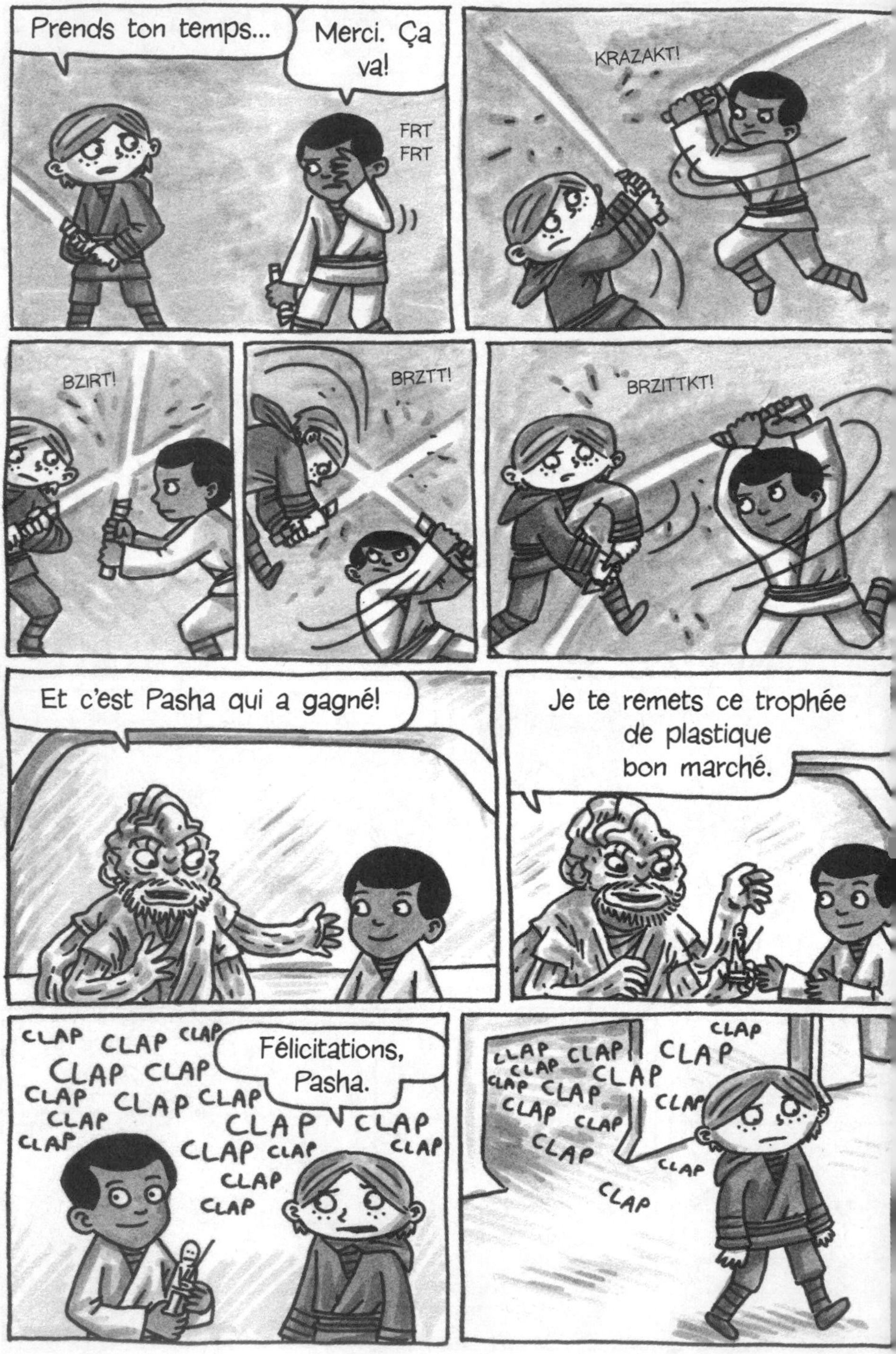
Prends ton temps...
Merci. Ça va!
FRT FRT
KRAZAKT!
BZIRT!
BRZTT!
BRZITTKT!
Et c'est Pasha qui a gagné!
Je te remets ce trophée de plastique bon marché.
CLAP CLAP CLAP CLAP CLAP CLAP CLAP CLAP CLAP CLAP CLAP CLAP CLAP CLAP CLAP CLAP CLAP CLAP
Félicitations, Pasha.
CLAP CLAP CLAP CLAP CLAP CLAP CLAP CLAP CLAP CLAP CLAP CLAP CLAP

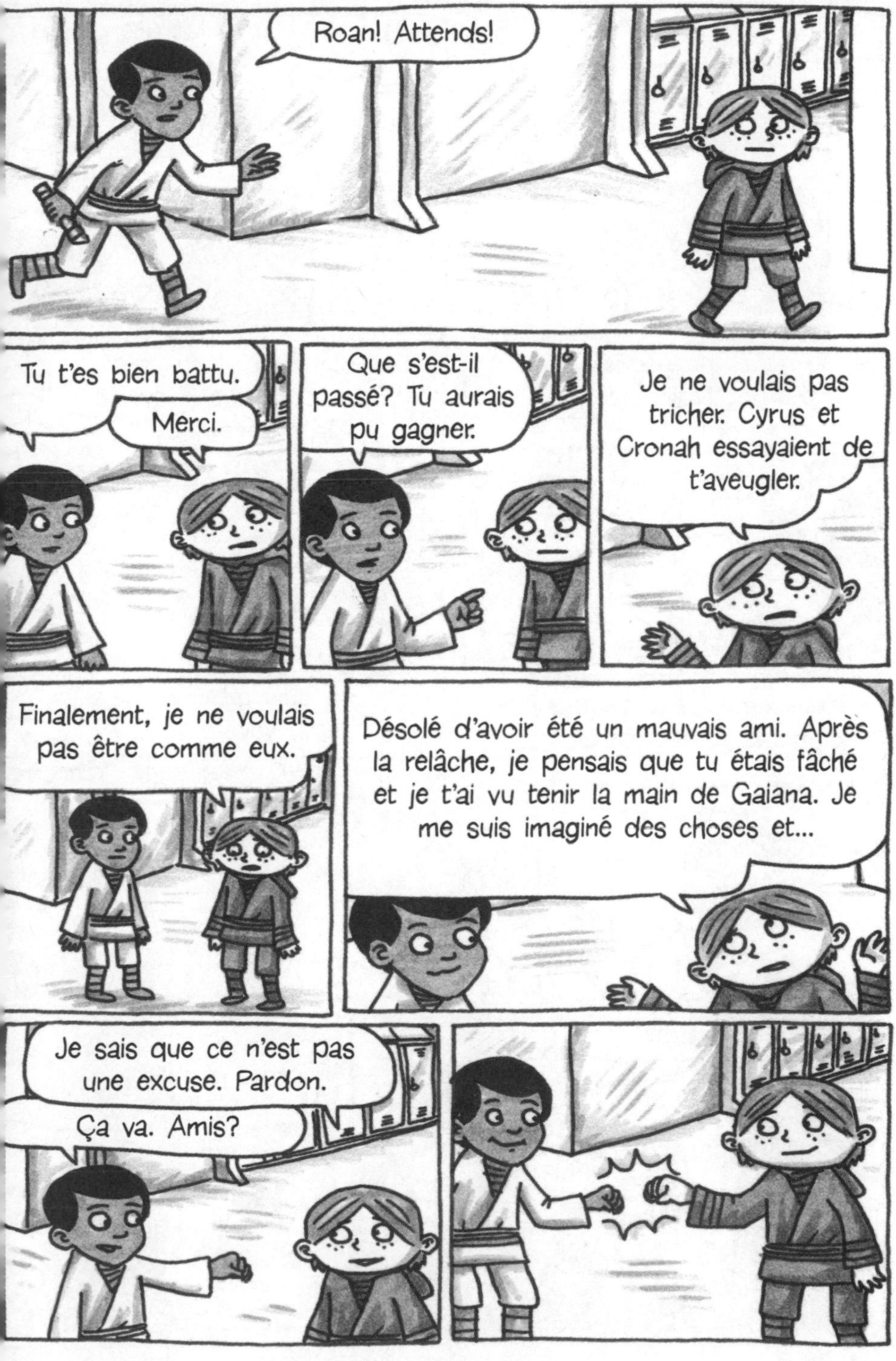
Roan! Attends!
Tu t'es bien battu.
Merci.
Que s'est-il passé? Tu aurais pu gagner.
Je ne voulais pas tricher. Cyrus et Cronah essayaient de t'aveugler.
Finalement, je ne voulais pas être comme eux.
Désolé d'avoir été un mauvais ami. Après la relâche, je pensais que tu étais fâché et je t'ai vu tenir la main de Gaiana. Je me suis imaginé des choses et...
Je sais que ce n'est pas une excuse. Pardon.
Ça va. Amis?

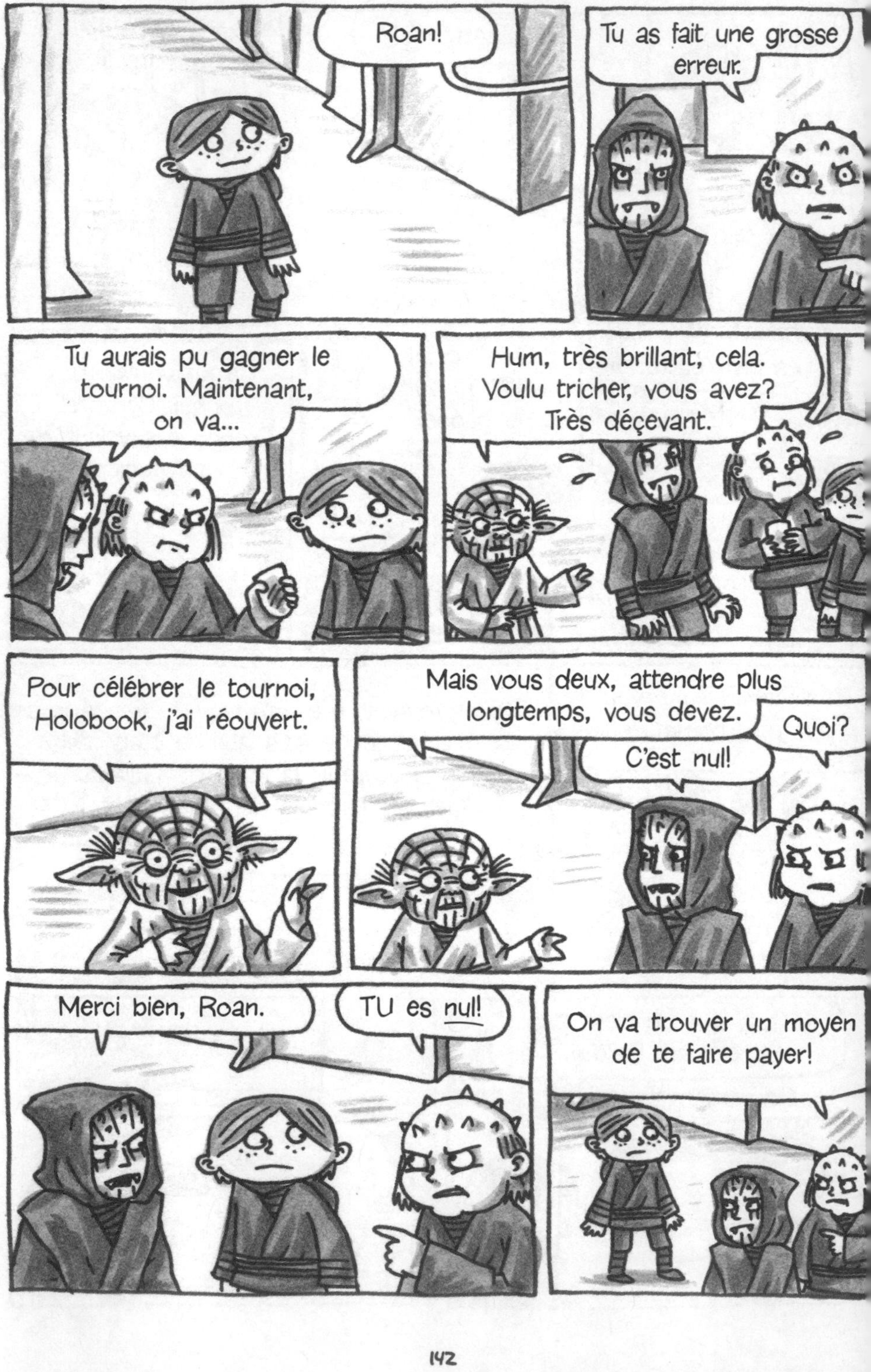
Roan!
Tu as fait une grosse erreur.
Tu aurais pu gagner le tournoi. Maintenant, on va...
Hum, très brillant, cela. Voulu tricher, vous avez? Très déçevant.
Pour célébrer le tournoi, Holobook, j'ai réouvert.
Mais vous deux, attendre plus longtemps, vous devez.
C'est nul!
Quoi?
Merci bien, Roan.
TU es nul!
On va trouver un moyen de te faire payer!

MONODI

J'étais fier de la victoire de Pasha au tournoi, mais je suis aussi fier de moi. Je pense que j'ai bien combattu, même si j'ai perdu. Et je n'ai pas triché. En plus, je me suis réconcilié avec Pasha. On était si contents après le tournoi que Pasha n'était même pas fâché qu'ils aient mal écrit son nom sur le trophée. Il m'a invité à souper avec son équipe pour célébrer leur victoire. Gaiana était assise en face de moi et j'ai voulu engager la conversation. Elle m'a jeté un regard furieux en disant qu'elle ne voulait pas me parler. Je dois trouver un moyen de m'excuser...

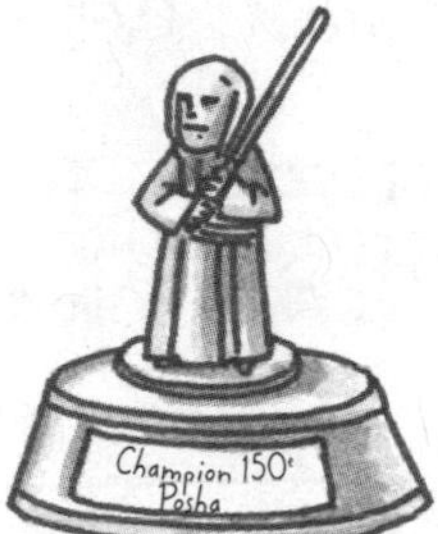
Champion 150e
Posha

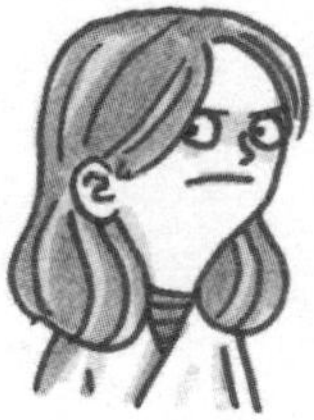

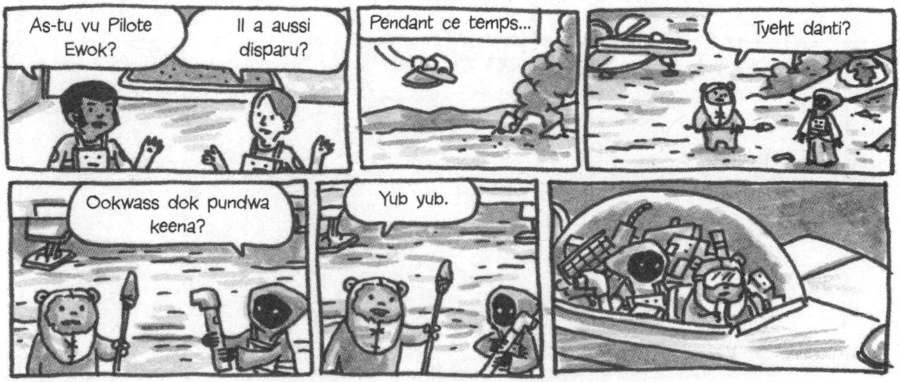
As-tu vu Pilote Ewok?
Il a aussi disparu?
Pendant ce temps...
Tyeht danti?
Ookwass dok pundwa keena?
Yub yub.

Salut, Ro!

Je veux te donner un conseil par écrit. Colle-le dans ton journal <u>pour toujours</u>. Fais confiance à ton frère <u>incroyablement sage et intelligent</u>... Si tu veux vraiment parler à Gaiana, <u>assure-toi d'abord de l'écouter</u>. Sinon, ce serait comme te parler à toi-même.

Bonne chance!

                                    -Dav

P.-S. Pour ton examen final de pilotage, souviens-toi de la règle n° 1 : PAS DE PANIQUE!

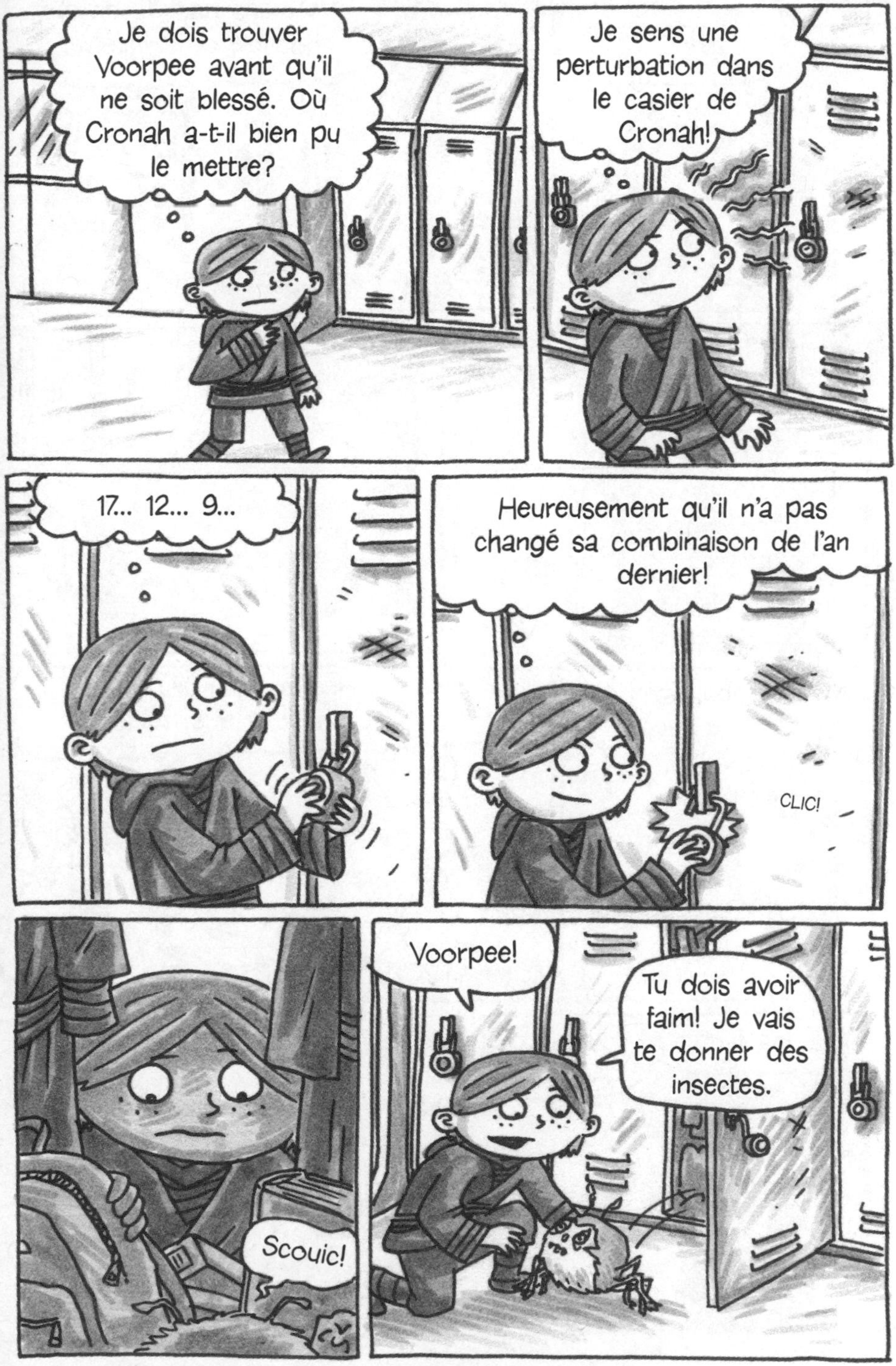
Je dois trouver Voorpee avant qu'il ne soit blessé. Où Cronah a-t-il bien pu le mettre?
Je sens une perturbation dans le casier de Cronah!
17... 12... 9...
Heureusement qu'il n'a pas changé sa combinaison de l'an dernier!
CLIC!
Scouic!
Voorpee!
Tu dois avoir faim! Je vais te donner des insectes.

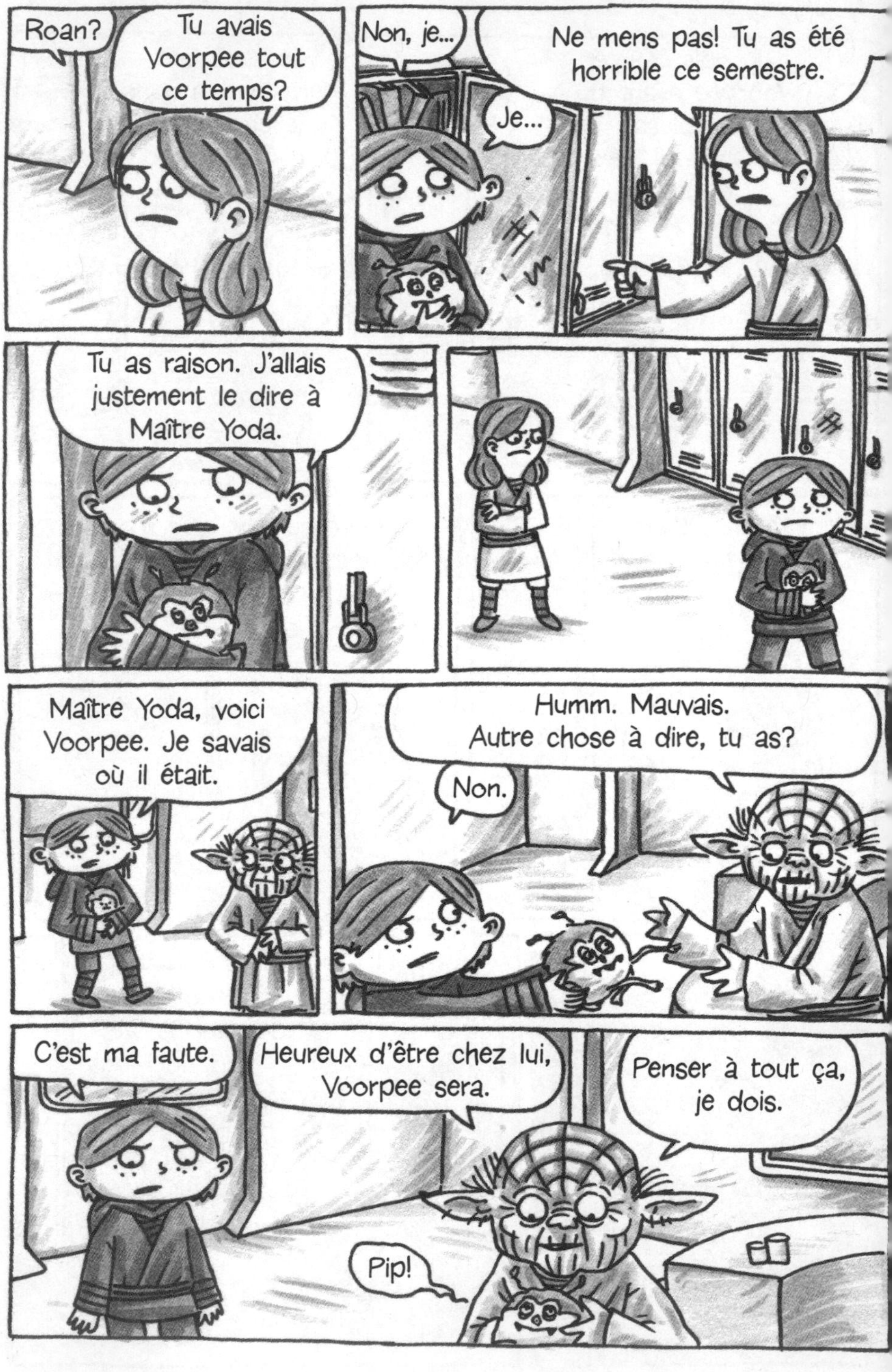
Roan?
Tu avais Voorpee tout ce temps?
Non, je...
Ne mens pas! Tu as été horrible ce semestre.
Je...
Tu as raison. J'allais justement le dire à Maître Yoda.
Maître Yoda, voici Voorpee. Je savais où il était.
Humm. Mauvais. Autre chose à dire, tu as?
Non.
C'est ma faute.
Heureux d'être chez lui, Voorpee sera.
Penser à tout ça, je dois.
Pip!

TRIODI

Maître Yoda a décidé que je devais écrire une lettre d'excuses au zoo de Naboo pour ce qui est arrivé à Voorpee. Il a l'air de croire que quelqu'un d'autre est dans le coup. J'aurais peut-être dû lui dire ce qu'ont fait Cronah et Cyrus, puisqu'ils sont convaincus que je les ai dénoncés. Ils étaient déjà en colère parce que je n'ai pas voulu tricher au tournoi, et maintenant, ils sont furieux. Mais je ne veux pas être un rapporteur. Le plus important, c'est que Voorpee aille bien. Gaiana aussi est fâchée contre moi et refuse de me parler. Même si je lui dis la vérité, elle ne me croira pas. Je ne dors pas beaucoup, car j'essaie de trouver un moyen de tout lui expliquer. Bon, je dois reprendre mes révisions pour l'examen de vol spatial. Si je ne le passe pas, je ferais aussi bien de quitter l'académie Jedi...

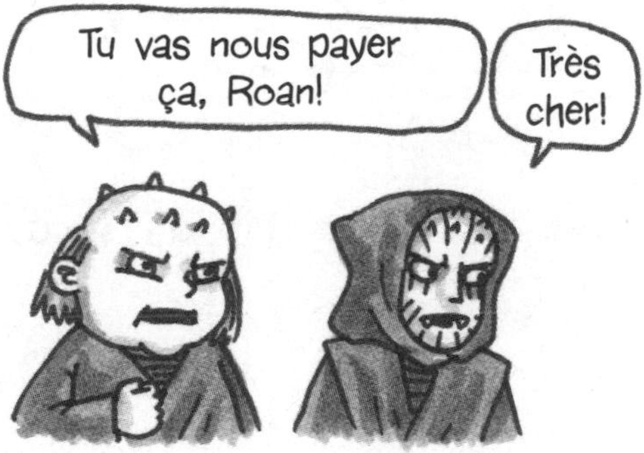
Tu vas nous payer ça, Roan!
Très cher!

Comment éviter les astéroïdes

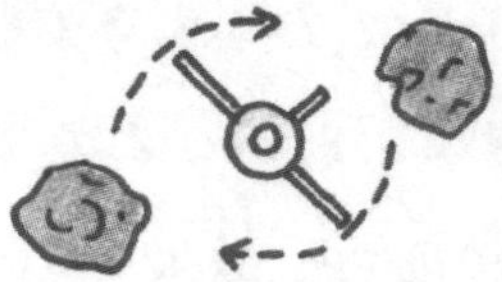

- vrille contrôlée (incliner les ailes)
- rester PRÈS des astéroïdes
- ne pas s'éloigner trop vite pour ne pas heurter d'autres astéroïdes
- étudier les mouvements de l'astéroïde

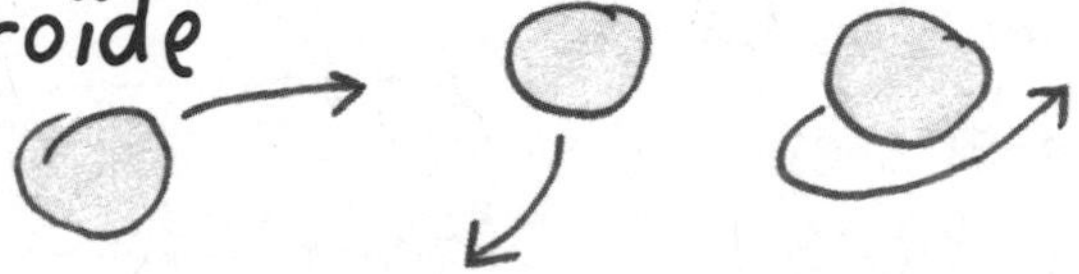

- utiliser les astéroïdes pour

s'abri

j'ai étudié trop tard et je me suis endormi

tache de bave

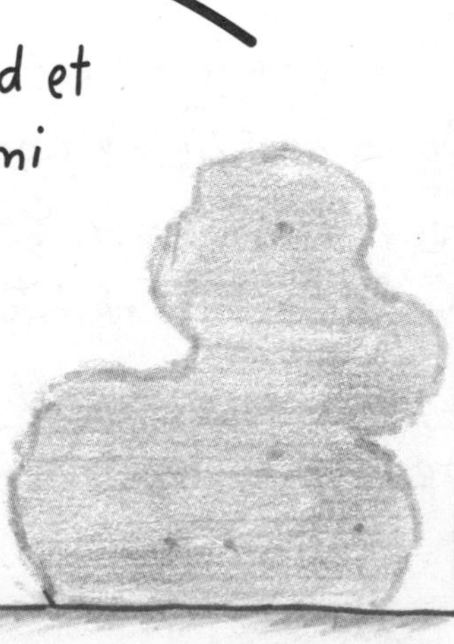

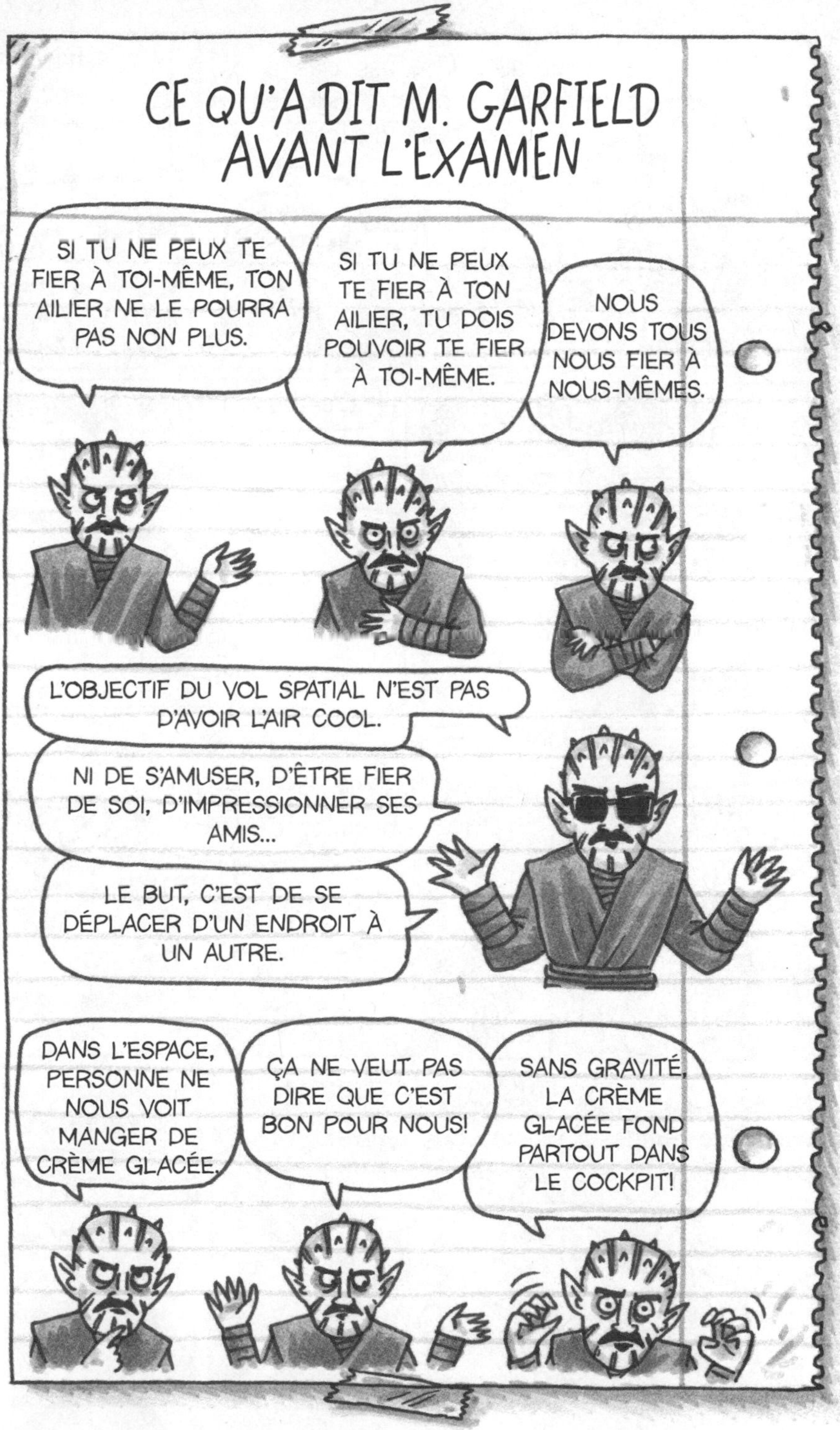
CE QU'A DIT M. GARFIELD AVANT L'EXAMEN
SI TU NE PEUX TE FIER À TOI-MÊME, TON AILIER NE LE POURRA PAS NON PLUS.
SI TU NE PEUX TE FIER À TON AILIER, TU DOIS POUVOIR TE FIER À TOI-MÊME.
NOUS DEVONS TOUS NOUS FIER À NOUS-MÊMES.
L'OBJECTIF DU VOL SPATIAL N'EST PAS D'AVOIR L'AIR COOL.
NI DE S'AMUSER, D'ÊTRE FIER DE SOI, D'IMPRESSIONNER SES AMIS...
LE BUT, C'EST DE SE DÉPLACER D'UN ENDROIT À UN AUTRE.
DANS L'ESPACE, PERSONNE NE NOUS VOIT MANGER DE CRÈME GLACÉE.
ÇA NE VEUT PAS DIRE QUE C'EST BON POUR NOUS!
SANS GRAVITÉ, LA CRÈME GLACÉE FOND PARTOUT DANS LE COCKPIT!

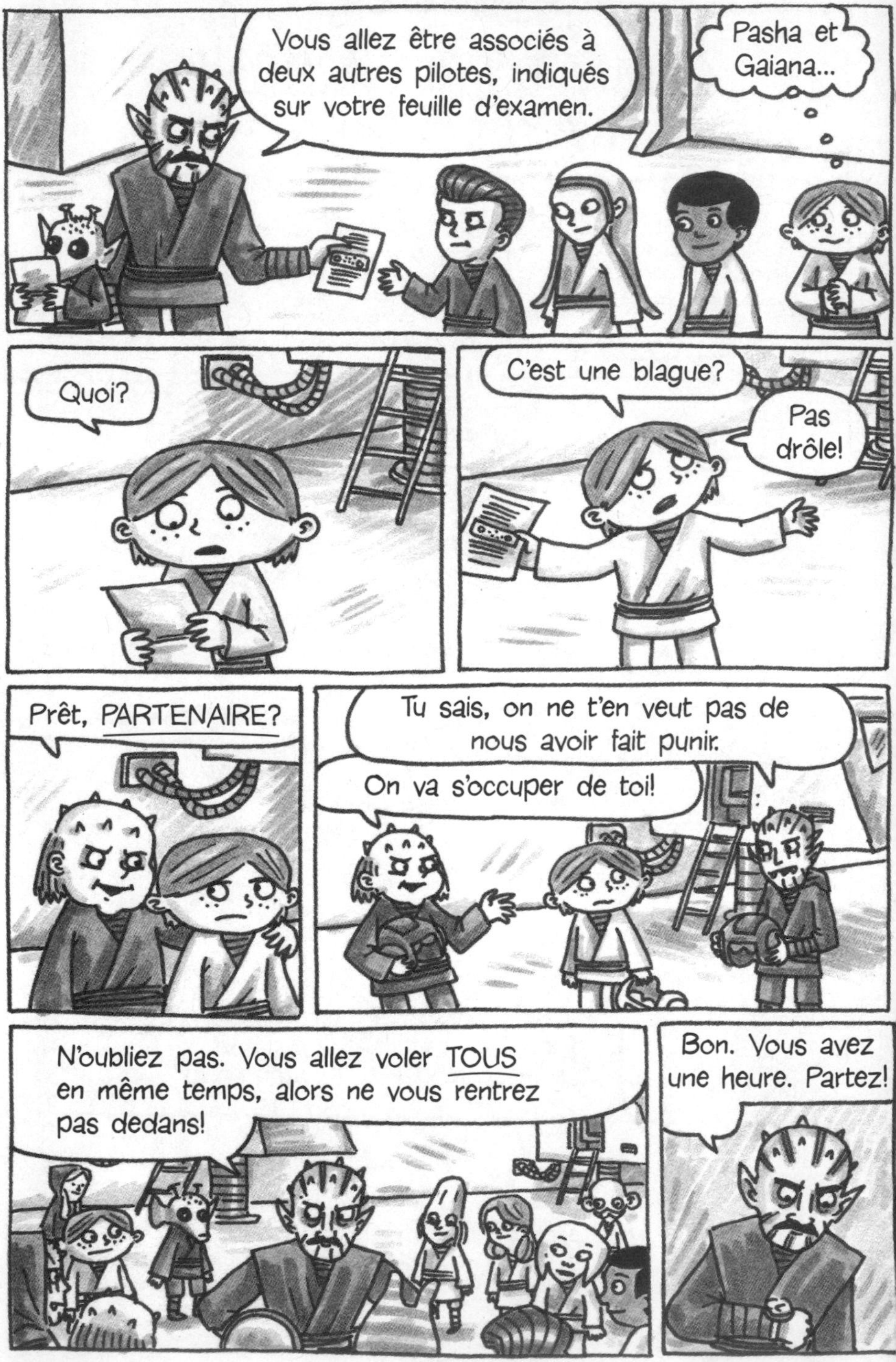
Vous allez être associés à deux autres pilotes, indiqués sur votre feuille d'examen.
Pasha et Gaiana...
Quoi?
C'est une blague?
Pas drôle!
Prêt, PARTENAIRE?
Tu sais, on ne t'en veut pas de nous avoir fait punir.
On va s'occuper de toi!
N'oubliez pas. Vous allez voler TOUS en même temps, alors ne vous rentrez pas dedans!
Bon. Vous avez une heure. Partez!

FORMATION DE VOL SPATIAL
EXAMEN FINAL

Pour ce test, chaque élève doit compléter une trajectoire de vol à travers une ceinture d'astéroïdes de la planète A à la planète B. Les points sont attribués en fonction de la distance, de la durée et des dommages encourus.

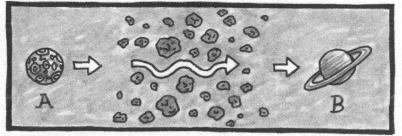

Bien que les notes soient individuelles, vous devez travailler en équipe pour supprimer les obstacles, vous protéger et prévenir les dangers. Les élèves pourront suivre la progression des autres et devront surveiller leur statut sur le compteur Santé/Dommages.

CHEF D'ESCADRILLE : _ROAN_

AILIERS : _CYRUS_

CRONAH

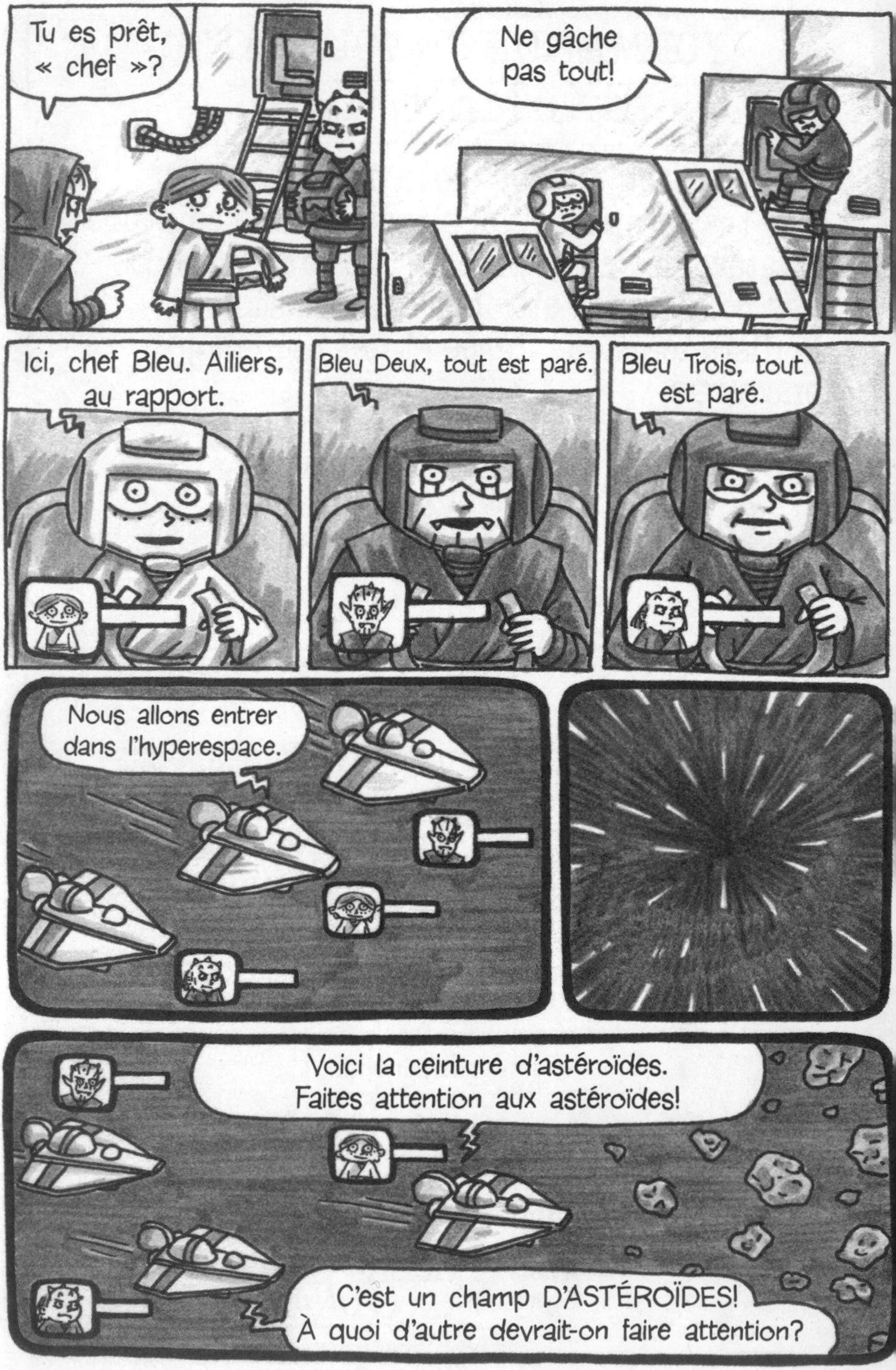

Tu es prêt, « chef »?
Ne gâche pas tout!
Ici, chef Bleu. Ailiers, au rapport.
Bleu Deux, tout est paré.
Bleu Trois, tout est paré.
Nous allons entrer dans l'hyperespace.
Voici la ceinture d'astéroïdes. Faites attention aux astéroïdes!
C'est un champ D'ASTÉROÏDES! À quoi d'autre devrait-on faire attention?

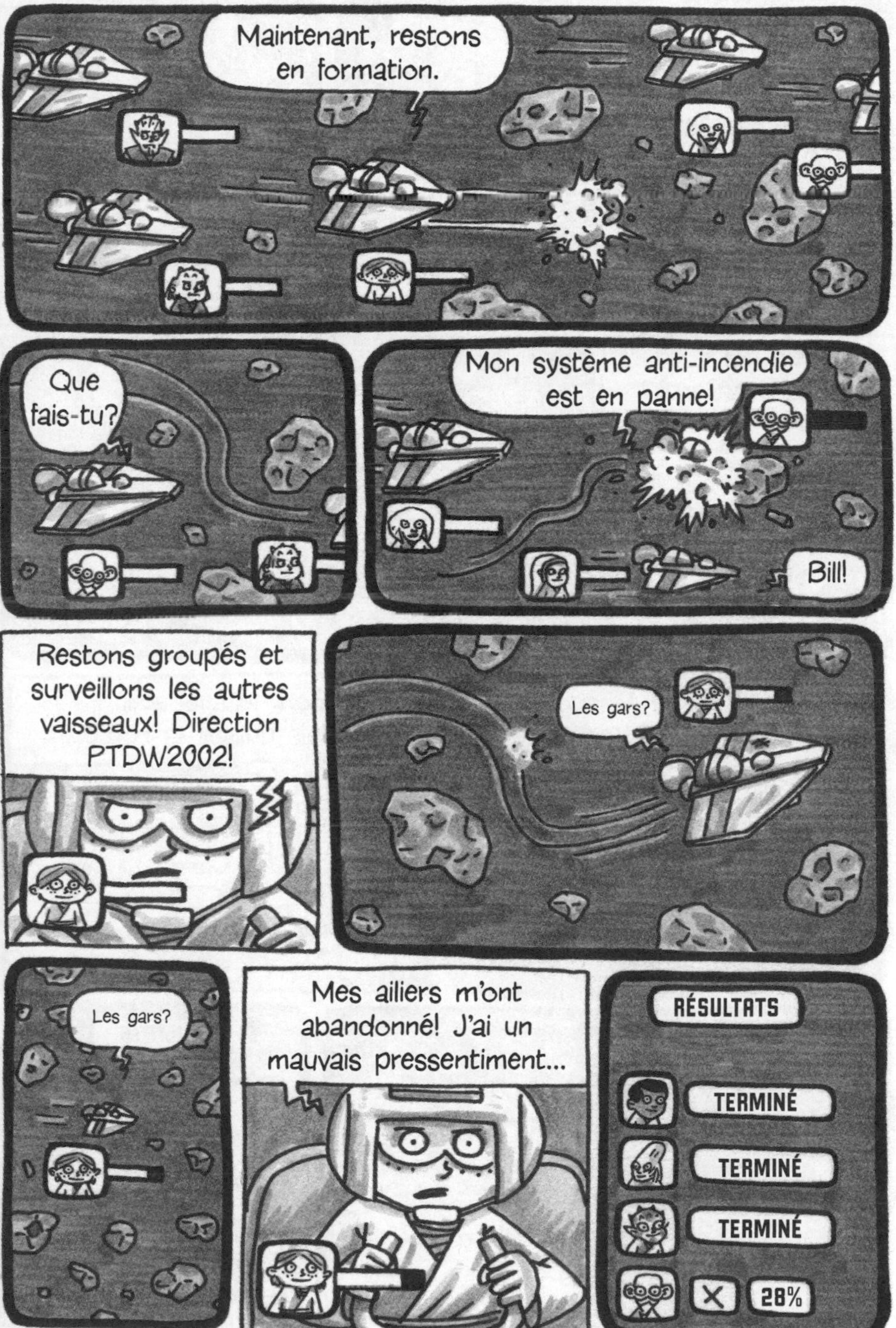
Maintenant, restons en formation.
Que fais-tu?
Mon système anti-incendie est en panne!
Bill!
Restons groupés et surveillons les autres vaisseaux! Direction PTDW2002!
Les gars?
Les gars?
Mes ailiers m'ont abandonné! J'ai un mauvais pressentiment...
RÉSULTATS
TERMINÉ
TERMINÉ
TERMINÉ
X
28%

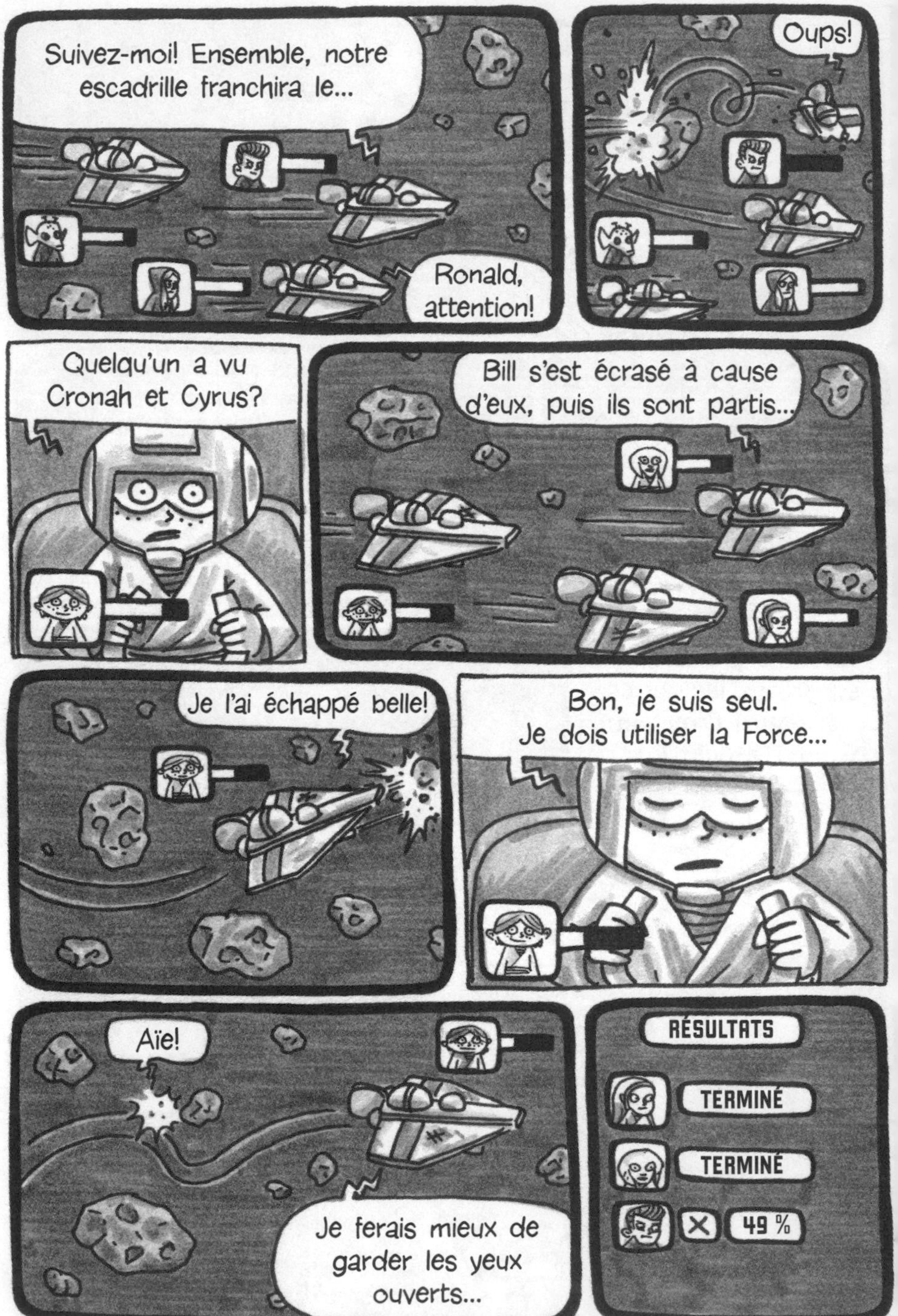
Suivez-moi! Ensemble, notre escadrille franchira le...
Ronald, attention!
Oups!
Quelqu'un a vu Cronah et Cyrus?
Bill s'est écrasé à cause d'eux, puis ils sont partis...
Je l'ai échappé belle!
Bon, je suis seul. Je dois utiliser la Force...
Aïe!
Je ferais mieux de garder les yeux ouverts...
RÉSULTATS
TERMINÉ
TERMINÉ
49 %

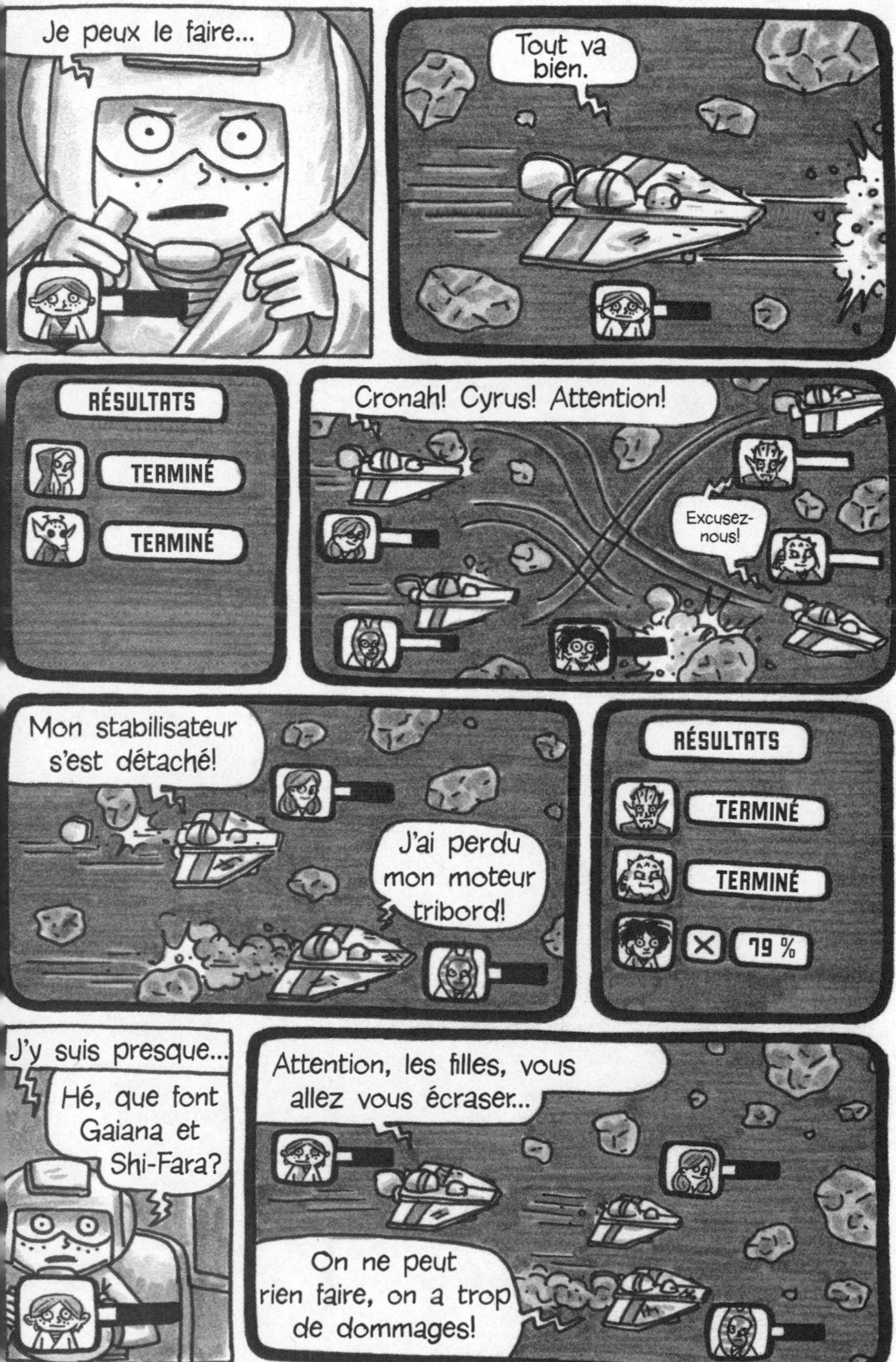
Je peux le faire...
Tout va bien.
RÉSULTATS
TERMINÉ
TERMINÉ
Cronah! Cyrus! Attention!
Excusez-nous!
Mon stabilisateur s'est détaché!
J'ai perdu mon moteur tribord!
RÉSULTATS
TERMINÉ
TERMINÉ
79 %
J'y suis presque...
Hé, que font Gaiana et Shi-Fara?
Attention, les filles, vous allez vous écraser...
On ne peut rien faire, on a trop de dommages!

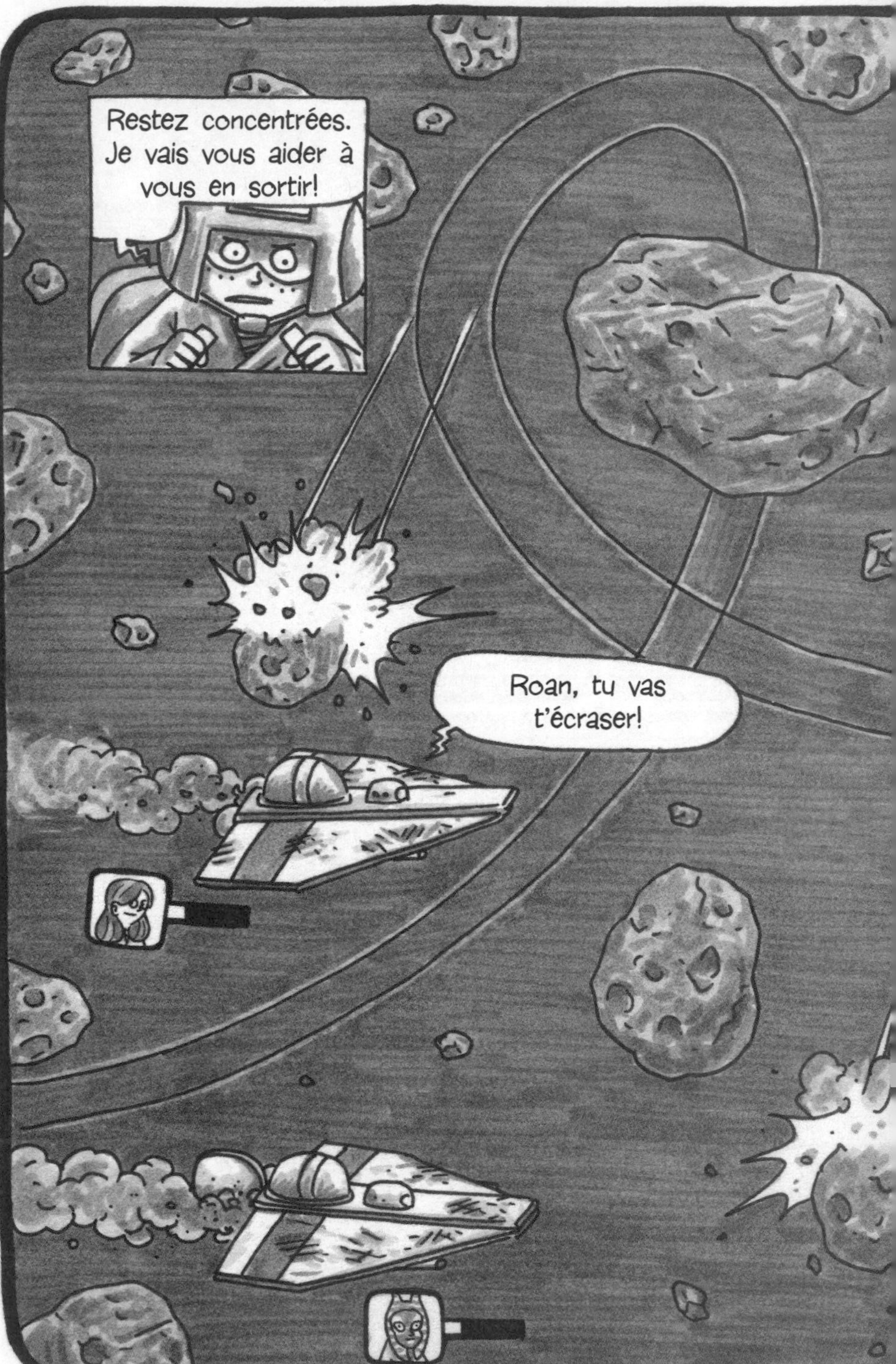
Restez concentrées. Je vais vous aider à vous en sortir!
Roan, tu vas t'écraser!

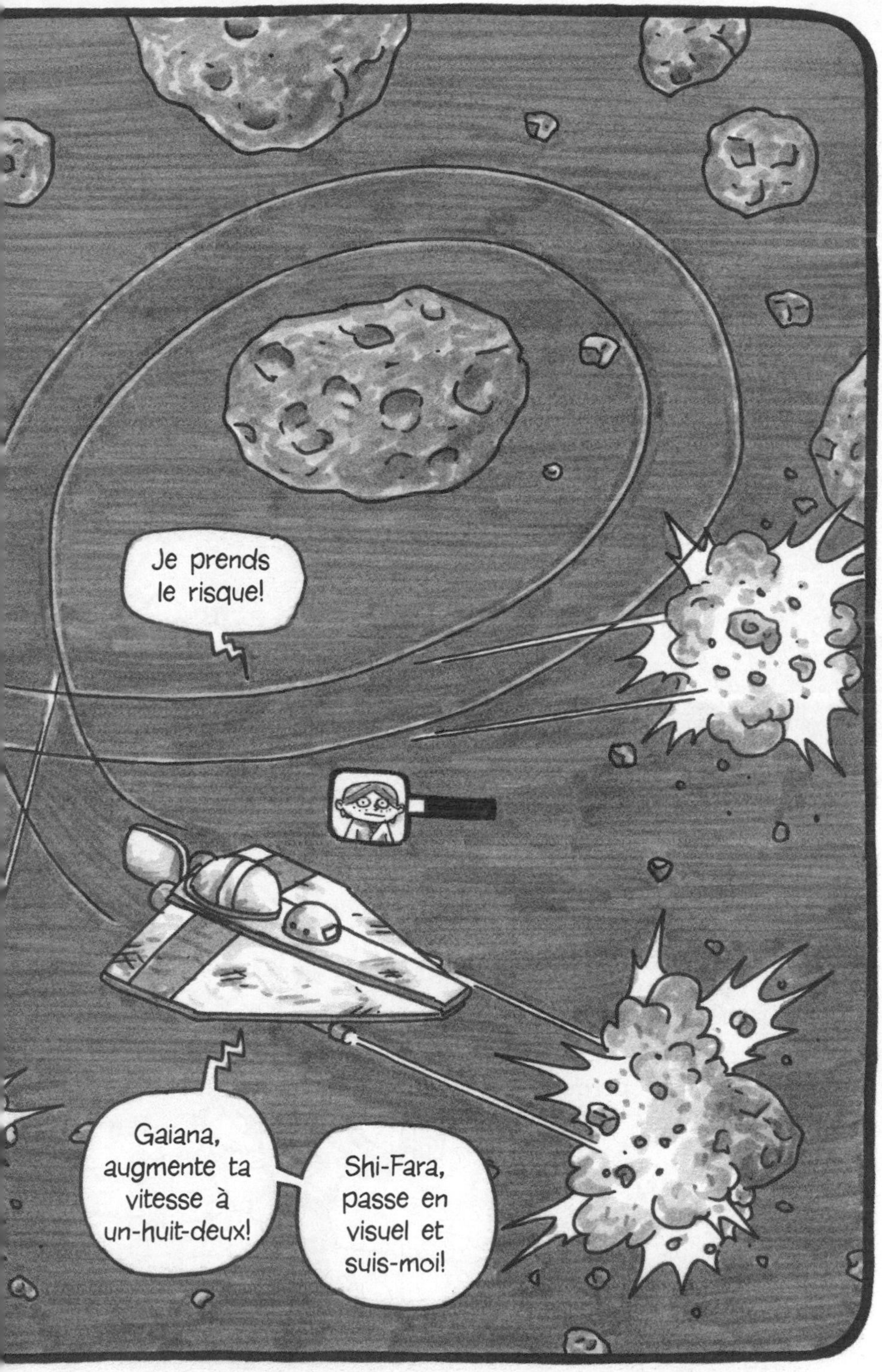
Je prends le risque!
Gaiana, augmente ta vitesse à un-huit-deux!
Shi-Fara, passe en visuel et suis-moi!

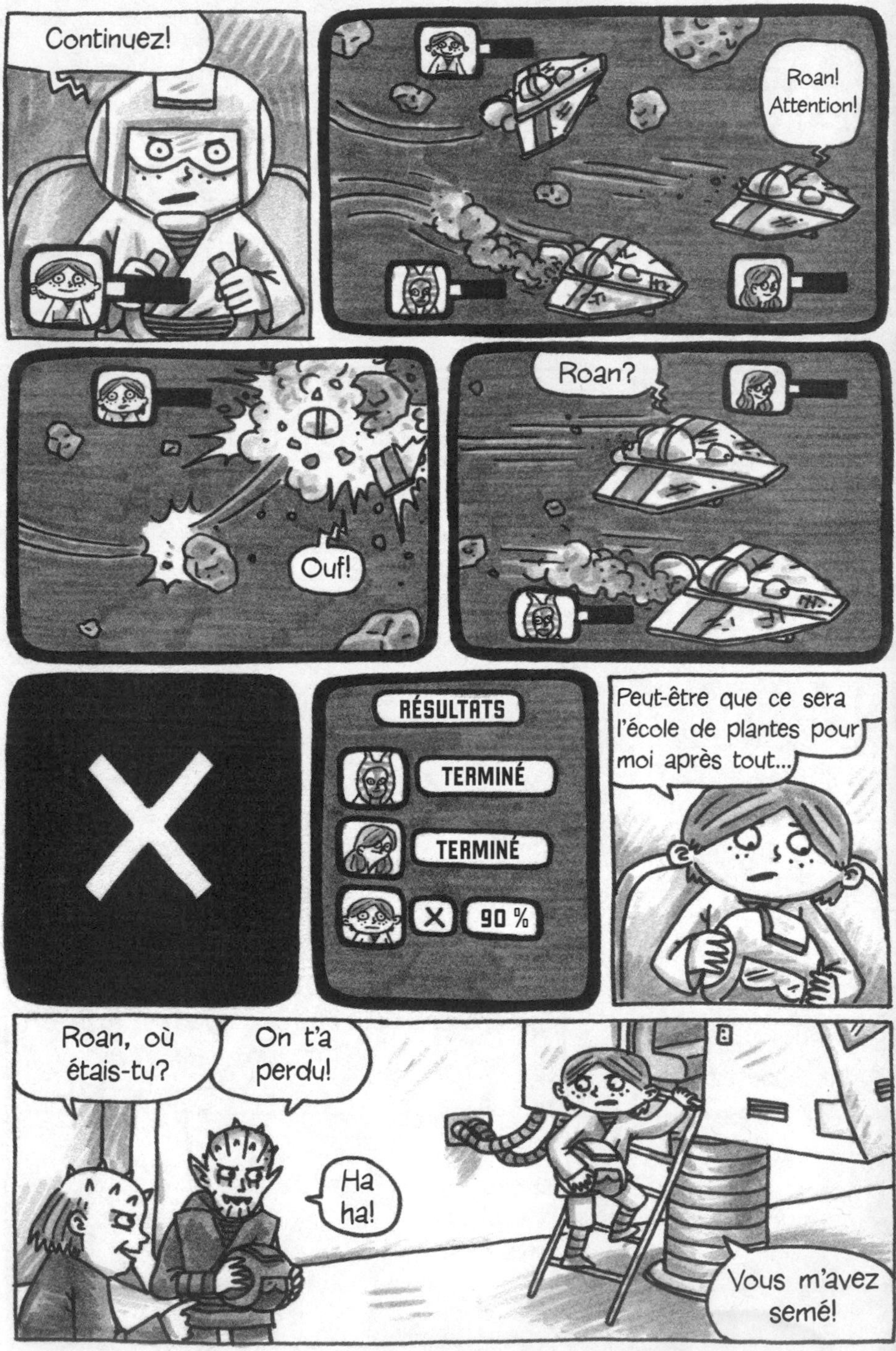

Continuez!
Roan! Attention!
Ouf!
Roan?
RÉSULTATS
TERMINÉ
TERMINÉ
X
90 %
Peut-être que ce sera l'école de plantes pour moi après tout...
Roan, où étais-tu?
On t'a perdu!
Ha ha!
Vous m'avez semé!

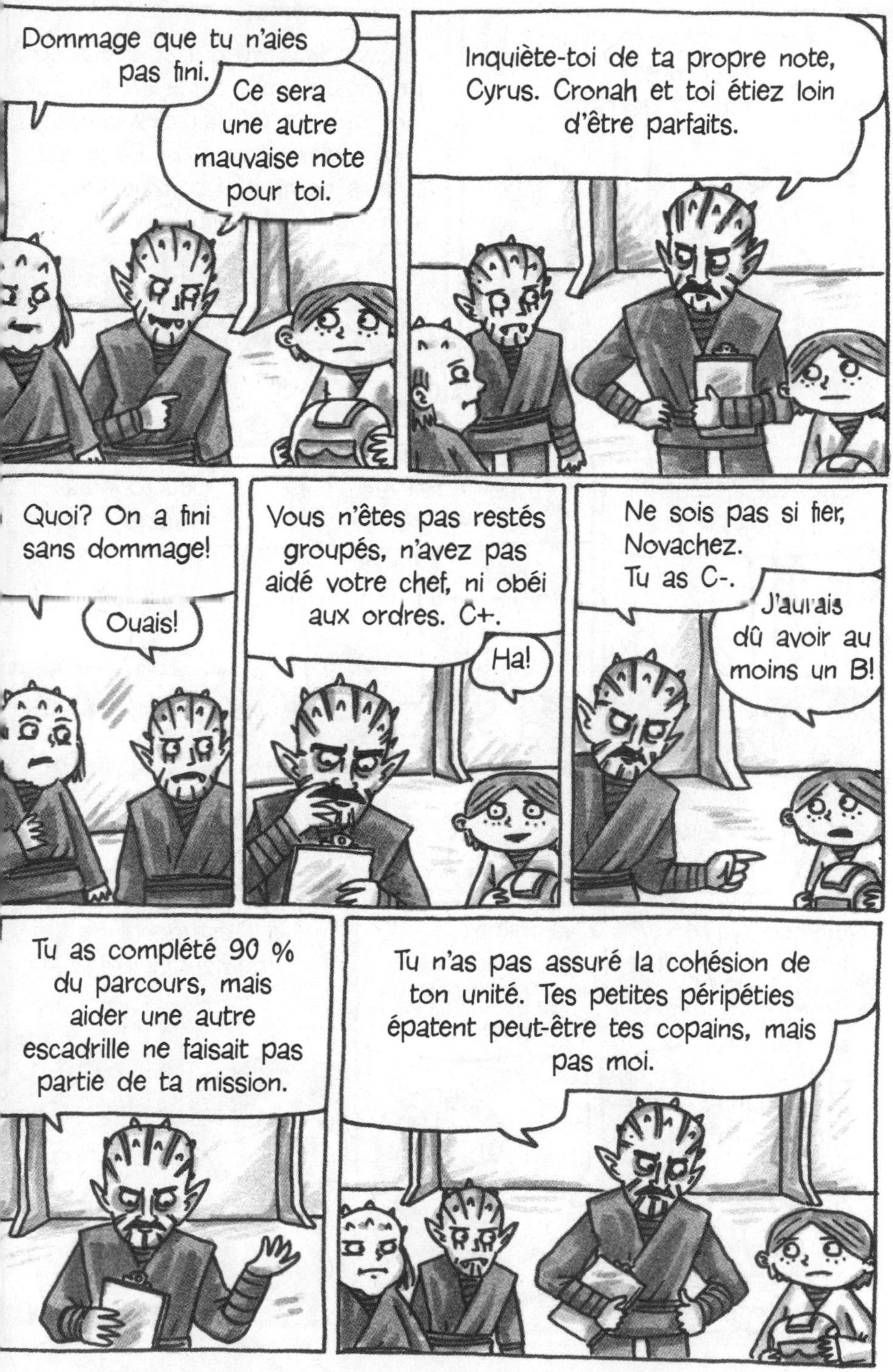
Dommage que tu n'aies pas fini.
Ce sera une autre mauvaise note pour toi.
Inquiète-toi de ta propre note, Cyrus. Cronah et toi étiez loin d'être parfaits.
Quoi? On a fini sans dommage!
Ouais!
Vous n'êtes pas restés groupés, n'avez pas aidé votre chef, ni obéi aux ordres. C+.
Ha!
Ne sois pas si fier, Novachez. Tu as C-.
J'aurais dû avoir au moins un B!
Tu as complété 90 % du parcours, mais aider une autre escadrille ne faisait pas partie de ta mission.
Tu n'as pas assuré la cohésion de ton unité. Tes petites péripéties épatent peut-être tes copains, mais pas moi.

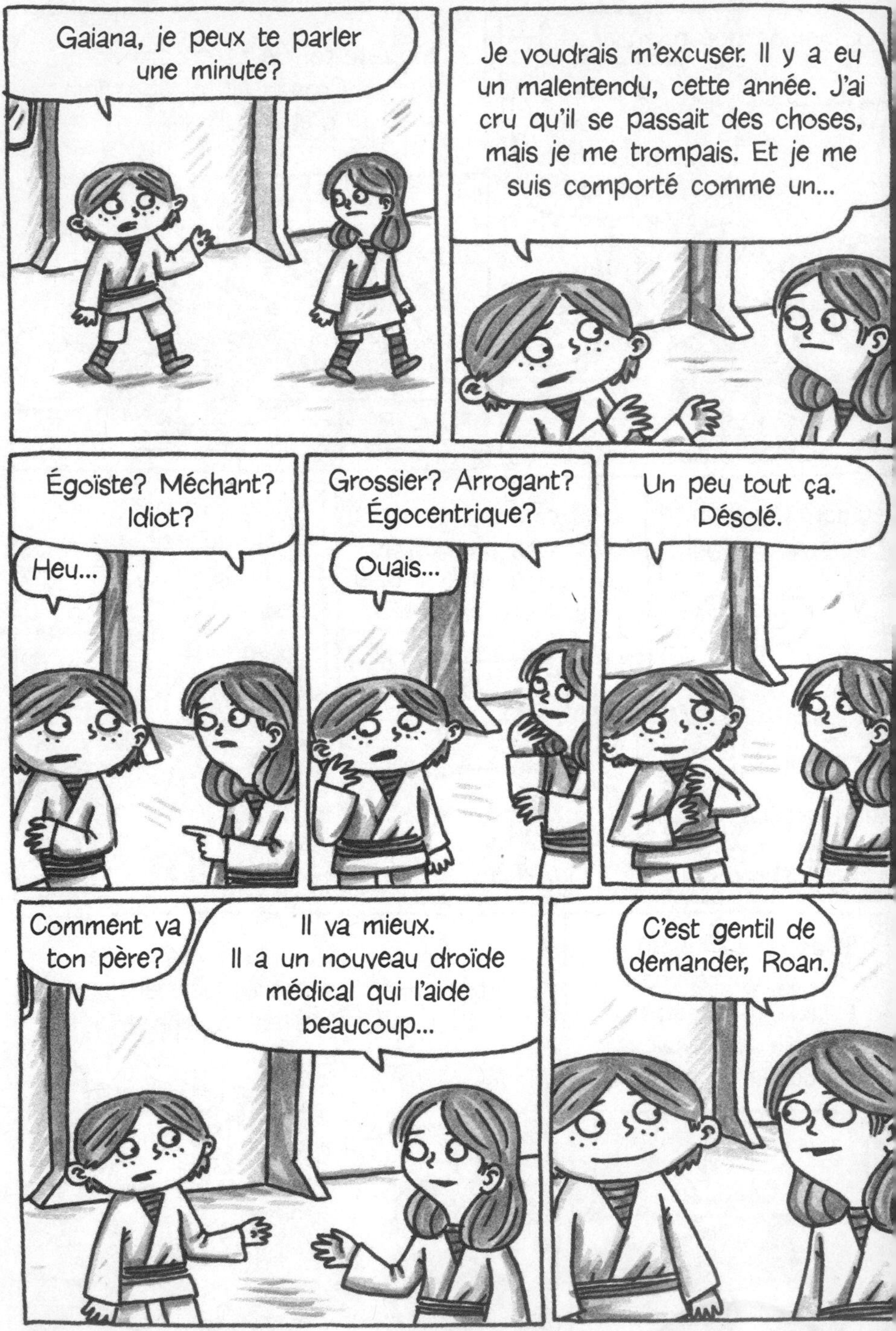
Gaiana, je peux te parler une minute?
Je voudrais m'excuser. Il y a eu un malentendu, cette année. J'ai cru qu'il se passait des choses, mais je me trompais. Et je me suis comporté comme un...
Égoïste? Méchant? Idiot?
Heu...
Grossier? Arrogant? Égocentrique?
Ouais...
Un peu tout ça. Désolé.
Comment va ton père?
Il va mieux. Il a un nouveau droïde médical qui l'aide beaucoup...
C'est gentil de demander, Roan.

PENTADI

Vu comment l'année avait commencé, je n'étais pas certain de réussir le cours de vol spatial. Et au milieu du semestre, je ne savais même plus si j'avais des amis. Ça m'a donc fait plaisir d'aider Gaiana (et Shi-Fara), même si je n'ai pas obtenu un bon résultat à l'examen.

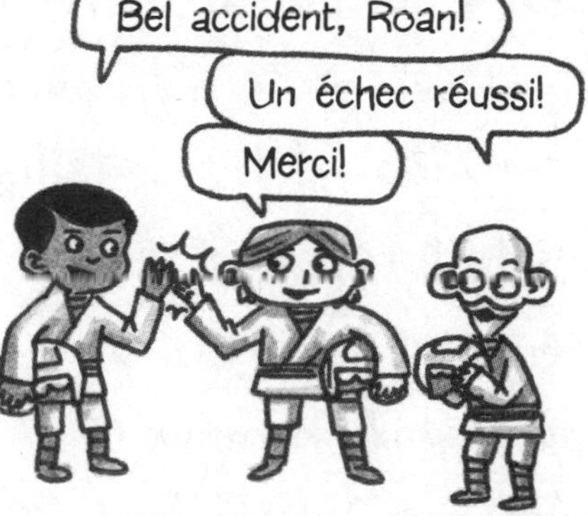
Bel accident, Roan!
Un échec réussi!
Merci!

M. Garfield a eu du mal à décider quelle note il devait me mettre. Il aime me donner de mauvaises notes. Même si j'ai eu un accident, je croyais que j'aurais un A, à cause des circonstances. Parfois, je pense qu'il ne VEUT PAS m'aimer, mais que c'est plus fort que lui. Il allait me donner un C-, mais Maître Yoda l'a convaincu de me donner un B-. Le fait que j'aie une meilleure note qu'eux a VRAIMENT mis Cyrus et Cronah en rogne.

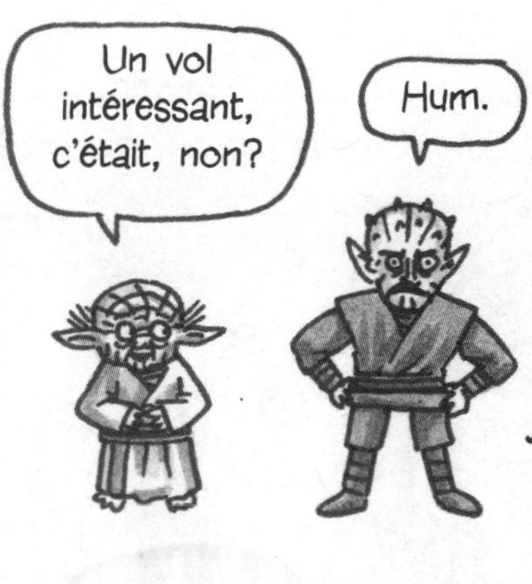
Un vol intéressant, c'était, non?
Hum.

Je ne m'attendais pas à ce que Cyrus et Cronah soient mes amis après l'examen, mais je ne pensais pas qu'ils me DÉTESTERAIENT. Maître Yoda les a mis en probation pour le prochain semestre, à cause de ce qu'ils ont fait à Voorpee. Maintenant, ils sont convaincus que je les ai dénoncés, mais c'est faux. Le seul à qui j'ai dit la vérité est Pasha, et je lui ai fait promettre de n'en parler à PERSONNE.

Maître Yoda est très intelligent, alors il a peut-être utilisé la Force pour se renseigner? À moins qu'il ne parle aux animaux et que Voorpee lui ait tout raconté. Ou que Cyrus et Cronah se soient dénoncés mutuellement...

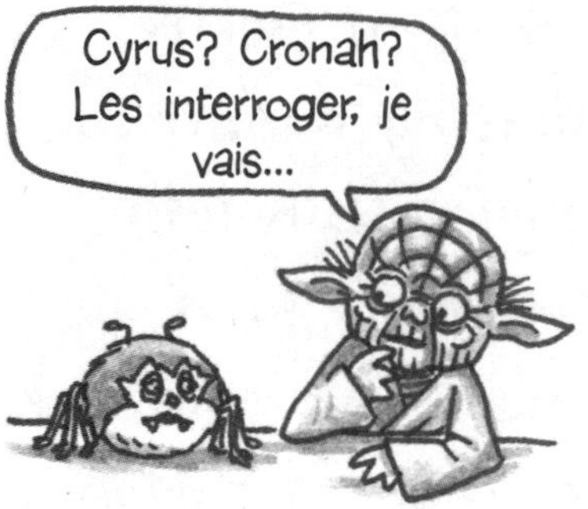
Cyrus? Cronah? Les interroger, je vais...

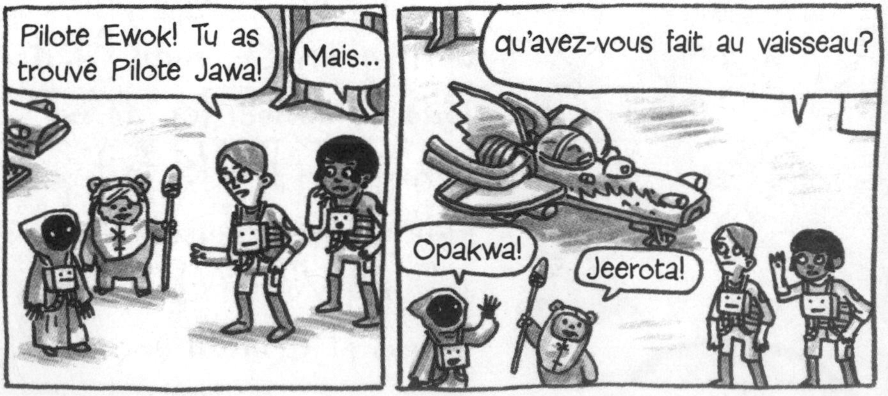
Pilote Ewok! Tu as trouvé Pilote Jawa!
Mais...
qu'avez-vous fait au vaisseau?
Opakwa!
Jeerota!

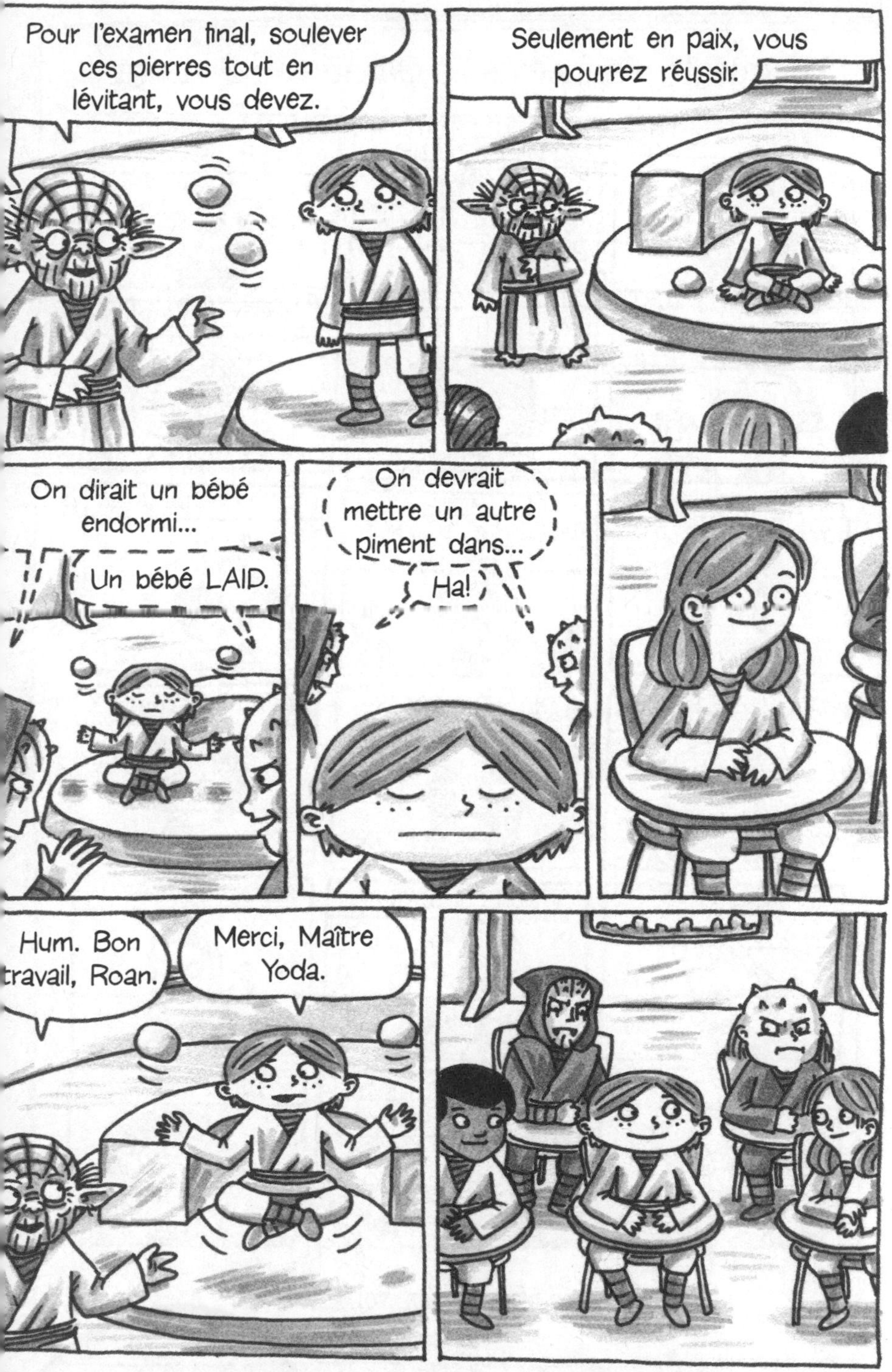
Pour l'examen final, soulever ces pierres tout en lévitant, vous devez.
Seulement en paix, vous pourrez réussir.
On dirait un bébé endormi...
Un bébé LAID.
On devrait mettre un autre piment dans...
Ha!
Hum. Bon travail, Roan.
Merci, Maître Yoda.

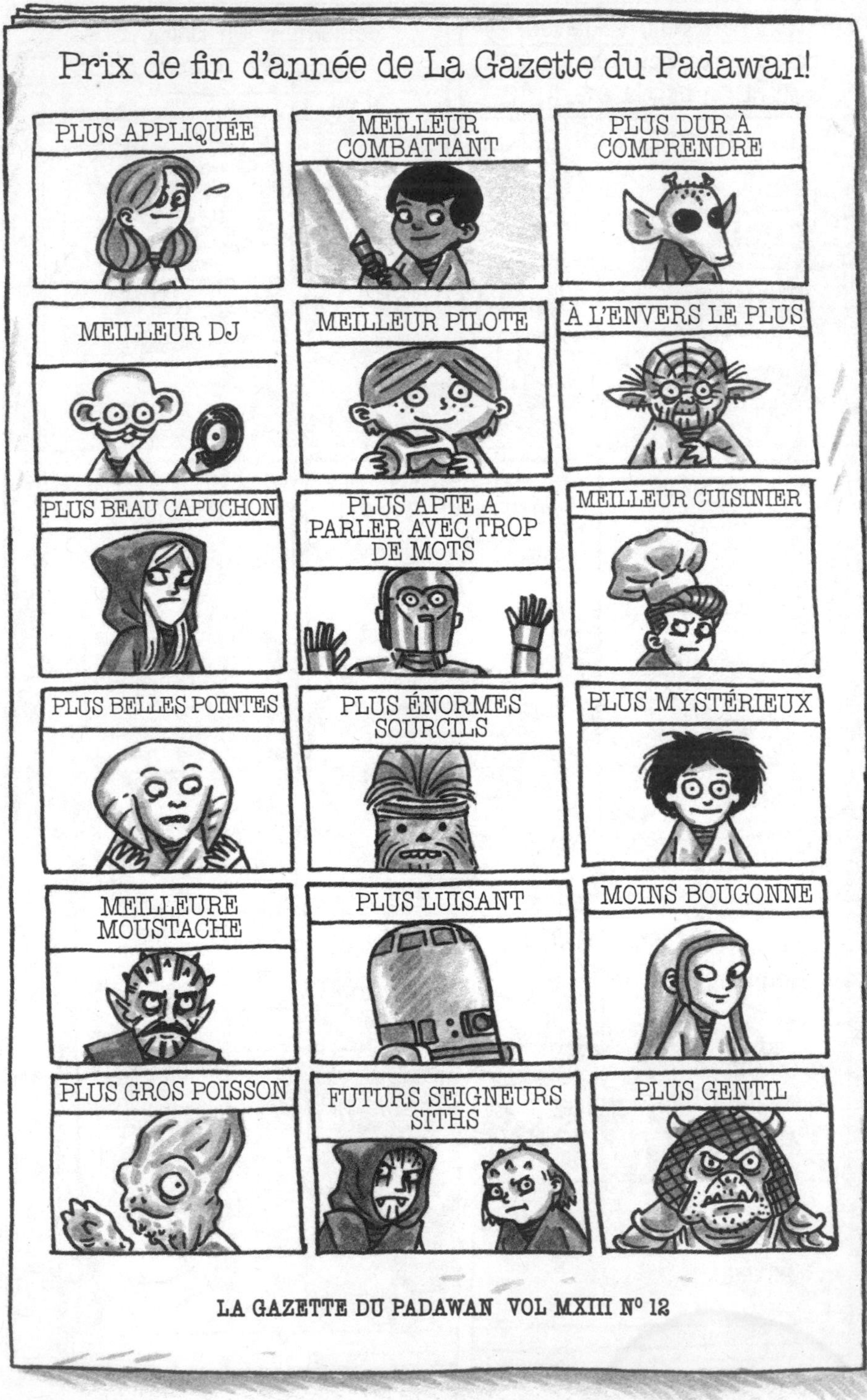
Prix de fin d'année de La Gazette du Padawan!
PLUS APPLIQUÉE
MEILLEUR COMBATTANT
PLUS DUR À COMPRENDRE
MEILLEUR DJ
MEILLEUR PILOTE
À L'ENVERS LE PLUS
PLUS BEAU CAPUCHON
PLUS APTE À PARLER AVEC TROP DE MOTS
MEILLEUR CUISINIER
PLUS BELLES POINTES
PLUS ÉNORMES SOURCILS
PLUS MYSTÉRIEUX
MEILLEURE MOUSTACHE
PLUS LUISANT
MOINS BOUGONNE
PLUS GROS POISSON
FUTURS SEIGNEURS SITHS
PLUS GENTIL
LA GAZETTE DU PADAWAN VOL MXIII Nº 12

COURS	REMARQUES	NOTE
ÉLÈVE : ROAN NOVACHEZ **NIVEAU : PADAWAN** **SEMESTRE : QUATRE** **PROF. TITULAIRE : MAÎTRE YODA** **BULLETIN**	ACADÉMIE JEDI CAMPUS DE CORUSCANT	

COURS	REMARQUES	NOTE
RÉUTILISATION DE LA FORCE [MAÎTRE YODA]	Utiliser la Force à l'extérieur de la classe, Roan devrait.	A
ART DE LA PHYSIQUE [MME PILTON ET BIBLIOTHÉCAIRE LACKBAR]	Les réflexions de Roan étaient un apport bienvenu dans ce cours.	a-
DUEL AU SABRE LASER [M. GARFIELD]	ROAN S'AMÉLIORE, MAIS IL DOIT SE CONCENTRER DAVANTAGE.	A-
ÉCONOMIE FAMILIALE [GAMMY]	*(illisible)*	*(illisible)*
VOL SPATIAL 102 [M. GARFIELD]	ROAN N'A PAS ATTEINT SON POTENTIEL ET DOIT REDOUBLER D'EFFORTS.	B-
INTRODUCTION À LA CONSTRUCTION DE DROÏDES [DIRECTEUR MAR]	POURRAIT FAIRE MIEUX DANS LES COMMANDES VERBALES DE DROIDES.	A
ÉDUCATION PHYSIQUE [KITMUM]	*(illisible)*	*(émoticône clin d'œil)*

DUODI

J'ai beaucoup appris cette année, mais pas comme je m'y attendais. Le cours de pilotage m'a appris à être un meilleur ami. Ou peut-être que le fait d'apprendre à être un meilleur ami a fait de moi un meilleur pilote? Quelque chose du genre.

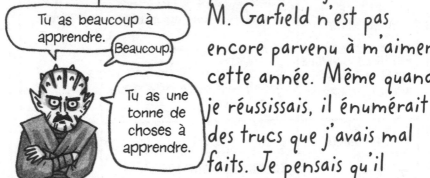

Tu as beaucoup à apprendre.

Beaucoup.

Tu as une tonne de choses à apprendre.

M. Garfield n'est pas encore parvenu à m'aimer cette année. Même quand je réussissais, il énumérait des trucs que j'avais mal faits. Je pensais qu'il allait finir par m'aimer, car je suis devenu un très bon pilote, mais il s'en fiche. Je croyais aussi que Cyrus et Cronah m'appréciaient, mais ils ont fini par agir méchamment et à se moquer de moi. Ça ne me dérange pas que Pasha m'ait battu au sabre

Roan, as-tu vu ce quelqu'un a écrit sur toi sur Holobook?

Non. Est-ce signé par « Cronah-qui-veut-me-ridiculiser-mais-échoue »?

laser, maintenant que tout est arrangé entre nous. Même si j'ai toujours trouvé ça idiot quand Kitmum disait que gagner n'est pas important, peut-être qu'elle n'a pas tort. Je me demande comment les profs font pour tout savoir, à part Maître Yoda. Si j'avais six cents ans, je saurais TOUT, moi aussi. Par contre, Yoda dit aussi des trucs comme ça.

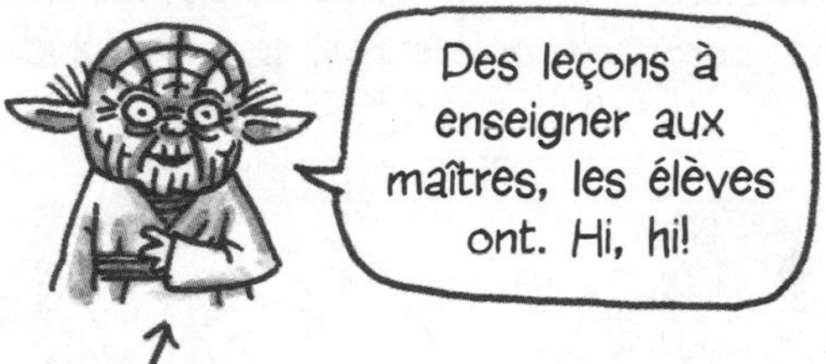
Des leçons à enseigner aux maîtres, les élèves ont. Hi, hi!

Je me demande s'il a déjà eu des problèmes avec ses amis. L'an dernier, j'avais peur de ne pas me faire d'amis, et tout s'est bien passé. Cette année, je n'étais pas inquiet, et j'ai failli perdre TOUS mes amis. Voilà une autre chose que j'ai apprise : si tu veux savoir quelque chose, il suffit de le demander. Ça semble évident en l'écrivant. Gaiana n'est plus fâchée, mais je ne sais pas si elle m'aime comme avant. Je pourrais le lui demander. Plus tard.

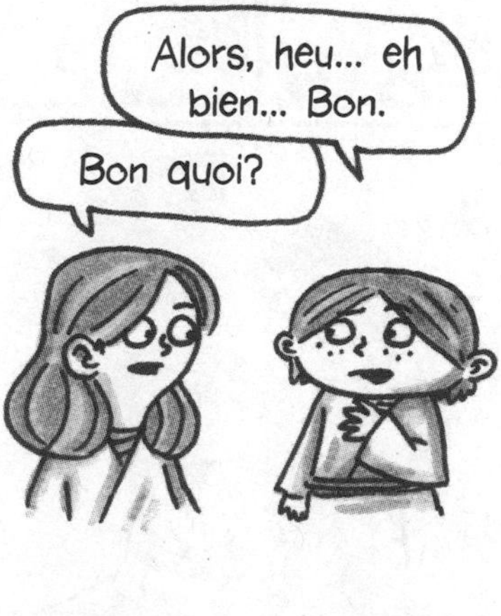
Alors, heu... eh bien... Bon.
Bon quoi?

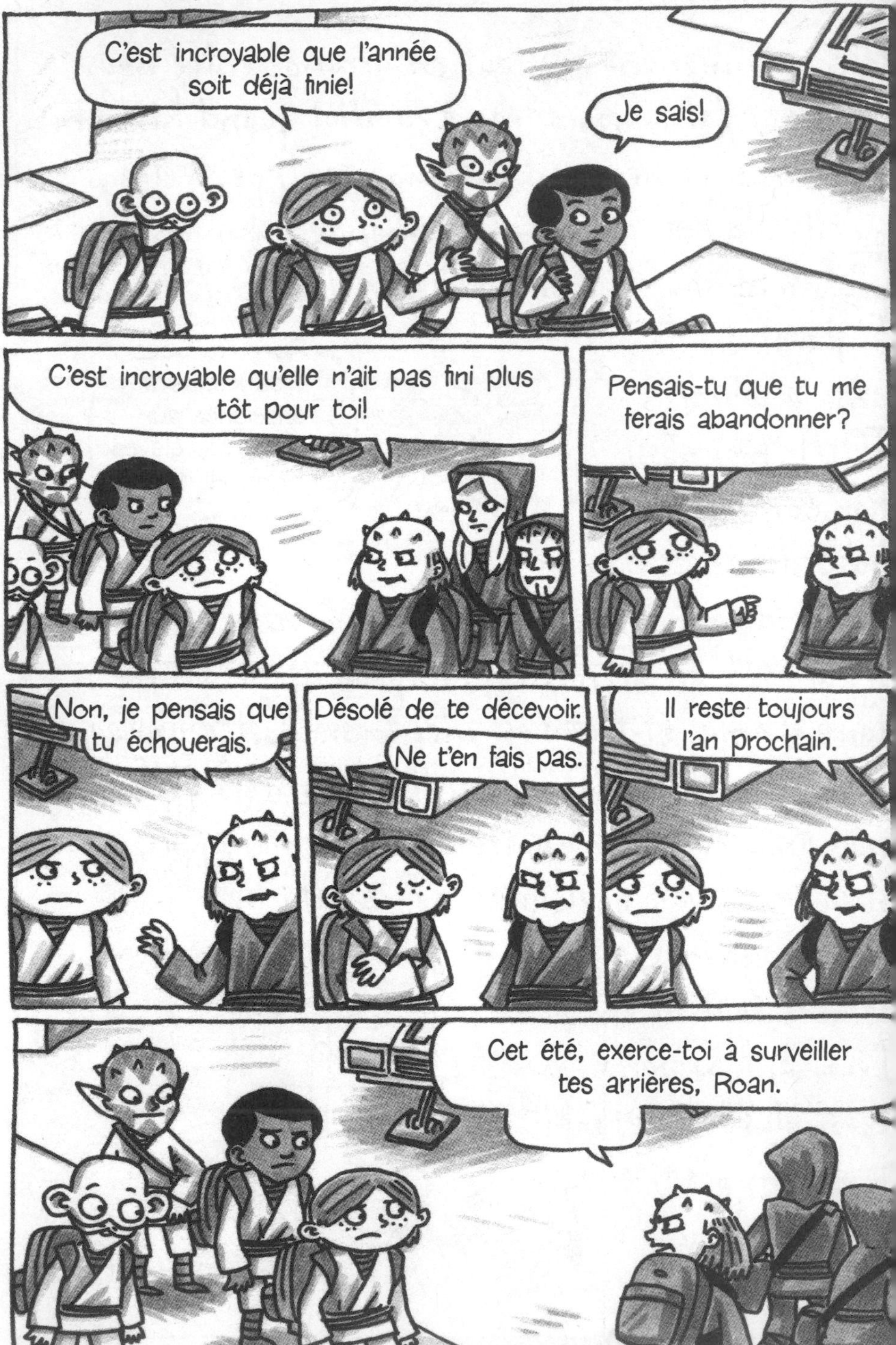
C'est incroyable que l'année soit déjà finie!
Je sais!
C'est incroyable qu'elle n'ait pas fini plus tôt pour toi!
Pensais-tu que tu me ferais abandonner?
Non, je pensais que tu échouerais.
Désolé de te décevoir.
Ne t'en fais pas.
Il reste toujours l'an prochain.
Cet été, exerce-toi à surveiller tes arrières, Roan.

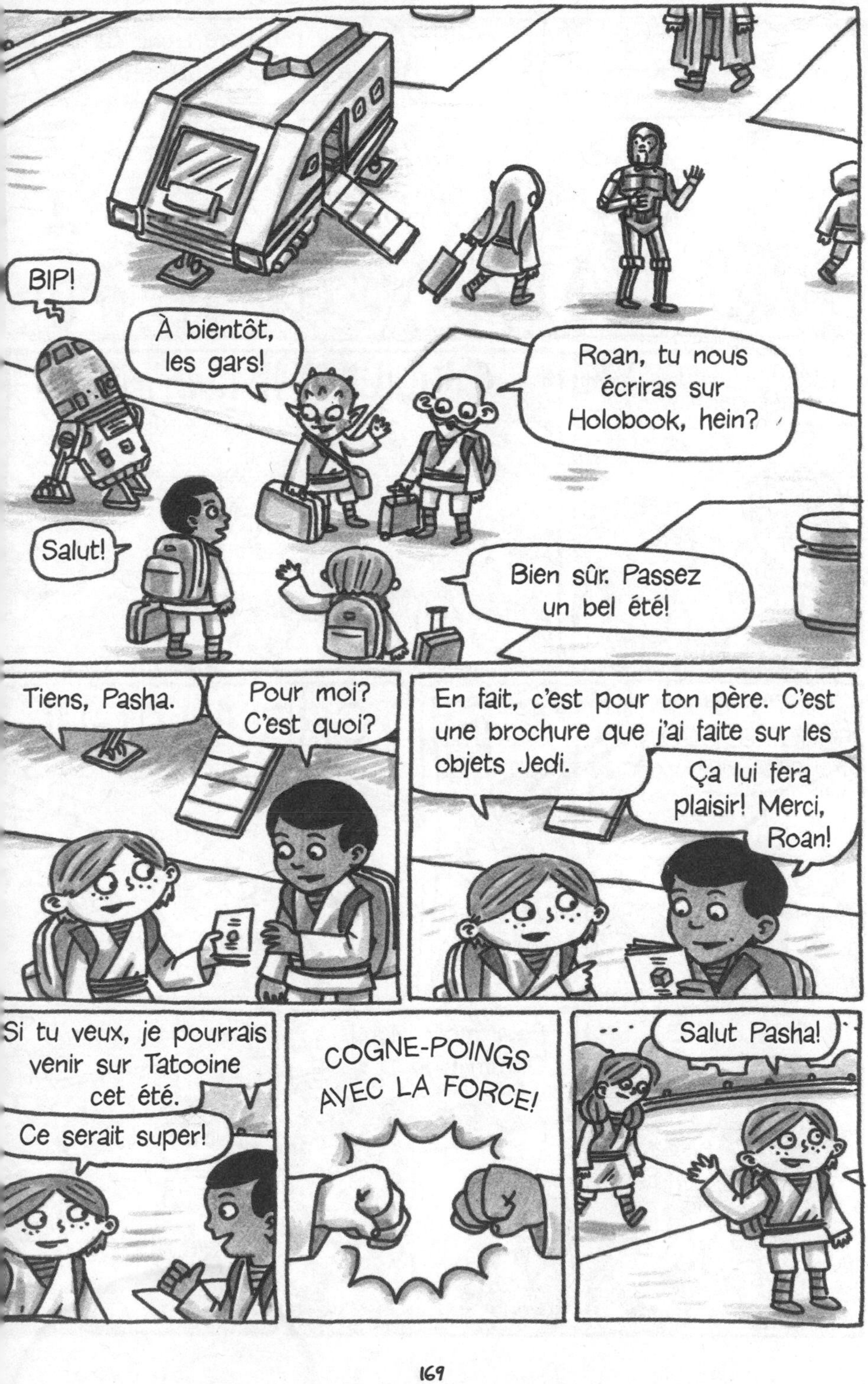
BIP!
À bientôt, les gars!
Roan, tu nous écriras sur Holobook, hein?
Salut!
Bien sûr. Passez un bel été!
Tiens, Pasha.
Pour moi? C'est quoi?
En fait, c'est pour ton père. C'est une brochure que j'ai faite sur les objets Jedi.
Ça lui fera plaisir! Merci, Roan!
Si tu veux, je pourrais venir sur Tatooine cet été.
Ce serait super!
COGNE-POINGS AVEC LA FORCE!
Salut Pasha!

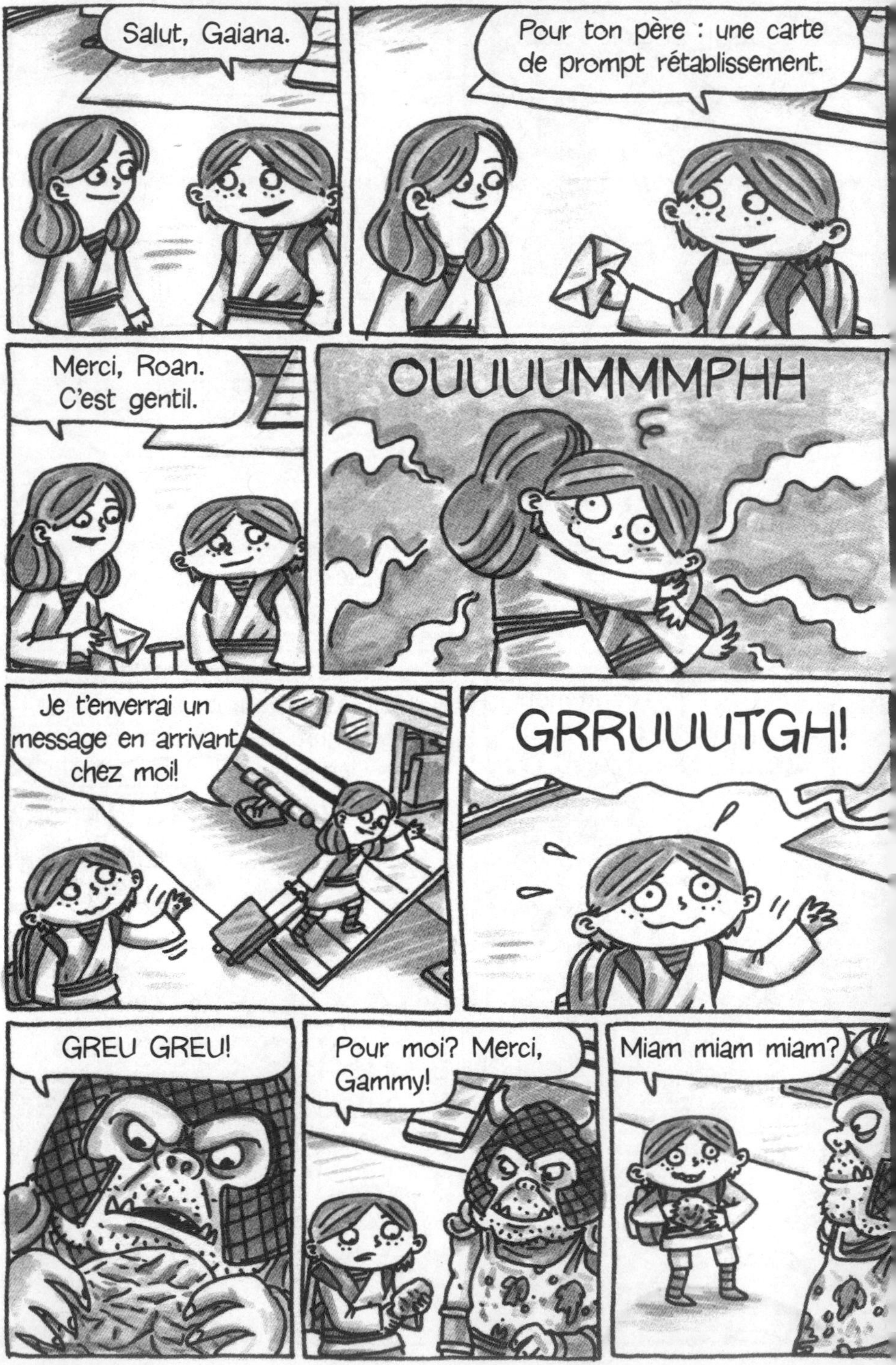
Salut, Gaiana.
Pour ton père : une carte de prompt rétablissement.
Merci, Roan. C'est gentil.
OUUUUMMMPHH
Je t'enverrai un message en arrivant chez moi!
GRRUUUTGH!
GREU GREU!
Pour moi? Merci, Gammy!
Miam miam miam?

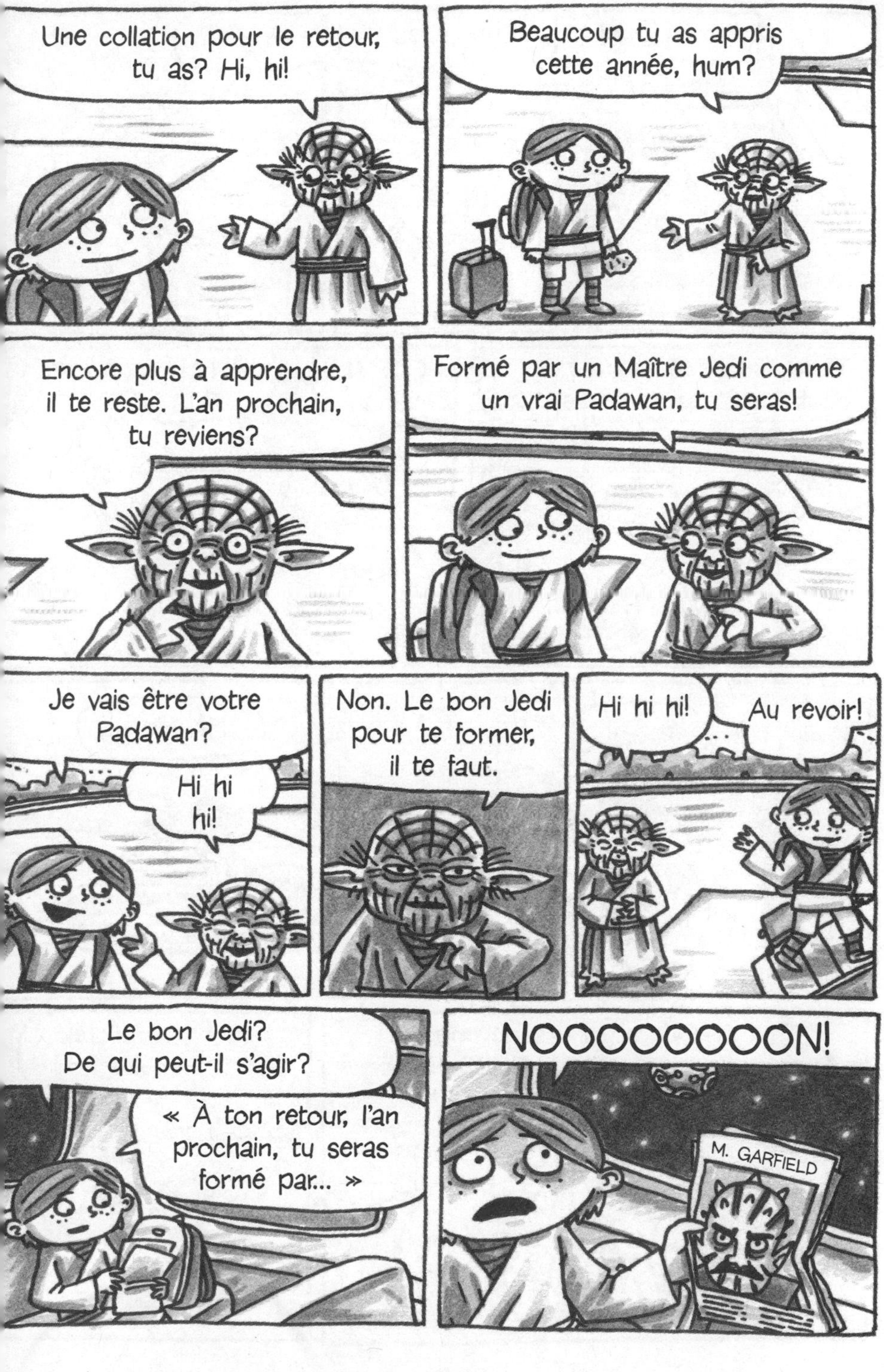
Une collation pour le retour, tu as? Hi, hi!
Beaucoup tu as appris cette année, hum?
Encore plus à apprendre, il te reste. L'an prochain, tu reviens?
Formé par un Maître Jedi comme un vrai Padawan, tu seras!
Je vais être votre Padawan?
Hi hi hi!
Non. Le bon Jedi pour te former, il te faut.
Hi hi hi!
Au revoir!
Le bon Jedi? De qui peut-il s'agir?
« À ton retour, l'an prochain, tu seras formé par... »
NOOOOOOOON!
M. GARFIELD

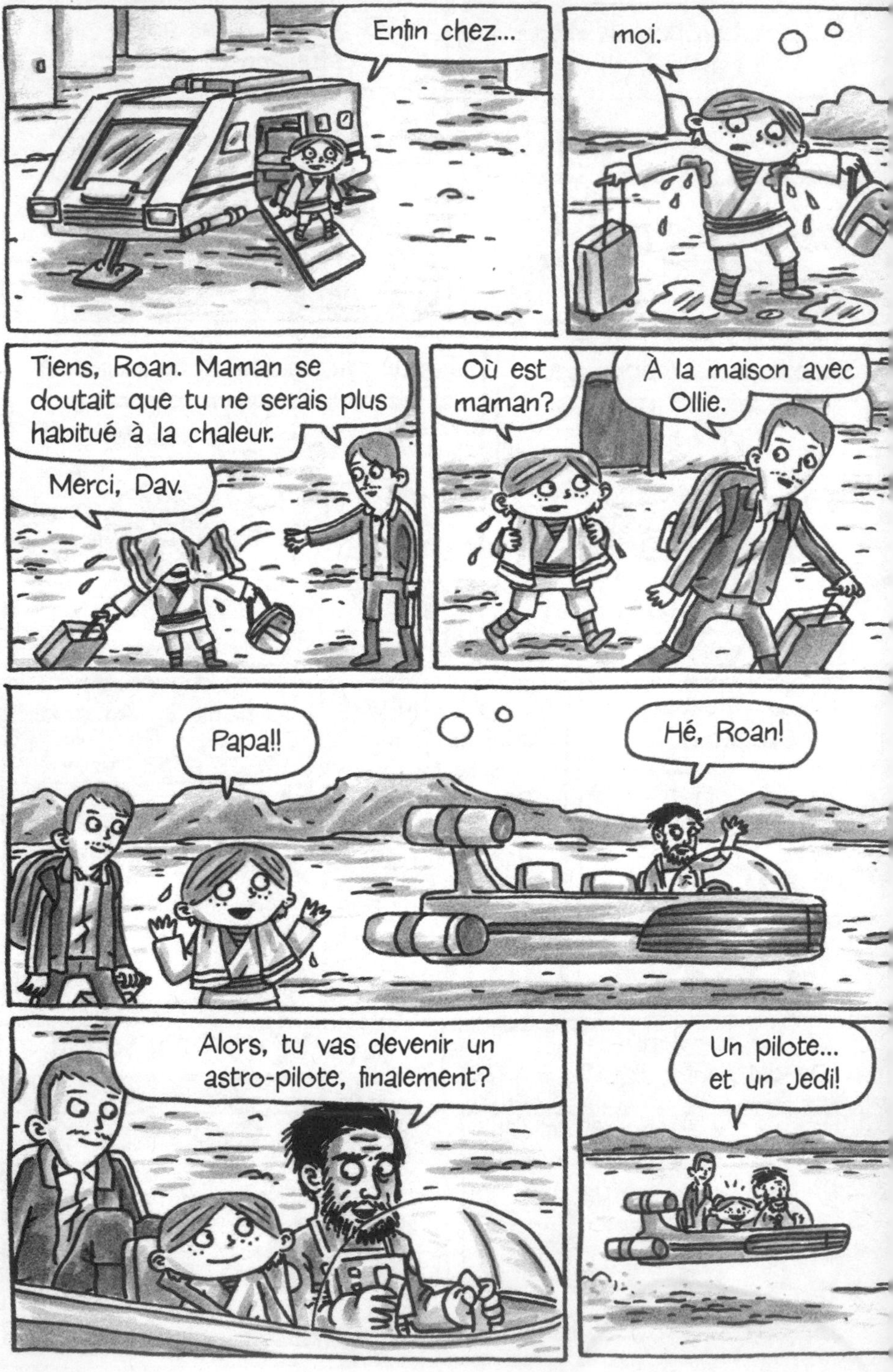
Enfin chez...
moi.
Tiens, Roan. Maman se doutait que tu ne serais plus habitué à la chaleur.
Merci, Dav.
Où est maman?
À la maison avec Ollie.
Papa!!
Hé, Roan!
Alors, tu vas devenir un astro-pilote, finalement?
Un pilote... et un Jedi!

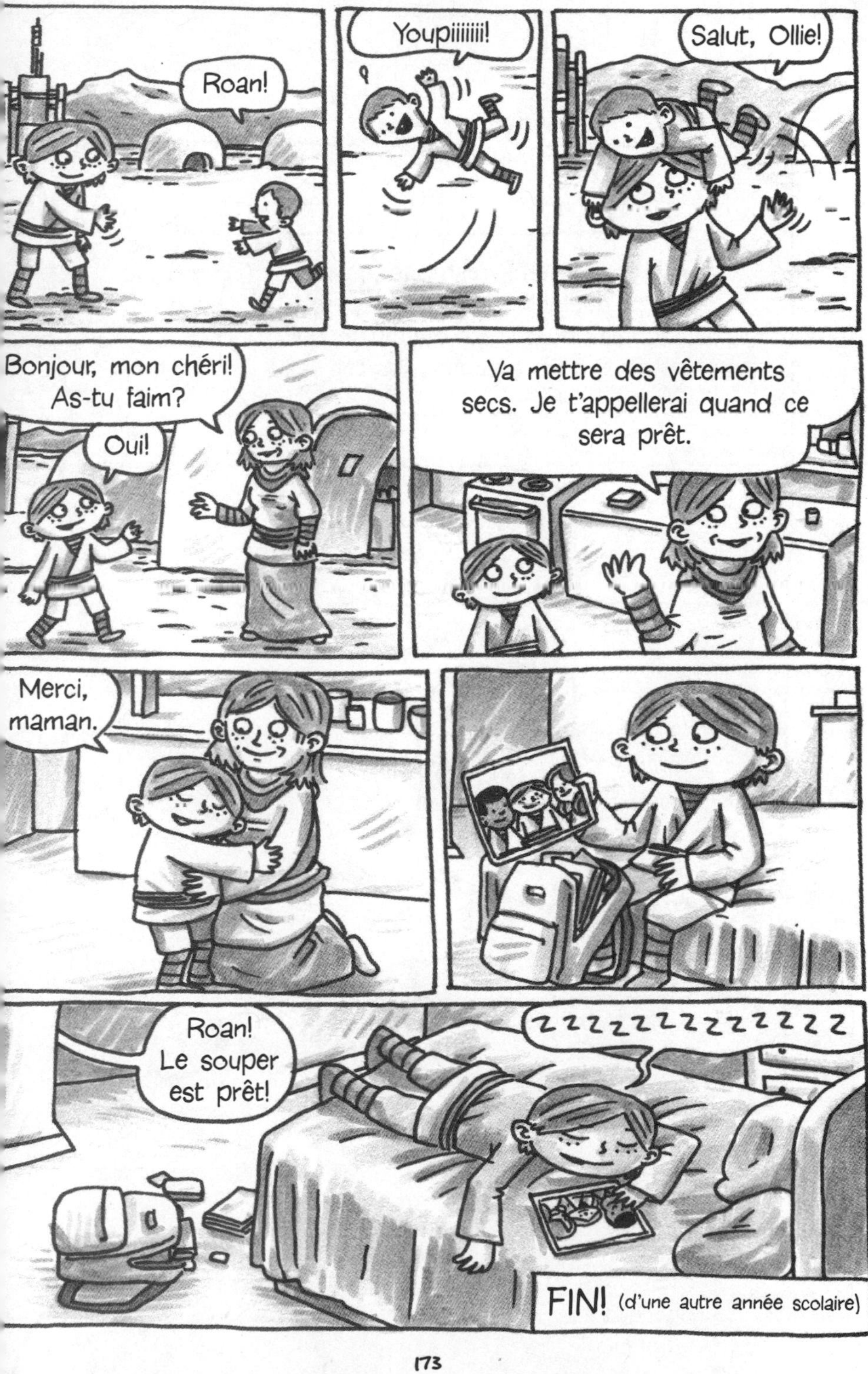
Roan!
Youpiiiiiii!
Salut, Ollie!
Bonjour, mon chéri! As-tu faim?
Oui!
Va mettre des vêtements secs. Je t'appellerai quand ce sera prêt.
Merci, maman.
Roan! Le souper est prêt!
ZZZZZZZZZZZZZZ
FIN! (d'une autre année scolaire)

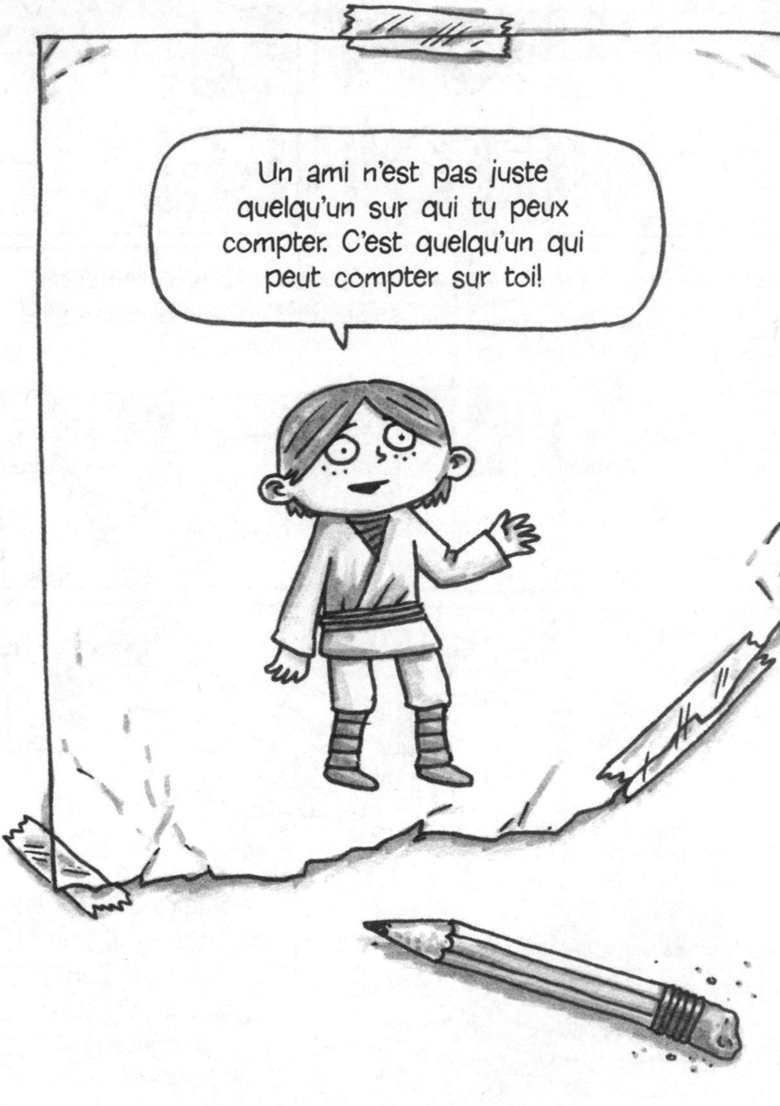
Un ami n'est pas juste quelqu'un sur qui tu peux compter. C'est quelqu'un qui peut compter sur toi!

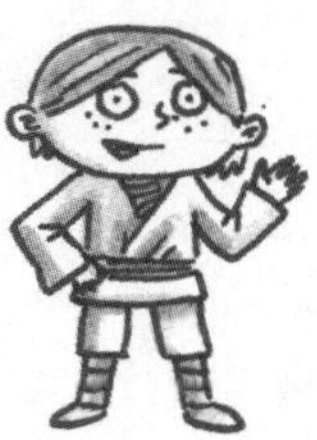

ÉCRIS TES PROPRES HISTOIRES!

Utilise tes personnages préférés, crées-en de nouveaux ou prends tes amis comme héros!

Décide où se déroule le récit : sur Terre ou dans une galaxie lointaine, très lointaine...

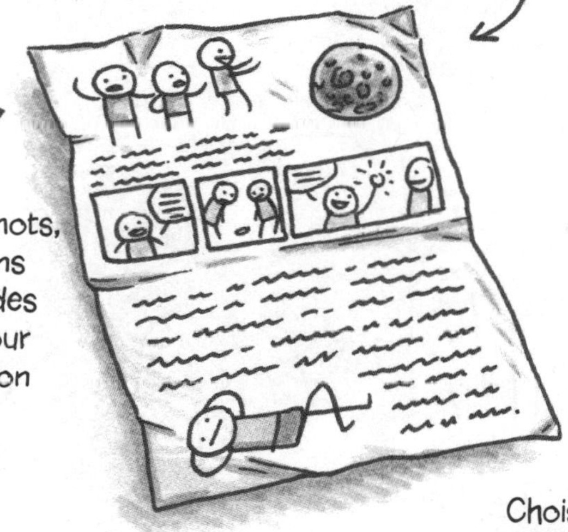

Utilise des mots, des dessins et même des photos pour raconter ton histoire.

Fais une histoire longue ou courte, à ta guise.

Choisis un thème. S'agira-t-il d'une quête? D'une compétition? D'une situation dangereuse? Ou juste d'une histoire rigolote?

Assure-toi qu'il y a un début et une fin.

Partage tes histoires avec tes amis!

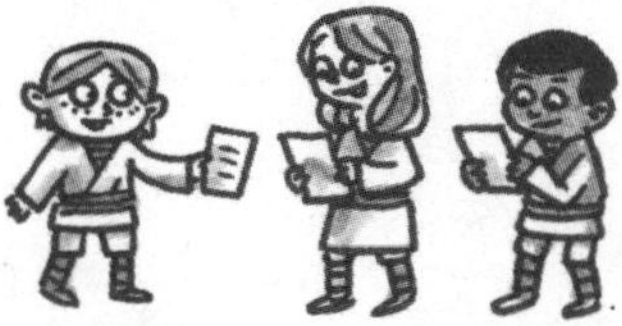

Outre la série *Star Wars — Académie Jedi*, le bédéiste Jeffrey Brown est l'auteur des livres à succès *DARK VADOR ET FILS* et *DARK VADOR ET LA PETITE PRINCESSE*. Il vit à Chicago avec sa femme et ses deux fils. Même s'il n'a pas terminé sa formation Jedi, il a presque terminé sa collection de cartes des films *Star Wars*.

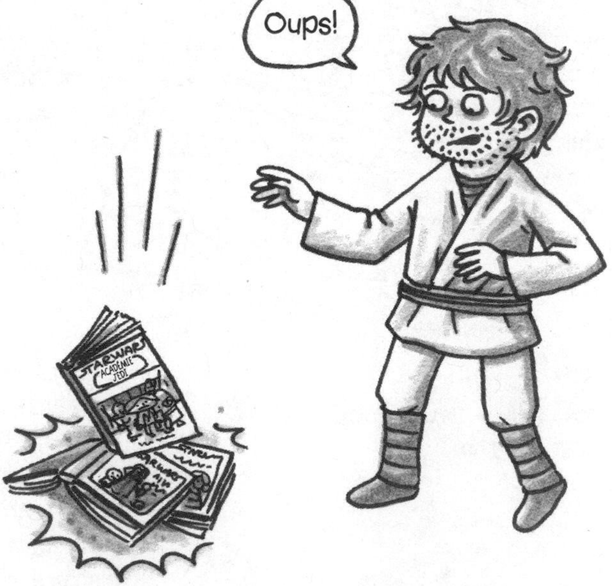
Oups!